LES

AUTEURS LATINS

EXPLIQUÉS D'APRÈS UNE MÉTHODE NOUVELLE

PAR DEUX TRADUCTIONS FRANÇAISES

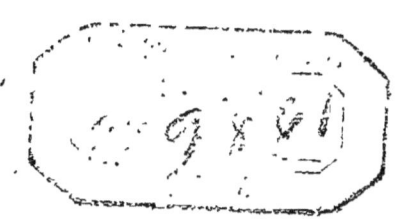

Ce discours a été expliqué littéralement, annoté et revu pour la traduction française par M. Materne, censeur du lycée Saint-Louis.

Imprimerie de Ch. Lahure (ancienne maison Crapelet, rue de Vaugirard 9, près de l'Odéon.

LES
AUTEURS LATINS

EXPLIQUÉS D'APRÈS UNE MÉTHODE NOUVELLE

PAR DEUX TRADUCTIONS FRANÇAISES

L'UNE LITTÉRALE ET JUXTALINÉAIRE PRÉSENTANT LE MOT A MOT FRANÇAIS
EN REGARD DES MOTS LATINS CORRESPONDANTS
L'AUTRE CORRECTE ET PRÉCÉDÉE DU TEXTE LATIN

avec des sommaires et des notes

PAR UNE SOCIÉTÉ DE PROFESSEURS

ET DE LATINISTES

TACITE

DEUXIÈME LIVRE DES ANNALES

———— ❀ ————

PARIS

LIBRAIRIE DE L. HACHETTE ET Cie

RUE PIERRE-SARRAZIN, No 14

(Près de l'École de Médecine)

1854

AVIS

On a réuni par des traits les mots français qui traduisent un seul mot latin.

On a imprimé en *italique* les mots qu'il était nécessaire d'ajouter pour rendre intelligible la traduction littérale, et qui n'avaient pas leur équivalent dans le latin.

Enfin, les mots placés entre parenthèses, dans le français, doivent être considérés comme une seconde explication, plus intelligible de la version littérale.

ARGUMENT ANALYTIQUE

DU DEUXIÈME LIVRE DES ANNALES.

I-II. Mouvements en Orient.

III-IV. Vonon, roi des Parthes, détrôné par Artaban, se réfugie en Arménie, où il est élevé sur le trône : mais les menaces d'Artaban l'en font bientôt descendre.

V-XXV. Tibère, sous prétexte d'apaiser les troubles de l'Orient, éloigne Germanicus des légions de Germanie. Le prince obéit, mais lentement. Il entre en Germanie et remporte une victoire signalée sur les Chérusques et sur Arminius. Après une navigation périlleuse, il répare cet échec par le succès de son expédition contre les Marses.

XXVI-XXXVIII. Libon Drusus est accusé de complots contre l'État. Requête de M. Hortalus durement rejetée.

XXXIX-XL. Troubles qu'excite Clémens sous le nom de Posthume Agrippa. Le fourbe est arrêté par l'adresse de Sallustius Crispus, et conduit à Rome.

XLI. Germanicus triomphe des Cattes, des Chérusques et des autres nations jusqu'à l'Elbe.

XLII. Archélaüs, roi de Cappadoce, est attiré à Rome par des lettres perfides. Mauvais traitements qu'il y reçoit; il meurt. Son royaume est réduit en province romaine.

XLIII. L'Orient est placé sous les ordres de Germanicus, et la

Syrie sous ceux de Pison, mais, à ce qu'on croit, avec dess instruc
tions secrètes contre ce prince.

XLIV. Envoi de Drusus contre les Germains, dont les dilissension
permettent aux Romains de respirer.

XLV-XLVI. Les Chérusques, commandés par Arminius ی, gagnen
une bataille sanglante contre Maroboduus, monarque dontıt la puis
sance paraissait affermie par un long règne.

XLVII-XLIX. Un tremblement de terre renverse dovuze ville
d'Asie; munificence de Tibère.

L-LI. La loi concernant le crime de lèse-majesté prendd vigueuı
de jour en jour.

LII. Tacfaıinas lève en Afrique l'étendard de la révolte e; mais i
est aussitôt réprimé par A. Furius Camillus.

LIII-LXI. Germanicus, consul pour la seconde fois, ː arrive eı
Arménie, détrône Vonon, et donne Zénon pour roi aux AArméniɐnˌ
qui le désirent; ensuite il part pour l'Égypte.

LXII-LXIII. Drusus sème la division parmi les Germairins. Maro
boduus, chassé de son royaume par Catualda, se réfugie ɛ en Italie
et passe à Ravenne les dix-huit dernières années de sa vie. . Catualdɛ
éprouve bientôt le même sort, et il est envoyé à Fréjus.

LXIV-LXVII. Rhescuporis, roi de Thrace, est fait prisoʒonnier pa
Pomponius Flaccus, et conduit à Rome.

LVIII. Meurtre de Vonon.

LXIX-LXXIII. A son retour d'Égypte, Germanicus trᵣrouve qu
Pison a annulé toutes les mesures qu'il avait prises, ou a c donné de
ordres contraires; la mésintelligence éclate entre eux. Peuu de temp
après, Germanicus tombe malade et meurt à Antioche.ː. Sa moı
cause un deuil universel.

LXXIV-LXXXII. Pison, soupçonné de l'avoir empois(sonné, eʂ
repoussé, lorsqu'il veut reprendre le gouvernement de la SSyrie.

LXXXIII-LXXXIV. Honneurs décernés à Germanicus après sa mort.

LXXXV. Lois contre l'incontinence des femmes.

LXXXVI. Choix d'une vestale.

LXXXVII-LXXXVIII. Arminius est tué en trahison par les Germains.

Ce livre renferme l'espace de quatre années.

Ans de Rome.	Ans de J. C.	Consuls.
769	16	T. Statilius Sisenna Taurus : L. Scribonius Libon.
770	17	C. Cécilius Rufus ; L. Pomponius Flaccus Grécinus.
771	18	Tibère César Auguste, pour la troisième fois ; Germanicus César, pour la deuxième fois.
772	19	M. Julius Silanus ; L. Norbanus Flaccus.

ANNALIUM

LIBER II.

I. Sisenna Statilio Tauro, L. Libone consulibus, motæ Orientis regna provinciæque Romanæ, initio apud Parthos orto [1], qui petitum Roma acceptumque regem, quamvis gentiis Arsacidarum, ut externum aspernabantur. Is fuit Vonones [2], obses Augusto datus a Phraate. Nam Phraates [3], quanquam depulisset [4] exercitus ducesque Romanos, cuncta venerrantium officia [5] ad Augustum verterat, partemque prolis [6] firmandæ amicitiæ miserat, haud perinde nostri metu quam fidei popularium diffisus.

II. Post finem Phraatis et sequentium regum [7], ob internas cædes, venere in Urbem legati a primoribus Parthis, qui Vononem, vetustissimum liberorum ejus, accirent. Magnificum

---

I. Sous le consulat de Sisenna Statilius Taurus et de L. Libon, les royaumes de l'Orient et nos provinces furent en fermentation. Le premier mouvement vint des Parthes, qui, après avoir demandé à Rome un roi, et l'avoir reconnu, le méprisèrent comme étranger, quoiqu'il fût du sang des Arsacides. Ce roi était Vonon, donné en otage à Auguste par Phraate; car Phraate, bien qu'il eût chassé nos soldats et nos généraux, avait prodigué à Auguste toutes les marques de respect, et, pour mieux s'assurer son amitié, lui avait envoyé une partie de ses enfants, moins, il est vrai, par crainte de nos armes que par défiance de ses sujets.

II. Après la mort de Phraate et des rois ses successeurs, les grands du royaume, pour mettre fin aux massacres qui désolaient leur pays, firent redemander par des ambassadeurs Vonon, l'aîné de ses en-

ANNALES.

LIVRE II.

I. Sisenna Statilio Tauro
L. Libone consulibus,
regna Orientis mota,
provinciæque Romanæ,
initio
orto apud Parthos,
qui aspernabantur
ut externum,   [rum,
quamvis gentis Arsacida-
regem petitum Roma
acceptumque.
Is fuit Vonones,
datus obses Augusto
a Phraate.
Nam Phraates,
quanquam depulisset
exercitus
ducesque Romanos
verterat ad Augustum
omnia officia venerantium,
miseratque partem prolis
firmandæ amicitiæ,
haud perinde metu nostri
quam diffisus fidei
popularium.
  II. Post finem Phraatis
regumque sequentium,
ob cædes internas,
legati venere in Urbem
a primoribus Parthis,
qui accirent Vononem,
vetustissimum
liberorum ejus.

I. Sisenna Statilius Taurus
et L. Libon *étant* consuls,
les royaumes de l'Orient *furent* agités,
et (ainsi que) les provinces romaines,
le commencement *de l'agitation*
s'étant élevé chez les Parthes,
qui méprisaient
comme étranger,
bien que de la famille des Arsacides,
le roi demandé à Rome
et reçu *par eux*.
Celui-ci fut Vonon,
donné *comme* otage à Auguste
par Phraate.
Car Phraate,
quoiqu'il eût repoussé
les armées
et les généraux de-Rome,
avait tourné vers Auguste   [mage,
tous les devoirs de ceux qui font-hom
et avait envoyé une partie de *sa* progé-
en vue d'affermir *son* amitié,   [niture
non tant par crainte de nous
que s'étant défié de la foi
de ceux-de-sa nation.
  II. Après la fin de Phraate
et des rois suivants,
à cause de massacres intérieurs,
des députés vinrent dans la ville (à Rome)
de-la-part des principaux Parthes.
lesquels appelassent Vonon,
le plus âgé
des enfants de lui.

id sibi credidit Cæsar, auxitque opibus [1]. Et accepere barbari
lætantes, ut ferme ad nova imperia. Mox subit pudor, « dege-
neravisse Parthos, petitum alio ex orbe regem hostium artibus
infectum ; jam inter provincias Romanas solium Arsacidarum
haberi darique. Ubi illam gloriam trucidantium Crassum, ex-
turbantium Antonium, si mancipium Cæsaris, tot per annos
servitutem perpessum, Parthis imperitet? » Accendebat de-
dignantes et ipse, diversus a majorum institutis, raro venatu,
segni equorum cura [2] ; quoties per urbes incederet, lecticæ
gestamine, fastuque erga patrias epulas [3]. Irridebantur et
Græci comites, ac vilissima utensilium [4] annulo clausa ; sed
prompti aditus, obvia comitas, ignotæ Parthis virtutes, nova
vitia : et, quia ipsorum moribus aliena, perinde odium pravis
et honestis.

III. Igitur Artabanus, Arsacidarum e sanguine [5], apud Dahas [6]
adultus, excitur, primoque congressu fusus reparat vires,

---

fants. Cette démarche flatta l'orgueil d'Auguste, qui renvoya ce
prince comblé de présents. Les Barbares le reçurent avec les transports qui accueillent presque toujours un nouveau maître ; mais
bientôt, se croyant dégradés, ils rougirent d'avoir été prendre dans
un autre monde un roi infecté des mœurs de leurs ennemis. Rome,
disaient-ils, disposait donc déjà du trône des Arsacides comme
d'une de ses provinces. Où était la gloire d'avoir immolé Crassus,
d'avoir fait fuir Antoine, si, vieilli dans les fers, un esclave de César
commandait aux Parthes? Vonon, de son côté, enflammait leur indignation par son éloignement pour les usages du pays, chassant
peu, n'aimant point les chevaux, ne se promenant dans les villes
qu'en litière, et dédaignant les repas publics. Son cortége de Grecs,
et le soin qu'il avait d'apposer son cachet sur les choses les plus
viles, excitaient encore leur risée. Son abord facile, son afabilité
prévenante, qualités inconnues aux Parthes, leur semblaient des
vices nouveaux; et le bien comme le mal, étranger à leurs mœurs,
excitait leur haine.

III. Ils mettent donc à leur tête Artaban, prince arsacide, élevé
chez les Dahes. Celui-ci, battu d'abord, revient avec de nouvelles

Cæsar credidit id	César (Auguste) crut cela
magnificum sibi,	glorieux pour lui-même,
auxitque opibus.	et combla *Vonon* de richesses.
Et barbari	Et les barbares
accepere lætantes,	*le* reçurent joyeux,
ut ferme	comme presque-toujours
ad nova imperia.	pour de nouveaux règnes.
Mox pudor subit,	Bientôt la honte se glisse *en eux*.
« Parthos degeneravisse,	*ils disent* « les Parthes *avoir* degénéré,
regem petitum ex alio orbe,	un roi *avoir été* demandé à un autre monde.
infectum artibus hostium ;	roi infecté des habitudes de *leurs* ennemis.
jam solium Arsacidarum	déjà le trône des Arsacides
haberi darique	être tenu (compté) et être donné
inter provincias Romanas.	parmi les provinces (comme une province
Ubi illam gloriam	Où *être allée* cette gloire [le-Rom.
trucidantium Crassum,	de ceux qui immolaient Crassus,
exturbantium Antonium,	qui faisaient-fuir Antoine.
si mancipium Cæsaris,	si un esclave de César,
perpessum servitutem	ayant souffert la servitude
per tot annos,	pendant tant-d'années,
imperitet Parthis ? »	commandait aux Parthes ? » (p rer)
Et ipse accendebat	Et lui-même enflammait (achevait u exas-
dedignantes,	*les Parthes* qui *le* dédaignaient,
diversus	s'écartant
ab institutis majorum,	des habitudes de *ses* ancêtres,
venatu raro,	par une chasse rare,
cura equorum segni ;	par un soin des chevaux négligent :
gestamine lecticæ,	par le moyen-de-transport d'une litière.
quotiesincederetper urbes,	toutes les fois qu'il s'avançait à travers
fastuque	et par *son* dédain [les villes.
erga epulas patrias.	à-l'égard-des repas du-pays.
Et Græci comites,	Les Grecs aussi *ses* compagnons,
ac vilissima utensilium	et les plus viles des provisions
clausa annulo,	fermées (scellées) de *son* anneau.
irridebantur ;	étaient moqués ;
sed aditus prompti,	d'autre-part *ses* abords faciles.
comitas obvia,	*son* affabilité prévenante,
virtutes ignotæ Parthis,	vertus inconnues aux Parthes.
vitia nova :	*étaient pour eux* des vices nouveaux :
et odium perinde	et *leur* haine s'*attachait* également
pravis et honestis,	aux choses mauvaises et aux choses hon-
quia aliena	parce qu'elles *étaient* étrangères [nêtes,
moribus ipsorum.	aux mœurs d'eux-mêmes.
III. Igitur Artabanus,	III. Donc Artaban,
e sanguine Arsacidarum,	du sang des Arsacides,
adultus apud Dahas,	ayant grandi chez les Dahes,
excitur, fususque	est appelé, et mis-en-déroute

regnoque potitur. Victo Vononi perfugium Armenia fuit, va-
cua tunc interque Parthorum et Romanas opes infida , ob scelus Antonii [1], qui Artavasden , regem Armeniorum , specie
amicitiæ illectum , dein catenis oneratum , postremo interfecerat. Ejus filius Artaxias [2], memoria patris nobis infensus ,
Arsacidarum vi seque regnumque tutatus est. Occiso Ar-
taxia per dolum propinquorum , datus a Cæsare Armeniis
Tigranes [3], deductusque in regnum a Tiberio Nerone. Nec
Tigrani diuturnum imperium fuit , neque liberis ejus , quanquam sociatis more externo in matrimonium regnumque.
Dein jussu Augusti impositus Artavasdes , et non sine clade
nostra dejectus.

IV. Tum C. Cæsar [4] componendæ Armeniæ deligitur. Is
Ariobarzanem, origine Medum, ob insignem corporis for-
mam et præclarum animum , volentibus Armeniis præfecit.
Ariobarzane morte fortuita absumpto , stirpem ejus haud

forces, et s'empare du trône. Vonon vaincu cherche un asile en Arménie. Ce pays était alors sans maître, toujours flottant entre les
Parthes et les Romains, depuis le crime d'Antoine, qui, après avoir
attiré près de lui, par des offres d'amitié, Artavasde, roi d'Arménie,
l'avait chargé de fers et enfin mis à mort. La fin tragique du père
nous fit un ennemi irréconciliable de son fils Artaxias, qui, secouru
par les Arsacides, sut défendre sa personne et ses États ; mais, ce
prince ayant péri par la trahison de ses proches, Auguste donna
l'Arménie à Tigrane, que Tibère Néron mit en possession du trône.
Tigrane ne jouit pas longtemps de sa puissance, non plus que ses
enfants, quoique, selon la coutume barbare, le frère et la sœur se
fussent épousés pour régner ensemble. Enfin Auguste leur substi-
tua un autre Artavasde, dépossédé bientôt, non sans perte pour les
Romains.

IV. Alors Caïus César, choisi pour pacifier l'Arménie, lu. donna
pour roi Ariobarzane, que son courage et sa beauté firent agréer.
quoique Mède d'origine. Ce prince ayant péri par une mort fortuite,

primo congressu	à la première rencontre
reparat vires,	il répare *ses* forces,
potiturque regno.	et s'empare du royaume.
Armenia fuit perfugium	L'Arménie fut un asile
Vononi victo,	pour Vonon vaincu,
tunc vacua, infidaque	*contrée* alors vacante, et infidèle
inter opes Parthorum	entre la fortune des Parthes
et Romanas,	et *celle* des-Romains,
ob scelus Antonii,	à cause du crime d'Antoine,
qui postremo interfecerat	qui à la fin avait tué
Artavasden,	Artavasde,
regem Armeniorum,	roi des Arméniens,
illectum specie amicitiæ,	attiré par une apparence d'amitié,
dein oneratum catenis.	puis chargé de chaînes,
Artaxias filius ejus,	Artaxias fils de lui,
infensus nobis	hostile à nous
memoria patris,	par le souvenir de *son* père,
tutatus est	défendit
seque regnumque	et lui-même et *son* royaume
vi Arsacidarum.	avec la force des Arsacides.
Artaxia occiso	Artaxias ayant été tué
per dolum propinquorum,	par la ruse de *ses* proches,
Tigranes datus	Tigrane *fut* donné
a Cæsare Armeniis,	par César (Auguste) aux Arméniens,
deductusque in regnum	et conduit dans *son* royaume
a Tiberio Nerone.	par Tibère Néron.
Nec imperium	Et l'empire
fuit diuturnum Tigrani,	ne fut pas de-longue-durée à Tigrane,
neque liberis ejus,	ni aux enfants de lui,
quanquam sociatis	quoique unis
more externo [que.	par une habitude étrangère
in matrimonium regnum-	en mariage et en royauté.
Dein, jussu Augusti,	Ensuite, par ordre d'Auguste,
Artavasdes impositus,	Artavasde *fut* imposé,
et dejectus	et renversé
non sine clade nobis.	non sans perte pour nous.
IV. Tum C. Cæsar	IV. Alors C. César
deligitur	est choisi
componendæ Armeniæ.	pour pacifier l'Arménie.
Is præfecit Ariobarzanem,	Celui-ci préposa Ariobarzane,
Medum origine,	Mède d'origine,
Armeniis volentibus	aux Arméniens qui y consentaient
ob formam corporis	à cause d'une forme de corps
insignem	remarquable
et animum præclarum.	et d'un courage éminent.
Ariobarzane absumpto	Ariobarzane ayant été emporté
morte fortuita,	par une mort accidentelle,

toleravere; tentatoque feminæ imperio, cui nomen Erato,
eaque brevi pulsa, incerti solutique, et magis sine domino
quam in libertate, profugum Vononem in regnum accipiunt.
Sed ubi minitari Artabanus, et parum subsidii in Armeniis, vel, si nostra vi defenderetur, bellum adversus Parthos sumendum erat, rector Syriæ, Creticus Silanus, excitum custodia circumdat, manente luxu et regio nomine :
quod ludibrium ut effugere agitaverit Vonones, in loco reddemus [1].

V. Ceterum Tiberio haud ingratum accidit turbari res Orientis, ut ea specie Germanicum suetis legionibus abstraheret,
novisque provinciis [2] impositum dolo simul et casibus objec-
taret. At ille, quanto acriora in eum studia militum et aversa
patrui voluntas, celerandæ victoriæ intentior, tractare prœliorum vias [3], et quæ sibi tertium jam annum [4] belligeranti sæva

---

les Arméniens rejetèrent ses enfants, et essayèrent du gouvernement
d'une femme, nommée Érato, qui fut bientôt chassée ; livrés ensuite
à leurs irrésolutions et à une indépendance qui était plutôt de l'a-
narchie que de la liberté, ils prirent enfin pour roi le fugitif Vonon.
Mais, comme Artaban ne cessait de menacer l'Arménie, incapable
de résister par elle-même, et que les Romains ne pouvaient la défendre sans renouveler la guerre avec les Parthes, Créticus Silanus,
gouverneur de Syrie, attira Vonon dans sa province, et le retint prisonnier, en lui conservant les honneurs et le titre de roi. Je dirai
plus tard comment Vonon essaya de se mettre à l'abri de ces insultes.

V. Tibère apprit sans peine les troubles de l'Orient, qui lui four-
nissaient un prétexte pour enlever Germanicus à des légions accoutumées à son commandement, et pour le reléguer dans de nouvelles
provinces, où il resterait exposé aux coups de la perfidie et du sort.
Cependant, plus le jeune César sentait croître pour lui l'affection des
soldats et l'inimitié de son oncle, plus il s'efforçait de hâter sa victoire. En méditant sur le plan de la guerre future et sur les événements heureux ou malheureux qui avaient signalé ses trois campa-

haud toleravere
stirpem ejus ;
imperioque feminæ,
cui nomen Erato,
tentato,
eaque pulsa brevi,
incerti solutique,
et magis sine domino
quam in libertate,
accipiunt in regnum
Vononem profugum
Sed ubi Artabanus
minitari,
et parum subsidii
in Armeniis,
vel, si defenderetur
nostra vi ,
bellum erat sumendum
adversus Parthos,
Creticus Silanus,
rector Syriæ,
circumdat custodia
excitum,
luxu et nomine regio
manente :
quod ludibrium
reddemus in loco
ut Vonones
agitaverit effugere.

V. Ceterum
res Orientis turbari
accidit haud ingratum
Tiberio,
ut, ea specie,
abstraheret Germanicum
legionibus suetis,
objectaretque dolo
et simul casibus
impositum novis provinciis.
At ille, intentior
celerandæ victoriæ,
quanto studia militum
in eum
acriora,
et voluntas patrui aversa,
tractare vias prœliorum ,
et sæva vel prospera

ils ne supportèrent point
la race de lui ;
et l'empire d'une femme,
à qui le nom *était* Érato,
ayant été essayé,
et celle-ci ayant été chassée bientôt,
incertains et sans-frein,
et plutôt sans maître
qu'en liberté,
ils acceptent pour *exercer* la royauté
Vonon fugitif.
Mais comme Artaban
commençait à menacer-sans-cesse,
et *qu'il y avait* peu de ressources
chez les Arméniens,
ou *que*, si *Vonon* était défendu
par notre force (nos armes),
la guerre était à-entreprendre
contre les Parthes ,
Créticus Silanus,
gouverneur de la Syrie ,
entoure d'une garde
Vonon attiré *par lui*,
son luxe et *son* nom de-roi
subsistant :
à laquelle insulte
nous rapporterons en *sa* place.
comment Vonon
médita d'échapper.

V. Au reste *ce fait*
les affaires de l'Orient être troublées
arriva non désagréable
à Tibère,
afin que, sous ce prétexte,
il arrachât Germanicus
à des légions accoutumées *à lui*,
et qu'il exposât à la ruse
et en-même-temps aux hasards [vinces.
ce prince mis-à-la-tête de nouvelles pro-
Mais celui-là (Germanicus), *d'autant* plus
à hâter *sa* victoire,   [appliqué
que l'affection des soldats
pour lui
était plus vive,   [tournée (défavorable),
et la disposition de *son* oncle *plus* dé-
se met à méditer *sur* les voies des combats,
et sur les choses fâcheuses ou prospères

vel prospera evenissent : « Fundi Germanos acie et justis
locis , juvari silvis , paludibus , brevi æstate et præmatura
hieme ; suum militem haud perinde vulneribus quam spatiis
itinerum, damno armorum, affici ; fessas Gallias ministrandis
equis ; longum impedimentorum agmen opportunum ad insidias, defensantibus iniquum. At, si mare intretur, promptam
ipsis possessionem et hostibus ignotam ; simul bellum maturius [1] incipi, legionesque et commeatus pariter vehi ; integrum equitem equosque, per ora et alveos fluminum, media
in Germania fore. »

VI. Igitur huc intendit : missis ad census Galliarum P. Vitellio [2] et C. Antio [3], Silius et Anteius et Cæcina fabricandæ
classi præponuntur. Mille naves sufficere visæ, properatæque :
aliæ breves, angusta puppi proraque et lato utero, quo facilius

gnes, il vit que les Germains, inférieurs en plaine et en bataille ran-
gée, étaient protégés par leurs bois, leurs marais, un été court, un
hiver prématuré ; que ses soldats ne souffraient pas tant du fer
de l'ennemi que de la longueur des marches et de la perte de
leurs armes ; que les Gaules se lassaient de fournir des chevaux ; que
cette longue file de bagages, difficile à couvrir, prêtait aux embuscades ; au lieu que, par mer, il trouverait une route facile pour
les siens, inconnue à l'ennemi ; il ouvrirait plus tôt la campagne, il
embarquerait ses convois avec ses légions, et, en remontant par
les fleuves, sa cavalerie arriverait toute fraîche au cœur de la Germanie.

VI. Il prend donc ce parti. Tandis que P. Vitellius et C. Antius vont recevoir le tribut des Gaules, Silius, Antéius et Cécina
veillent à la construction de la flotte. Mille vaisseaux parurent suf-
fisants ; on les construit en diligence, les uns courts, étroits de poupe
et de proue et larges de carène, pour mieux résister aux vagues ; les

quæ evenissent sibi
belligeranti
jam tertium annum :
« Germanos fundi acie
et locis
justis,
juvari silvis, paludibus,
æstate brevi
et hieme præmatura.
suum militem
haud affici perinde
vulneribus
quam spatiis itinerum,
damno armorum ;
Gallias fessas
ministrandis equis ;
longum agmen
impedimentorum,
opportunum ad insidias,
iniquum
defensantibus.
At, si intretur mare,
possessionem
promptam ipsis
et ignotam hostibus ;
simul bellum
incipi maturius,
legionesque et commeatus
vehi pariter ;
equitem fore integrum,
equosque,
in media Germania,
per ora
et alveos fluminum.
  VI. Igitur intendit huc :
P. Vitellio et C. Antio
missis
ad census Galliarum,
Silius et Anteius et Cæcina
præponuntur
fabricandæ classi.
Mille naves visæ sufficere,
properatæque :
aliæ breves,
puppi proraque angusta,
et utero lato,
quo tolerarent fluctus

qui étaient arrivées à lui
faisant-la-guerre
déjà *pendant* la troisième année : [ligne
il se disait « les Germains être battus en
et dans des lieux
convenables *pour combattre* (unis),
être aidés par les forêts, par les marais.
par un été court
et par un hiver hâtif ;
son soldat (le soldat romain)
n'être pas accablé autant
par les blessures
que par les distances des marches.
par la perte de *ses* armes ;
les Gaules *être* fatiguées
de fournir des chevaux ;
une longue file
de bagages,
exposée aux embuscades,
être désavantageuse
pour ceux qui *les* défendent.
Mais, si l'on entrait en mer,
ce domaine
être tout-ouvert pour eux-mêmes
et inconnu aux ennemis ;
en-même-temps la guerre
être commencée plus tôt,
et les légions et les convois
être transportés pareillement ;
le cavalier devoir être frais,
et les chevaux *aussi*,
au milieu de la Germanie,
amenés par les bouches
et les lits des fleuves. »
  VI. Donc il s'applique ici (arrête ce
P. Vitellius et C. Antius   [plan) :
ayant été envoyés
pour *régler* le cens des Gaules,
Silius et Antéius et Cécina
sont préposés
à *la tâche de* construire la flotte.
Mille vaisseaux parurent suffire,
et *furent* construits-avec-hâte :
les uns courts,
de poupe et de proue étroite,
et de ventre large,
afin qu'ils supportassent les vagues

fluctus tolerarent; quædam planæ carinis, ut sine noxa side-
rent; plures appositis utrinque gubernaculis [1], converso ut
repente remigio hinc vel illinc appellerent; multæ pontibus
stratæ, super quas tormenta veherentur, simul aptæ ferendis
equis aut commeatui, velis habiles, citæ remis, augebantur
alacritate militum in speciem ac terrorem. Insula Batavorum [2]
in quam convenirent prædicta, ob faciles appulsus, accipien-
disque copiis et transmittendum ad bellum opportuna. Nam
Rhenus, uno alveo continuus, aut modicas insulas circum-
veniens, apud principium agri Batavi velut in duos amnes
dividitur : servatque nomen et violentiam cursus, qua Germaniam prævehitur, donec Oceano misceatur ; ad Gallicam
ripam latior et placidior affluens : verso cognomento, Vahalem [3] accolæ dicunt ; mox id quoque vocabulum mutat Mosa
flumine, ejusque immenso ore eumdem in Oceanum effun-
ditur.

autres à fond plat, pour qu'ils pussent échouer sans risque ; la plupart à double gouvernail, pour faciliter, en changeant la manœuvre,
la descente des deux côtés ; un grand nombre, couverts et pontés,
pour le transport des machines, des munitions et des chevaux, également vites à la voile et à la rame, offraient, grâce à l'allégresse du
soldat, un spectacle à la fois superbe et terrible. On assigna pour
rendez-vous l'île des Bataves, qui offrait des facilités pour aborder
pour embarquer des troupes et porter la guerre où l'on voudrait. Car
le Rhin, jusque-là retenu dans un seul canal, à peine entrecoupé
de quelques îles, semble, à l'entrée du pays des Bataves, se partager
en deux fleuves. Celui qui borde la Germanie conserve et le nom et
l'impétuosité du Rhin, jusqu'à ce qu'il tombe dans l'Océan. Plus
large et plus tranquille, l'autre, qui arrose les frontières des Gaules,
a reçu des habitants le nom de Vahal, qu'il perd bientôt pour prendre celui de Meuse, sous lequel il se décharge dans le même Océan
par une vaste embouchure.

facilius ;	plus facilement ;
quædam planæ carinis,	certains plats de carènes, [sans risque ;
ut siderent sine noxa ;	afin qu'ils enfonçassent (échouassent)
plures gubernaculis	un plus-grand-nombre avec des gouver-
appositis utrinque ,	adaptés des-deux-côtés, [nails
ut, remigio	pour que, la manœuvre-des-rames
converso repente,	étant changée tout-à-coup, [la :
appellerent hinc vel illinc ;	ils abordassent de ce côté-ci ou de celui-
multæ stratæ pontibus,	plusieurs couverts de ponts,
super quas	sur lesquels *vaisseaux*
tormenta veherentur,	des machines fussent transportées,
simul aptæ ferendis equis	à la fois propres à porter des chevaux
aut commeatui,	ou des munitions, [par des rames,
habiles velis, citæ remis,	s'adaptant à (recevant) des voiles , mais
augebantur	étaient agrandis
alacritate militum	par l'allégresse des soldats
in speciem ac terrorem.	en appareil et en terreur.
Insula Batavorum	L'île des Bataves
prædicta,	*fut* assignée-d'avance,
in quam convenirent,	dans laquelle ils se réuniraient.
ob appulsus faciles,	à cause de *ses* abords faciles,
opportunaque	et *parce qu'elle était* commode
ccipiendis copiis [lum.	pour recevoir des troupes
t ad transmittendum bel-	et pour transporter *ailleurs* la guerre.
Nam Rhenus,	Car le Rhin ,
continuus uno alveo,	continu dans un seul lit,
ut circumveniens	ou entourant
odicas insulas, dividitur	de petites îles, se partage
velut in duos amnes	comme en deux fleuves
pud principium	au commencement
gri Batavi :	du territoire batave :
ervatque nomen	et il conserve le nom
t violentiam cursus,	et la violence de *son* cours
ua prævehitur	par où il est porté (coule,-le-long-de
ermaniam,	la Germanie,
onec misceatur Oceano ;	jusqu'à ce qu'il se mêle à l'Océan ;
fluens	coulant
d ripam Gallicam,	vers la rive gauloise,
tior et placidior :	*il est* plus large et plus tranquille :
ognomento verso,	*son* nom étant changé,
ccolæ dicunt Vahalem ;	les habitants *l'*appellent Wahal ;
iox mutat	bientôt il change
vocabulum quoque	cette appellation aussi
umine Mosa,	pour *celle de* rivière *de la* Meuse,
eque immenso ejus	et par l'embouchure immense d'elle
ffunditur	se verse
n eumdem Oceanum	dans le même Océan.

VII. Sed Cæsar, dum adiguntur naves, Silium legatum cui expedita manu irruptionem in Cattos [1] facere jubet : ipse, au dito castellum Luppiæ flumini appositum [2] obsideri, sex l(giones eo duxit. Neque Silio ob subitos imbres aliud actum quam ut modicam prædam et Arpi, principis Cattorum, con jugem filiamque raperet; neque Cæsari copiam pugnæ obses sores fecere, ad famam adventus ejus dilapsi. Tumulum tame nuper Varianis legionibus structum, et veterem aram Drus sitam, disjecerant : restituit aram, honorique patris princep ipse cum legionibus decucurrit; tumulum iterare haud visum et cuncta inter castellum Alisonem ac Rhenum novis limitibu aggeribusque permunita.

VIII. Jamque classis advenerat, quum, præmisso commeat et distributis in legiones ac socios navibus, fossam cui Dru sianæ nomen [3] ingressus, precatusque Drusum patrem [4] u

VII. Germanicus, en attendant sa flotte, envoya Silius avec u camp volant ravager le pays des Cattes. Lui-même, sur la nouvell que les ennemis assiégeaient un fort construit sur la Lippe, y men six légions. Les pluies qui survinrent empêchèrent Silius de rie entreprendre; il enleva seulement quelque butin, avec la femme la fille d'Arpus, chef des Cattes. Les assiégeants, de leur côté, n fournirent pas à Germanicus l'occasion de combattre, mais se di persèrent au premier bruit de son approche. Cependant ils avaie détruit le tombeau récemment élevé aux légions de Varus, et un an cien autel consacré à Drusus. L'autel fut relevé; Germanicus, s mettant lui-même à la tête, fit défiler ses légions devant cet autel c l'honneur de son père : pour le tombeau, il ne crut point devoir l reconstruire. Tout le pays situé entre le fort Aliso et le Rhin f fortifié par de nouvelles chaussées et de nouveaux remparts.

VIII. La flotte arrivée, Germanicus fait prendre les devants au bâtiments de transport; ensuite, ayant distribué les légions et l alliés sur les vaisseaux, il entre dans le canal qui porte le nom d Drusus, après avoir imploré la protection de son père pour un fil

VII. Sed,
dum naves adiguntur,
Cæsar jubet legatum Silium
facere irruptionem
in Cattos
cum manu expedita :
ipse, audito
castellum
appositum flumini Luppiæ
obsideri,
duxit eo sex legiones.
Neque aliud actum Silio,
ob imbres subitos,
quam ut raperet prædam
modicam
et conjugem filiamque
Arpi, principis Cattorum ;
neque obsessores
fecere copiam pugnæ
Cæsari,
dilapsi
ad famam adventus ejus.
Tamen disjecerant
tumulum structum nuper
legionibus Varianis,
et veterem aram
sitam Druso :
restituit aram,
ipseque princeps
decucurrit cum legionibus
honori patris ;
haud visum
iterare tumulum :
et cuncta
inter castellum Alisonem
et Rhenum
permunita novis limitibus
aggeribusque.
VIII. Jamque classis
advenerat,
quum, commeatu præmisso
et navibus distributis
in legiones ac socios,
ingressus fossam
cui nomen Drusianæ,
precatusque
Drusum patrem

VII. Mais, [blés,
pendant que les vaisseaux sont rassem-
César ordonne le lieutenant Silius
faire irruption
chez les Cattes . [légère):
avec une troupe débarrassée *de bagages*
lui-même, *ceci* étant appris
un fort
établi-près de la rivière *de* la Lippe
être assiégé,
conduisit là six légions.
Et pas autre chose ne *fut* faite par Silius,
à cause de pluies subites,
que *ceci* qu'il enleva un butin
faible,
et l'épouse et la fille
d'Arpus, chef des Cattes ;
et les assiégeants
ne fournirent pas l'occasion d'un combat
à César,
s'étant dispersés
au bruit de l'arrivée de lui.
Cependant ils avaient détruit
le tombeau élevé naguère
aux légions de-Varus,
et un ancien autel
établi (dressé) à Drusus :
Germanicus rétablit l'autel,
et lui-même le premier
défila *devant* avec *ses* légions
en l'honneur de *son* père ;
il ne parut pas à *propos*
de refaire le tombeau :
et tous les *points*
entre le fort Aliso
et le Rhin
furent fortifiés de nouvelles chaussées
et de *nouveaux* remparts.
VIII. Et déjà la flotte
était arrivée,
lorsque, les convois ayant été envoyés-en-
et les vaisseaux distribués [avant,
entre les légions et les alliés,
étant entré dans le canal
auquel le nom *est* de-Drusus,
et ayant prié
Drusus *son* père

se, eadem ausum, libens placatusque exemplo ac memoria
consiliorum atque operum juvaret, lacus inde et Oceanum,
usque ad Amisiam [1] flumen, secunda navigatione pervehitur.
Classis Amisiæ [2] relicta, lævo amne; erratumque in eo quod
non subvexit : transposuit [3] militem, dextras in terras iturum.
Ita plures dies efficiendis pontibus [4] absumpti. Et eques quidem ac legiones prima æstuaria, nondum accrescente unda,
intrepidi transiere ; postremum auxiliorum agmen, Batavique
in parte ea [5], dum insultant aquis artemque nandi ostentant,
turbati, et quidam hausti sunt. Metanti castra Cæsari Angrivariorum [6] defectio a tergo nuntiatur : missus illico Sterlinius
cum equite et armatura levi, igne et cædibus perfidiam ultus
est.

IX. Flumen Visurgis [7] Romanos Cheruscosque interfluebat.
Ejus in ripa cum ceteris primoribus Arminius adstitit ; quæsi-
toque an Cæsar venisset, postquam adesse responsum est, ut

qui osait tenter la même entreprise en s'appuyant sur son exemple
en s'aidant de ses plans et de ses travaux. De là il gagne l'Océan par
les lacs, et arrive heureusement à l'embouchure de l'Ems. Il laiss
la flotte à Ems, sur la gauche du fleuve, et ce fut une faute de n
l'avoir pas fait remonter plus haut ; il eût pu alors débarquer su
la rive droite l'armée qui devait marcher de ce côté, au lieu qu'o
perdit plusieurs jours à construire des ponts. La cavalerie et les lé
gions passèrent sans obstacle les premiers bras de la rivière, avan
que la marée montât. Il n'en fut pas de même de l'arrière-garde, o
étaient les auxiliaires, et entre autres les Bataves. Comme ils se pi
quaient de braver les flots et de montrer leur habileté à nager, l
désordre se mit dans leurs rangs ; quelques-uns même périrent. Tan
dis que Germanicus traçait son camp, on vint lui apprendre un sou
lèvement des Angrivariens, qu'il avait laissés derrière lui. Il envoy
sur-le-champ Stertinius avec de la cavalerie et des troupes légère
et bientôt le fer et la flamme nous vengèrent de cette perfidie.

IX. Le Véser coulait entre les Romains et les Chérusques. A
minius se présenta sur la rive avec les autres chefs, et s'informa
Germanicus était présent. Sur une réponse affirmative, il demand

ut libens placatusque	pour que de-bon-gré et propice
juvaret se ausum eadem	il aidât lui qui avait osé les mêmes choses
exemplo ac memoria	à l'exemple et en souvenir
consiliorum atque operum.	de *ses* plans et de *ses* travaux,
pervehitur inde	il se transporte de là
navigatione secunda	par une navigation heureuse
lacus et Oceanum	par les lacs et l'Océan
usque ad flumen Amisiam.	jusqu'au fleuve *de* l'Ems.
Classis relicta Amisiæ,	La flotte *fut* laissée à Ems,
amne lævo;	sur le fleuve à-gauche:
erratumque	et une-faute-fut-commise
in eo quod non subvexit:	en ce qu'il ne *la* fit-pas-remonter:
transposuit militem,	il fit-passer-au-delà *du fleuve* le soldat,
iturum in terras dextras.	qui devait aller sur les terres à-droite.
Ita plures dies absumpti	Ainsi plusieurs jours *furent* employés
efficiendis pontibus.	à faire des ponts.
Et quidem eques ac legiones	Et à la vérité le cavalier et les légions
transiere intrepidi	passèrent sans-tumulte
prima æstuaria,	les premiers bras,
unda nondum accrescente:	l'onde ne montant pas encore
postremum agmen	la dernière troupe
auxiliorum,	des auxiliaires,
atavique in ea parte	et les Bataves dans cette partie (qui en fai-
urbati sunt,	furent mis-en-désordre, [saient partie)
et quidam hausti,	et quelques-uns engloutis,
um insultant aquis	tandis qu'ils sautent-dans les eaux
stentantque	et affectent-de-montrer
rtem nandi.	*leur* habileté à nager.
efectio Angrivariorum	La défection des Angrivariens
tergo	par derrière
untiatur Cæsari	est annoncée à César
etanti castra:	qui mesurait *son* camp:
tertinius missus illico	Stertinius envoyé sur-le-champ
um equite	avec le cavalier (de la cavalerie)
t armatura levi	et une troupe légère
ltus est perfidiam	punit *leur* perfidie
ne et cædibus.	par le feu et les massacres.
IX. Flumen Visurgis	IX. Le fleuve Véser
terfluebat Romanos	coulait-entre les Romains
heruscosque.	et les Chérusques.
rminius adstitit	Arminius se présenta
ripa ejus	sur la rive de lui
um ceteris primoribus;	avec les autres chefs;
uæsitoque	et *ceci* ayant été demandé *par lui*
n Cæsar venisset,	si César était arrivé,
ostquam responsum est	après qu'il eut été répondu
desse,	*César* être présent,

liceret cum fratre colloqui oravit. Erat is in exercitu, cogno
mento Flavius [1], insignis fide, et amisso per vulnus oculo
paucis ante annis, duce Tiberio. Tum permissum, progressu.
que salutatur ab Arminio, qui, amotis stipatoribus, ut sagit
tarii, nostra pro ripa dispositi, abscederent, postulat; et
postquam digressi, unde ea deformitas oris, interrogat fra
trem. Illo locum et prœlium referente, quodnam præmiur
recepisset, exquirit. Flavius aucta stipendia, torquem et cc
ronam aliaque militaria dona memorat, irridente Arminio vili
servitii pretia.

X. Exin diversi ordiuntur : hic « magnitudinem [2] Romanan
opes Cæsaris, et victis graves pœnas ; in deditionem venient
paratam clementiam : neque conjugem et filium ejus hostilit
haberi. » Ille « fas patriæ, libertatem avitam, penetrales [4] Ge
maniæ deos, matrem precum sociam, ne propinquorum
affinium, denique gentis suæ desertor et proditor quam imp

qu'on lui permît de conférer avec son frère. Ce frère, surnomn
Flavius, servait dans notre armée, et s'y distinguait par sa fidélit
il avait perdu un œil quelques années auparavant, sous le comma
dement de Tibère, à la suite d'une blessure. L'entrevue accordé
Flavius s'avance. Arminius le salue, et renvoyant sa suite, il pr
qu'on fasse retirer aussi les archers qui bordaient la rive de not
côté. Sitôt qu'on les eut éloignés, Arminius demande à son frère d'
lui vient la cicatrice qui le défigure. Flavius cite le lieu et le co
bat. — Et quelle en a été la récompense ? — Une augmentation
paye, un collier, une couronne et d'autres dons militaires. Armini
le raille de s'être fait esclave à si bas prix.

X. Ensuite ils engagent le débat. L'un fait valoir la grandeur r
maine, les forces de César, les peines terribles réservées aux vai
cus, la clémence offerte à quiconque se soumet, enfin le traiteme
généreux accordé à la femme et au fils d'Arminius. L'autre invoq
les droits de la patrie, la liberté de leurs aïeux, les dieux tutélai
de la Germanie, une mère qui s'unissait à lui pour conjurer Flavi
de ne point trahir ses proches, ses alliés, sa nation, de ne point p
férer le renom d'un déserteur et d'un traître à l'honneur de co

oravit ut liceret	il pria qu'il *lui* fût-permis
colloqui cum fratre	de s'entretenir avec *son* frère.
Is erat in exercitu.	Celui-ci était dans l'armée *romaine*,
Flavius cognomine,	Flavius de surnom,
insignis fide,	remarquable par *sa* fidélité,
et oculo amisso per vulnus	et par un œil perdu par une blessure
paucis annis ante,	peu d'années auparavant,
Tiberio duce.	Tibère *étant* chef.
Tum permissum,	Alors *la chose fut* permise
progressusque	et s'étant avancé
salutatur ab Arminio,	*Flavius* est salué par Arminius,
qui, stipatoribus amotis,	qui, *ses* gardes étant écartés,
postulat ut sagittarii	demande que les archers
dispositi pro nostra ripa	rangés le-long-de notre rive
abscederent;	se retirassent;
et, postquam digressi,	et, après qu'*ils se furent* retirés,
interrogat fratrem	il interroge *son* frère
unde ea deformitas oris.	d'où *lui venait* cette difformité de visage.
Illo referente	Celui-là rapportant
locum et prœlium,	le lieu et le combat,
xquirit [set.	*Arminius lui* demande
uodnam præmium recepis-	quelle récompense il avait reçue.
lavius memorat	Flavius rappelle
tipendia aucta,	*sa* paye augmentée,
orquem et coronam	un collier et une couronne
liaque dona militaria,	et d'autres dons militaires,
minio irridente	Arminius se moquant
ilia pretia servitii.	de *ces* vils prix de l'esclavage.
X. Exin ordiuntur	X. Ensuite ils commencent
versi : [nam,	en-des-sens-différents :
ic « magnitudinem Roma-	celui-ci *parlant* « de la grandeur romaine,
opes Cæsaris,	des ressources de César,
et pœnas graves victis;	et des châtiments lourds pour les vaincus;
clementiam paratam	de la clémence préparée
venienti in deditionem;	à celui qui venait à soumission;
neque conjugem	et *ajoutant* l'épouse
et filium ejus	et le fils de lui (d'Arminius)
aberi hostiliter. »	n'être point traités en-ennemis. »
le « fas patriæ,	Celui-là *rappelant* « le droit de la patrie,
libertatem avitam,	la liberté des-aïeux,
deos penetrales Germaniæ,	les dieux intérieurs de la Germanie
matrem, sociam precum,	*leur* mère, associée à *ses* prières,
ne mallet	*demandant* qu'il n'aimât-pas-mieux
esse desertor et proditor	être déserteur et traître
quam imperator	que chef
propinquorum et affinium,	de *ses* proches et de *ses* alliés,
denique suæ gentis. »	enfin de sa nation. »

rator esse mallet. » Paulatim inde ad jurgia prolapsi, quominus pugnam consererent, ne flumine quidem interjecto
cohibebantur, ni Stertinius accurrens plenum iræ armaque et
equum poscentem Flavium attinuisset. Cernebatur contra mi-
nitabundus Arminius, prœliumque denuntians ; nam pleraque Latino sermone interjaciebat, ut qui Romanis in castris
ductor popularium meruisset.

XI. Postero die Germanorum acies trans Visurgim stetit.
Cæsar, nisi pontibus præsidiisque impositis, dare in discrimen
legiones haud imperatorium ratus, equitem vado tramittit.
Præfuere Stertinius, et, e numero primipilarium[1], Æmilius,
distantibus locis invecti, ut hostem diducerent. Qua celerrimus
amnis, Cariovalda, dux Batavorum, erupit : cum Cherusci,
fugam simulantes, in planitiem saltibus circumjectam traxere ;
dein . coorti et undique effusi, trudunt adversos, instant ce-
dentibus, collectosque in orbem, pars congressi, quidam emi-

mander aux siens. Insensiblement ils en vinrent aux injures, et la
rivière qui les séparait ne les eût point empêchés de se battre, si Stertinius, accouru à la hâte, n'eût retenu Flavius, qui, transporté de
colère, demandait son cheval et ses armes. Arminius, sur l'autre bord,
ne paraissait pas moins furieux, et on le voyait nous menacer et nous
défier au combat ; car il entremêlait son langage de beaucoup de
mots latins, qu'il avait appris lorsqu'il commandait dans notre armée les troupes de sa nation.

XI. Le lendemain, les Germains parurent en bataille au delà du
Véser. Germanicus, persuadé qu'un général ne devait point exposer
ses légions sans avoir des ponts et des postes établis sur le fleuve,
fit passer à gué sa cavalerie. Stertinius et Émilius, un des primipi-
laires, qui la commandaient, passèrent à quelque distance l'un de
l'autre, afin de diviser les forces de l'ennemi. Ce fut à l'endroit le
plus rapide que Cariovalde franchit la rivière à la tête de ses Bataves. Les Chérusques, par une fuite simulée, l'attirèrent dans une
petite plaine entourée de bois. Là, se levant de tous côtés, ils l'en-
veloppent, ils renversent tout ce qui résiste, ils poursuivent tout ce
qui recule. En vain les Bataves se resserrent en pelotons ; une partie

Inde paulatim | De là peu à peu
prolapsi ad jurgia, | s'étant laissés-aller aux injures,
ne cohibebantur quidem | ils n'étaient même pas retenus
flumine interjecto, | par le fleuve placé-entre *eux*,
quominus consererent | au point qu'ils n'engageassent pas
pugnam, | le combat,
ni Stertinius accurrens | si Stertinius accourant
attinuisset Flavium | n'eût arrêté Flavius
plenum iræ | plein de colère
poscentemque arma | et demandant des armes
et equum. | et un cheval.
Arminius contra | Arminius d'autre part
cernebatur minitabundus, | était vu menaçant,
denuntiansque prœlium; | et annonçant le combat;
nam interjaciebat pleraque | car il entremêlait la plupart *de ses défis*
sermone Latino, | de langage latin,   [*solde,*
ut qui meruisset, | comme *un homme* qui avait gagné *une*
ductor popularium | *étant* chef de ceux-de-sa-nation
in castris Romanis. | dans un camp romain.

XI. Die postero, | XI. Le jour suivant,
acies Germanorum | l'armée des Germains
stetit trans Visurgim. | se tint *en bataille* au delà du Véser.
Cæsar, | César,
ratus haud imperatorium, | jugeant non digne-d'un-général
dare legiones in discrimen, | de livrer *ses* légions au danger,
nisi pontibus præsidiisque | sinon des ponts et des postes
impositis, | ayant été établis,
tramittit equitem vado. | fait-passer le cavalier à gué.
Stertinius et Æmilius, | Stertinius et Émilius,
e numero primipilarium, | du nombre des primipilaires,
præfuere, | furent-à-la-tête,
invecti | s'étant avancés
locis distantibus, | dans des lieux éloignés *l'un de l'autre,*
ut diducerent hostem. | pour qu'ils divisassent l'ennemi.
Cariovalda, | Cariovalde,
dux Batavorum, erupit, | chef des Bataves, s'élança,
qua amnis celerrimus: | par où le fleuve *est* le plus rapide·
Cherusci, | les Chérusques,
simulantes fugam, | simulant la fuite,
traxere eum in planitiem | entraînèrent lui dans une plaine
circumjectam saltibus; | entourée de bois;
dein, coorti | puis, s'étant levés-ensemble
et effusi undique, | et s'étant répandus de tous côtés,
trudunt adversos, | ils renversent ceux qui-sont-en-face,
instant cedentibus, | pressent ceux qui plient,
proturbantque | et mettent-en-désordre
collectos in orbem, | *les Bataves* réunis en peloton,

nus, proturbant. Cariovalda, diu sustentata hostium sævitia [1], hortatus suos ut ingruentes catervas globo frangerent, atque ipse in densissimos irrumpens, congestis telis et suffosso equo, labitur, ac multi nobilium circa : ceteros vis sua, aut equites cum Stertinio Æmilioque subvenientes, periculo exemere.

XII. Cæsar, transgressus Visurgim, indicio perfugæ cognoscit delectum ab Arminio locum pugnæ ; convenisse et alias nationes in silvam Herculi sacram [2], ausurosque nocturnam castrorum oppugnationem. Habita indici fides ; et cernebantur ignes, suggressique propius speculatores audiri fremitum equorum immensique et inconditi agminis murmur attulere. Igitur, propinquo summæ rei discrimine, explorandos militum animos ratus, quonam id modo incorruptum foret, secum agitabat : « Tribunos [3] et centuriones læta sæpius quam comperta nuntiare ; libertorum servilia ingenia ; amicis inesse adulatio-

---

des ennemis les joignant de près, d'autres les attaquant de loin, ils sont mis en désordre. Cariovalde soutint longtemps la violence du choc ; enfin, excitant les siens à se serrer en colonne pour ouvrir les bataillons ennemis, il s'élance lui-même au fort de la mêlée, y perd son cheval sous une grêle de traits, tombe, et voit tomber autour de lui une grande partie de sa noblesse; les autres durent leur salut ou à leur courage, ou à la cavalerie de Stertinius et d'Émilius, qui accourut les dégager.

XII. Germanicus, ayant passé le Véser, apprit par un transfuge qu'Arminius avait choisi un champ de bataille, que d'autres peuples encore étaient venus le joindre dans une forêt consacrée à Hercule, et qu'on tenterait pendant la nuit l'attaque de son camp. Les feux qu'on apercevait confirmaient le témoignage du transfuge, et ceux des éclaireurs qui s'étaient avancés plus près de l'ennemi rapportèrent qu'on entendait des hennissements de chevaux et le bruit d'une multitude immense et en désordre. Se voyant donc au moment d'une affaire décisive, et résolu d'éprouver les dispositions des soldats, Germanicus songeait aux moyens de rendre l'épreuve sûre. Il se défiait des nouvelles plus flatteuses qu'exactes débitées par les tribuns et les centurions, de l'esprit servile des affranchis, de l'adulation de

pars congressi,	une partie les ayant abordés,
quidam eminus.	quelques-uns de loin.
Sævitia hostium	La violence des ennemis
sustentata diu,	ayant été soutenue longtemps,
Cariovalda, hortatus suos	Cariovalde, ayant exhorté les siens
ut frangerent globo	pour qu'ils rompissent de leur masse
catervas ingruentes,	les bandes qui fondaient-sur eux,
atque ipse irrumpens	et lui-même se précipitant
in densissimos,	parmi les plus serrés,
telis congestis	les traits ayant été amoncelés sur lui
et equo suffosso,	et son cheval percé,
labitur,	tombe,
ac multi nobilium circa :	et beaucoup de ses nobles autour de lui :
sua vis,	leur propre force,
aut equites subvenientes	ou les cavaliers venant-à-leur-secours
cum Stertinio Æmilioque,	avec Stertinius et Émilius,
exemere ceteros periculo.	arrachèrent les autres au danger.
XII. Cæsar,	XII. César,
transgressus Visurgim,	ayant passé le Véser,
cognoscit indicio perfugæ	apprend par la révélation d'un transfuge
locum pugnæ	un lieu du combat
delectum ab Arminio;	avoir été choisi par Arminius ;
et alias nationes convenisse	d'autres nations aussi s'être réunies
in silvam sacram Herculi,	dans une forêt consacrée à Hercule
ausurosque	et eux devoir entreprendre
oppugnationem nocturnam	une attaque nocturne
castrorum.	du camp.
Fides habita indici ;	Foi fut ajoutée au dénonciateur,
et ignes cernebantur,	et des feux étaient vus,
speculatoresque	et des éclaireurs
suggressi propius	s'étant avancés plus près
attulere fremitum equorum	rapportèrent un frémissement de chevaux
murmurque agminis	et le murmure d'une troupe-en-marche
immensi et inconditi	immense et en-désordre
audiri.	être entendus.
Igitur, discrimine	Donc, le moment-critique
rei summæ	d'une affaire capitale
propinquo,	étant proche,
ratus animos militum	pensant les dispositions des soldats
explorandos,	devoir être sondées,
agitabat secum	il agitait en lui-même
quonam modo	de quelle manière
id foret incorruptum :	cette épreuve serait non-altérée (sûre) :
« Tribunos et centuriones	« Les tribuns et les centurions
nuntiare sæpius	annoncer plus souvent
læta quam comperta;	des nouvelles agréables que vérifiées ;
ingenia libertorum	les esprits des affranchis

nem ; si concio vocetur, illic quoque, quæ pauci incipiant,
reliquos adstrepere : penitus noscendas mentes, quum secreti et incustoditi, inter militares cibos, spem aut metum
proferrent. »

XIII. Nocte cœpta, egressus augurali[1], per occulta et vigilibus ignara, comite uno, contectus humeros ferina pelle[2], adit
castrorum vias, assistit tabernaculis, fruiturque fama sui,
quum hic nobilitatem ducis, decorem alius, plurimi patientiam, comitatem, per seria, per jocos eumdem animum, laudibus ferrent, reddendamque gratiam in acie[3] faterentur; simul perfidos et ruptores pacis ultioni et gloriæ mactandos.
Inter quæ unus hostium, Latinæ linguæ sciens, acto ad vallum
equo, voce magna, conjuges et agros et stipendii in dies, donec bellaretur, sestertios centenos[4], si quis transfugisset,
Arminii nomine pollicetur. Incendit ea contumelia legio-

ses amis, et même des assemblées générales de l'armée, où quelques
voix commencent et où toutes les autres répètent. Enfin, pour bien
connaître l'esprit de ses soldats, il voulut les voir alors que libres,
sans se tenir sur leurs gardes, dans leurs repas militaires, ils se
communiquent leurs craintes et leurs espérances.

XIII. La nuit venue, il s'échappe de l'augural par une issue secrète, ignorée des sentinelles; et, suivi d'un seul homme, les épaules
couvertes d'une peau de bête sauvage, il traverse les rues du camp,
s'arrête à chaque tente, jouit du plaisir d'entendre sa renommée.
L'un exaltait sa haute naissance, l'autre les grâces de sa personne,
la plupart sa patience, son affabilité, son humeur toujours égale
dans les affaires comme dans les plaisirs. Tous se promettaient de lui
témoigner leur reconnaissance sur le champ de bataille, en immo-
lant les parjures et les infracteurs de la paix à sa vengeance et à sa
gloire. Dans ce moment, un des ennemis, qui savait notre langue,
pousse son cheval jusqu'aux retranchements, et promet à haute voix,
au nom d'Arminius, à quiconque déserterait, une femme, des terres
et cent sesterces par jour pendant toute la guerre. Cette insulte en-

servilia ; — *être* serviles ;

adulationem inesse amicis ; — l'adulation être-naturelle aux amis ;

si concio vocetur, — si une assemblée était convoquée,

illic quoque, — là aussi,

reliquos adstrepere — les autres applaudir,

quæ pauci incipiant : — à ce que quelques-uns commencent *à dire :*

mentes noscendas penitus — les âmes devoir être connues à-fond

quum, secreti et incustodi- — lorsque, à l'écart et non-sur-leurs-gardes,

inter cibos militares, [ti, — au-milieu-de *leurs* repas militaires,

proferrent spem — ils exprimaient *leur* espoir

aut metum. » — ou *leur* crainte. »

XIII. Nocte cœpta, — XIII. La nuit étant commencée

egressus augurali, — sorti de l'augural,

per occulta — par des *chemins* cachés (secrets)

et ignara vigilibus, — et ignorés des gardes,

uno comite, — *avec* un seul compagnon,

contectus humeros — couvert *sur* les épaules

pelle ferina, — d'une peau de-bête-sauvage,

adit vias castrorum, — il entre dans les rues du camp,

assistit tabernaculis, — se tient-auprès des tentes,

fruiturque fama sui, — et jouit de la renommée de lui-même,

quum ferrent laudibus — tandis qu'ils élevaient par des louanges

hic nobilitatem ducis, — celui-ci la noblesse du chef,

alius decorem, — un autre *sa* grâce,

plurimi patientiam, — la plupart *sa* patience,

comitatem, — *son* affabilité,

animum eumdem — *son* humeur *toujours* la même [sirs.

per seria, per jocos, — dans les choses sérieuses, dans les plai-

faterenturque — et déclaraient [(témoignée)

gratiam reddendam — reconnaissance devoir *lui* être rendue

in acie ; — dans la bataille ;

simul perfidos — en même temps les perfides

et ruptores pacis — et les infracteurs de la paix

mactandos — devoir être immolés

ultioni et gloriæ. — à *sa* vengeance et à *sa* gloire.

Inter quæ, unus hostium, — Parmi lesquels *propos,* un des ennemis,

sciens linguæ Latinæ, — connaissant la langue latine, [ment,

eque acto ad vallum. — *son* cheval étant poussé vers le retranche-

voce magna, pollicetur — d'une voix forte, promet

nomine Arminii, — au nom d'Arminius,

si quis transfugisset, — si quelqu'un avait déserté,

conjuges et agros, — des épouses et des terres,

et centenos sestertios — et cent sesterces

stipendii in dies, — de paye par jour,

donec bellaretur. — tant qu'il serait guerroyé.

Ea contumelia — Cet affront

incendit iras legionum : — enflamme la colère des légions :

num iras : « Veniret dies, daretur pugna : sumpturum militem
Germanorum agros, tracturum [1] conjuges ; accipere omen,
et matrimonia ac pecunias hostium prædæ destinare. »
Tertia ferme vigilia [2] assultatum est castris, sine conjectu
teli, postquam crebras pro munimentis cohortes et nihil remissum sensere.

XIV. Nox eadem lætam Germanico quietem tulit, viditque
se operatum [3], et, sanguine sacro respersa prætexta, pulchriorem aliam manibus aviæ Augustæ accepisse. Auctus omine,
addicentibus auspiciis, vocat concionem, et quæ sapientia
prævisa aptaque imminenti pugnæ disserit : « Non campos
modo militi Romano ad prœlium bonos, sed, si ratio adsit, silvas et saltus : nec enim immensa barbarorum scuta, enormes
hastas, inter truncos arborum et enata humo virgulta, perinde
haberi quam pila et gladios [4] et hærentia corpori tegmina. Den-

flamme la colère des légions : « Que le jour vienne, qu'on donne la
bataille, et ils prendront les terres des Germains, et ils emmèneront
leurs femmes. Ils acceptent l'augure ; oui, ils se réservent pour butin
les femmes et les trésors de l'ennemi. » Environ à la troisième veille,
les Barbares vinrent pour insulter le camp ; mais, trouvant les palissades bordées de soldats et tous les postes bien gardés, ils se reti-
rèrent sans avoir lancé un seul trait.

XIV. Cette même nuit, le sommeil de Germanicus fut animé d'une
douce joie. Il se figura qu'il sacrifiait, et que, le sang de la victime
ayant rejailli sur sa robe, il en recevait une plus belle des mains de
son aïeule Augusta. Encouragé par ce présage, avec lequel s'accordaient les auspices, il convoque les soldats et leur représente tout ce
que sa prudence leur a ménagé pour le succès de la bataille : « Les
plaines n'étaient pas le seul terrain convenable au soldat romain ; les
bois leur offraient autant d'avantages, s'ils savaient s'en prévaloir ;
les Barbares, avec leurs énormes boucliers et leurs longues lances, ne
pouvaient, au milieu des troncs d'arbres et des rejetons qui cou-
vraient la terre, agir aussi librement que les Romains avec leur
pilum, leur épée et des armures serrées contre le corps ; ils n'avaient

« Dies veniret,
pugna daretur :
militem sumpturum
agros Germanorum,
tracturum conjuges ;
accipere omen,
et destinare prædæ
matrimonia
ac pecunias hostium. »
Tertia vigilia ferme,
assultatum est castris,
sine conjectu teli,
postquam sensere
cohortes crebras
pro munimentis
et nihil remissum.

XIV. Eadem nox
tulit Germanico
quietem lætam,
viditque se operatum,
et, prætexta respersa
sanguine sacro,
accepisse
aliam pulchriorem
manibus aviæ Augustæ.
Auctus omine,
auspiciis addicentibus,
vocat concionem,
et disserit
quæ prævisa sapientia
aptaque pugnæ imminenti.
« Non modo campos
bonos ad prœlium
militi Romano,
sed, si ratio adsit,
silvas et saltus :
nec enim immensa scuta
barbarorum,
enormes hastas,
haberi
inter truncos arborum
et virgulta enata humo,
perinde quam pila
et gladios
et tegmina
hœrentia corpori.
Densarent ictus,

« Que le jour vînt,
que le combat fût donné :
le soldat *romain* devoir prendre
les terres des Germains,
devoir entraîner *leurs* épouses ;
eux accepter le présage
et réserver pour le butin
les mariages (femmes)
et les richesses des ennemis. »
A la troisième veille environ,
on insulta le camp,
sans un jet de trait,
après qu'ils eurent aperçu
nos cohortes nombreuses
devant les palissades
et rien de relâché (nulle négligence).

XIV. La même nuit
apporta à Germanicus
un sommeil agréable,
et il vit lui-même ayant sacrifié,
et, *sa* robe ayant été arrosée
du sang sacré,
en avoir reçu
une autre plus belle
des mains de *son* aïeule Augusta.
Enhardi par *ce* présage,
les auspices *l'*approuvant,
il convoque une assemblée,
et expose *les mesures*
qui *ont été* prévues par *sa* sagesse, [çant.
et *qui sont* propres pour le combat mena-
« Non-seulement les plaines
être favorables pour le combat
au soldat romain,
mais *encore*, si le calcul s'*y* joignait,
les forêts et les bois :
et en effet les immenses boucliers
des barbares,
leurs énormes lances,
n'*être* pas maniés
entre les troncs d'arbres
et les broussailles sorties de terre,
de-même-façon que des javelots
et des épées
et des armures
adaptées au corps.   [coups,
Qu'ils pressassent (multipliassent) les

sarent ictus, ora mucronibus quærerent : non loricam Germano, non galeam [1] ; ne scuta quidem ferro nervove firmata,
sed viminum textus [2], sed tenues, fucatas colore, tabulas : primam utcumque aciem hastatam ; ceteris præusta aut brevia
tela. Jam corpus, ut visu torvum et ad brevem impetum validum, sic nulla vulnerum patientia [3] ; sine pudore flagitii, sine
cura ducum, abire, fugere ; pavidos adversis, inter secunda
non divini, non humani juris memores. Si tædio viarum ac
maris finem cupiant, hac acie parari : propiorem jam Albim [4]
quam Rhenum ; neque bellum ultra, modo se, patris patruique [5] vestigia prementem, iisdem in terris victorem sisterent. »
Orationem ducis secutus militum ardor ; signumque pugnæ
datum.

XV. Nec Arminius aut ceteri Germanorum proceres omittebant suos quisque testari : « Hos esse Romanos Variani exerci-

qu'à multiplier les coups en pointant au visage. Les Germains n'a-
vaient ni casque, ni cuirasse ; leurs boucliers même n'étaient ni re-
vêtus de cuir ni garnis de fer ; ce n'était qu'un tissu d'osier, de minces
planches déguisées par quelques couleurs ; la première ligne, tout au
plus, portait des espèces de lances, et le reste, de petits dards, ou des
pieux durcis au feu. Tous ces corps effrayants à la vue n'avaient
qu'une vigueur momentanée, qui s'évanouissait à la première blessure ; alors, sans crainte du déshonneur, sans égard pour leurs chefs
on les voyait plier et fuir, aussi timides dans les revers qu'étrangers,
dans le succès, au droit divin, au droit humain. Si l'ennui de la mer
et des longues marches faisait désirer aux Romains la fin de leurs
travaux, ils la trouveraient dans ce combat. L'Elbe était déjà plus
près que le Rhin, et au delà, plus de guerre, si toutefois, lorsqu'il
marchait, dans ces mêmes régions, sur les traces de son père et de
son oncle, ils voulaient l'y rendre vainqueur comme eux. » Le soldat
répondit au discours de son général par les plus vifs transports, et
l'on donna le signal du combat.

XV. De leur côté, Arminius et les autres chefs des Barbares n'o-
mettaient rien pour animer leurs troupes : « Ces Romains, disaient-
ils, n'étaient que les fuyards de l'armée de Varus, qui, pour ne point

quærerent ora
mucronibus .
non loricam Germano,
non galeam;
ne scuta quidem
firmata ferro nervove,
sed textus viminum,
sed tenues tabulas
fucatas colore :
primam aciem utcumque
hastatam;
ceteris
tela præusta aut brevia.
Jam corpus,
ut torvum visu,
et validum
ad impetum brevem,
sic nulla patientia
vulnerum ;
abire, fugere,
sine pudore flagitii,
sine cura ducum;
pavidos adversis,
inter secunda,
non memores juris divini,
non humani.
Si, tædio
cupiant finem
viarum ac maris,
parari hac acie :
jam Albim propiorem
quam Rhenum;
neque bellum ultra,
modo sisterent victorem
in iisdem terris
se prementem vestigia
patris patruique. »
Ardor militum
secutus orationem ducis ;
signumque pugnæ datum.
XV. Nec Arminius
aut ceteri proceres
Germanorum
omittebant testari
quisque suos :   [cissimos
« Hos Romanos esse fuga-
exercitus Variani,

qu'ils cherchassent les visages
avec *leurs* pointes :
point de cuirasse au Germain ,
point de casque;
pas même de boucliers
consolidés par le fer ou par le cuir ,
mais des tissus d'osier,
mais de minces planches
enduites de couleur :
la première ligne tellement-quellement
être armée-de-lances ;
aux autres
des traits brûlés-par-le-bout ou courts.
De plus, *leur* corps,
comme *il est* effrayant à voir ,
et fort
pour un choc court,
ainsi *n'être* d'aucune patience (vigueur)
des (contre les) blessures ;
eux s'en aller, fuir,
sans honte du déshonneur,
sans souci de *leurs* chefs,
timides dans les revers,
au milieu des succès ,
ne se-souvenant pas du droit divin ,
ni *du droit* humain.
Si, par ennui
ils (les Romains) désiraient une fin
des marches et de la mer,
cette fin être préparée par cette bataille :
déjà l'Elbe *être* plus proche
que le Rhin;
et point de guerre au delà,
pourvu qu'ils établissent vainqueur
sur la même terre
lui-même foulant les traces
de *son* père et de *son* oncle. »
L'ardeur des soldats.
suivit le discours du général ;
et le signal du combat *fut* donné.
XV. Arminius non plus
ou (ni) les autres chefs
des Germains
ne négligeaient de prendre-à-témoin
chacun les siens :
«Ces Romains *être* les plus fuyards
de l'armée de-Varus

tus fugacissimos, qui, ne bellum tolerarent, seditionem indue-
rint; quorum pars onusta vulneribus tergum[1], pars fluctibus
et procellis fractos artus, infensis rursum hostibus, adversis diis,
objiciant, nulla boni spe. Classem quippe et avia Oceani quæ-
sita, ne quis venientibus occurreret, ne pulsos premeret; sed,
ubi miscuerint manus, inane victis ventorum remorumve
subsidium. Meminissent modo avaritiæ, crudelitatis, superbiæ : aliud sibi reliquum quam tenere libertatem, aut mori
ante servitium? »

XVI. Sic accensos et prœlium poscentes, in campum cui
Idistaviso[2] nomen, deducunt. Is medius inter Visurgim et colles, ut ripæ fluminis cedunt, aut prominentia montium resi-
stunt, inæqualiter sinuatur. Pone tergum insurgebat silva,
editis in altum ramis, et pura humo inter arborum truncos.
Campum et prima silvarum barbara acies tenuit : soli Cherusci

combattre, avaient recouru à la sédition; qui, couverts en partie de
blessures honteuses, en partie brisés par les flots et par les tempêtes,
venaient de nouveau, sans le moindre espoir de succès, se livrer à un
ennemi implacable, à des dieux irrités; ils avaient pris une flotte et
cherché les endroits les plus secrets de l'Océan, pour éviter à leur
arrivée la rencontre, et à leur retour la poursuite des Germains;
mais, une fois sur le champ de bataille, des voiles et des rames seraient pour des vaincus un vain secours. Les Germains auraient-ils
oublié l'orgueil, l'avarice, la cruauté des Romains? Que leur reste-
t-il donc, sinon de maintenir leur liberté, ou de prévenir l'esclavage
par la mort? »

XVI. Ainsi enflammés, et demandant le combat, ils descendent
dans la plaine qui porte le nom d'Idistavise. Cette plaine s'étend entre le Véser et des collines; sa largeur est inégale, suivant qu'elle
est plus ou moins resserrée par les sinuosités de la rivière et par les
saillies des montagnes. Derrière eux s'élevait un bois de haute futaie,
dont les arbres, portant leurs branches vers la cime, laissaient le sol
entièrement libre entre leurs troncs. La ligne de bataille des Barbares occupait la plaine et l'entrée de la forêt; les Chérusques seuls

qui induerint seditionem, | qui étaient entrés-dans la sédition,
ne tolerarent bellum ; | pour qu'ils ne supportassent pas la guerre;
quorum pars | desquels une partie
onusta vulneribus tergum, | chargée de blessures dans le dos,
pars objiciant artus | une partie présentent des membres
fractos fluctibus et procellis | brisés par les flots et par les tempêtes
hostibus rursum infensis, | à *leurs* ennemis de-nouveau irrités,
diis adversis, | les dieux *étant* contraires,
nulla spe boni. | avec aucun espoir de bonheur (succès).
Quippe classem | Car une flotte
et avia Oceani | et les *chemins* détournés de l'Océan
quæsita, | *avoir été* cherchés *par eux*,
ne quis | de peur que quelqu'un
occurreret venientibus, | ne vînt-au-devant d'*eux* venant, [poussés;
ne premeret pulsos ; | de peur que *quelqu'un* n'écrasât *eux* re-
sed, ubi miscuerint manus, | mais, dès qu'ils auront mêlé les mains,
subsidium ventorum | le secours des vents
remorumve | ou des rames
inane victis. | *devoir être* vain pour des vaincus.
Meminissent modo | Qu'ils se souvinssent seulement
avaritiæ, | de l'avarice,
crudelitatis, superbiæ : | de la cruauté, de l'orgueil *des Romains :*
aliud reliquum sibi | *quoi d'*autre *être* de-reste à eux
quam tenere libertatem, | que de maintenir *leur* liberté,
aut mori ante servitium ?» | ou de mourir avant l'esclavage ? »

XVI. Deducunt | XVI. Ils font-descendre
sic accensos, | *les leurs* ainsi enflammés,
et poscentes prœlium, | et demandant le combat,
in campum, | dans une plaine,
cui nomen Idistaviso. | à laquelle le nom *est* Idistavise.
Is, medius | Cette *plaine, qui est* au-milieu
inter Visurgim et colles, | entre le Véser et des collines,
sinuatur inæqualiter, | se courbe inégalement,
ut ripæ fluminis | selon que les rives du fleuve
cedunt, | se retirent (s'éloignent), [gnes
aut prominentia montium | ou que les *parties* saillantes des monta-
resistunt. | tiennent-bon (se portent en avant).
Pone tergum | Derrière *leur* dos
insurgebat silva, | s'élevait une forêt,
ramis editis in altum, | les branches étant élancées en haut,
et humo pura | et le sol net (libre)
inter truncos arborum. | entre les troncs des arbres.
Acies barbara | L'armée barbare
tenuit campum | occupa la plaine [forêts :
et prima silvarum : | et les premiers *abords* (les lisières) des
Cherusci soli | les Chérusques seuls
insedere juga, | se postèrent-sur les hauteurs,

juga insedere, ut prœliantibus Romanis desuper incurrerent.
Noster exercitus sic incessit : auxiliares Galli Germanique in
fronte ; post quos, pedites sagittarii ; dein quatuor legiones,
et, cum duabus prætoriis cohortibus[1] ac delecto equite, Cæsar ;
exin totidem aliæ legiones, et levis armatura cum equite sagittario, ceteræque sociorum cohortes. Intentus paratusque[2]
miles, ut ordo agminis in aciem assisteret.

XVII. Visis Cheruscorum catervis, quæ per ferociam proruperant, validissimos equitum incurrere latus, Stertinium cum
ceteris turmis circumgredi tergaque invadere jubet, ipse in
tempore adfuturus. Interea pulcherrimum augurium, octo
aquilæ, petere silvas et intrare visæ, imperatorem advertere.
Exclamat : « Irent, sequerentur Romanas aves[3], propria legionum numina. » Simul pedestris acies infertur, et præmissus
eques postremos ac latera impulit : mirumque dictu, duo ho-

se postèrent sur les hauteurs, pour tomber sur les Romains au fort
du combat. Voici dans quel ordre s'avança notre armée : en tête, les
auxiliaires Gaulois et Germains, suivis des archers à pied ; puis quatre légions ; ensuite Germanicus, avec deux cohortes prétoriennes et
l'élite de la cavalerie ; après lui quatre autres légions ; enfin les troupes légères, avec les archers à cheval et le reste des cohortes alliées.
Le soldat était attentif et prêt au signal, de manière que son ordre
de marche devînt son ordre de bataille.

XVII. Germanicus ayant aperçu les bandes des Chérusques, qui
par excès d'intrépidité s'étaient jetées en avant, donne ordre à sa
meilleure cavalerie de les prendre en flanc, et à Stertinius de les
tourner et d'attaquer leurs derrières avec le reste des escadrons ; lui-
même promet de les seconder à propos. Cependant un magnifique augure, huit aigles, qu'on vit prendre leur vol et entrer dans la forêt,
frappèrent les regards du général. Il crie à ses soldats de marcher,
de suivre ces oiseaux de Rome, ces dieux tutélaires des légions.
Aussitôt l'infanterie se porte en avant, tandis que la cavalerie arrive
sur les flancs et sur l'arrière-garde des ennemis ; ceux-ci sont mis en

ut incurrerent desuper
Romanis prœliantibus.
Noster exercitus
incessit sic :
Galli
Germanique auxiliares
in fronte ;
post quos sagittarii pedites ;
dein quatuor legiones,
et Cæsar,
cum duabus cohortibus
prætoriis
ac equite delecto ;
exin totidem aliæ legiones,
et armatura levis
cum sagittario equite ,
ceteræque cohortes
sociorum.
Miles intentus paratusque ,
ut ordo agminis
adsisteret in aciem.
XVII. Catervis
Cheruscorum,
quæ proruperant
per ferociam,
visis,
jubet validissimos
equitum
incurrere latus,
Stertinium circumgredi
cum ceteris turmis,
invadereque terga,
ipse adfuturus in tempore.
Interea,
augurium pulcherrimum,
octo aquilæ
visæ petere silvas
et intrare
advertere imperatorem.
Exclamat : « Irent,
sequerentur aves Romanas,
numina propria
legionum. »
Simul
acies pedestris infertur,
et eques præmissus
impulit postremos

afin qu'ils courussent de-dessus
sur les Romains combattant.
Notre armée
s'avança ainsi :
les Gaulois
et les Germains auxiliaires
sur le front ;
derrière lesquels les archers à-pied ;
puis quatre légions,
et César,
avec deux cohortes
prétoriennes
et le cavalier (la cavalerie) d'-élite ;
ensuite autant-d'autres légions,
et la troupe légère
avec l'archer à-cheval,
et les autres cohortes
des alliés.
Le soldat *était* attentif et prêt,   [che
pour que *chaque* rang de troupe-en-mar-
s'arrêtât *et fût* en bataille.
XVII. Les bandes
des Chérusques,
lesquelles s'étaient élancées-en-avant
par audace,
ayant été vues,
César ordonne les plus solides
des cavaliers
se jeter-sur *leur* flanc,
Stertinius *les* tourner
avec les autres escadrons,
et attaquer *leurs* derrières.
lui-même devant arriver à temps.
Cependant,
augure très-beau,
huit aigles
vus (qu'on vit) gagner les forêts
et *y* entrer
attirèrent l'*attention du* général.
Il s'écrie : « Qu'ils allassent,
qu'ils suivissent *ces* oiseaux de-Rome,
ces divinités particulières
des légions. »
En-même-temps
la troupe de-pied s'avance,
et le cavalier envoyé-en-avant
ébranla les derniers *des ennemis*

stium agmina, diversa fuga, qui silvam tenuerant, in aperta,
qui campis adstiterant, in silvam ruebant. Medii inter hos
Cherusci collibus detrudebantur : inter quos insignis Arminius
manu, voce, vulnere, sustentabat pugnam ; incubueratque sagittariis, illa rupturus [1], ni Rhætorum Vindelicorumque [2] et Gallicæ cohortes signa objecissent. Nisu tamen corporis et impetu
equi pervasit, oblitus faciem suo cruore, ne nosceretur. Quidam agnitum a Chaucis [3], inter auxilia Romana agentibus,
emissumque tradiderunt. Virtus seu fraus eadem Inguiomero
effugium dedit : ceteri passim trucidati ; et plerosque, tranare
Visurgim conantes, injecta tela aut vis fluminis, postremo
moles ruentium et incidentes ripæ operuere. Quidam turpi
fuga in summa arborum nisi, ramisque se occultantes, admotis sagittariis per ludibrium figebantur ; alios prorutæ

déroute, et, par un hasard surprenant, leurs deux ailes se croisent
dans leur fuite, celle qui occupait le bois courant vers la plaine, et
celle de la plaine se sauvant vers le bois. Les Chérusques, postés
entre ces deux corps, étaient précipités de leurs collines. Au milieu
d'eux on distinguait Arminius, qui cherchait à ranimer les siens de
la voix, du geste, et leur montrait sa blessure. Il s'était jeté sur nos
archers, et les aurait rompus s'ils n'eussent été soutenus par les
Rhètes, les Vindéliciens et les Gaulois. Toutefois, par un vigoureux
effort et grâce à l'impétuosité de son cheval, il se fit jour, après s'être
couvert la face de son sang, pour n'être point reconnu. Quelques-
uns prétendent qu'il le fut cependant par les Chauques, qui servaient
dans nos rangs comme auxiliaires, et qui le laissèrent passer. La
valeur ou la ruse sauva pareillement Inguiomer : on fit de tout le
reste un massacre horrible, surtout au passage du Véser, où les
traits que nous lancions, la violence du courant, la précipitation des
fuyards et l'éboulement des rives en firent périr un grand nombre.
Quelques-uns avaient grimpé lâchement au haut des arbres, où ils
cherchaient à se cacher derrière les branches. Nos archers se firent un
amusement de les y percer à coups de flèches ; d'autres furent écra-

ac latera :
et *leurs* flancs :

mirumque dictu,
et chose surprenante à dire,

duo agmina hostium
les deux troupes des ennemis

ruebant
se précipitaient

diversa fuga,
emportées en-divers-sens par la fuite,

qui tenuerant silvam,
ceux qui avaient occupé la forêt,

in aperta,
vers les *lieux* découverts (la plaine),

qui adstiterant campis,
ceux qui s'étaient tenus-dans les plaines,

in silvas.
vers les forêts.   [eux

Cherusci medii inter hos
Les Chérusques placés-au-milieu entre

detrudebantur collibus :
étaient précipités des collines :

inter quos
parmi lesquels

Arminius insignis
Arminius se-mettant-en-vue

sustentabat pugnam
cherchait-à-soutenir le combat

manu, voce, vulnere ;
de la main, de la voix, d'une blessure ;

incubueratque sagittariis,
et il s'était jeté-sur *nos* archers,

rupturus illa,
allant se-faire-jour par là,

ni cohortes Rhætorum
si les cohortes des Rhètes

Vindelicorumque
et des Vindéliciens

et Gallicæ
et les *cohortes* gauloises

objecissent signa.
n'eussent opposé *leurs* étendards.

Tamen nisu corporis
Cependant par un effort de corps

et impetu equi
et par l'impétuosité de *son* cheval

pervasit,
il s'échappa,

oblitus faciem suo cruore,
s'étant enduit la figure de son sang,

ne nosceretur.
pour qu'il ne fût pas reconnu.

Quidam tradiderunt
Quelques-uns ont rapporté

agnitum a Chaucis,
lui avoir été reconnu par les Chauques,

agentibus
qui se trouvaient

inter auxilia Romana,
parmi les auxiliaires de-Rome,

emissumque.
et *avoir été* relâché.

Eadem virtus seu fraus
La même valeur ou *la même* ruse

dedit effugium Inguiomero:
donna un moyen-d'échapper à Inguiomer:

ceteri trucidati passim ;
les autres *avaient été* massacrés çà et là :

et tela injecta
et les traits lancés,

aut vis fluminis
ou la force du courant,

postremo moles ruentium,
enfin la masse de ceux qui se précipi-

et ripæ incidentes
et les rives qui s'éboulaient   [taient,

operuere plerosque
couvrirent la plupart,

conantes
qui s'efforçaient,

tranare Visurgim.
de passer-à-la-nage le Véser.

Quidam fuga turpi
Quelques-uns par une fuite honteuse

nisi in summa arborum,
s'étant hissés au sommet des arbres,

seque occultantes ramis,
et cherchant-à-se-cacher dans les bran-

figebantur per ludibrium
étaient percés par jeu   [ches ;

sagittariis admotis ;
par *nos* archers qui s'étaient approchés ;

arbores prorutæ
les arbres abattus

arbores afflixere. Magna ea victoria, neque cruenta nobis
fuit.

XVIII. Quinta ab hora diei[1] ad noctem cæsi hostes decem
millia passuum[2] cadaveribus atque armis opplevere; repertis
inter spolia eorum catenis, quas in Romanos, ut non dubio
eventu, portaverant. Miles in loco prœlii Tiberium imperatorem salutavit, struxitque aggerem, et in modum tropæorum arma, subscriptis victarum gentium nominibus, imposuit.

XIX. Haud perinde Germanos vulnera, luctus, excidia, quam
ea species dolore et ira affecit. Qui modo abire sedibus, trans
Albim concedere parabant, pugnam volunt, arma rapiunt :
plebes, primores, juventus, senes, agmen Romanum repente
incursant, turbant. Postremo deligunt locum flumine et
silvis clausum, arcta intus planitie et humida : silvas quoque profunda palus ambibat, nisi quod latus unum Angrivarii

sés par les arbres mêmes qu'on abattit. Cette victoire fut grande, et
nous coûta peu de sang.

XVIII. Le carnage dura depuis la cinquième heure du jour jusqu'à la nuit, et un espace de dix milles fut jonché d'armes et de cadavres. On trouva parmi les dépouilles les chaînes qu'ils avaient
apportées pour nous, tant ils se croyaient sûrs de vaincre. L'armée
proclama Tibère *imperator* sur le champ de bataille, et on éleva un
monument avec un trophée d'armes où l'on grava le nom des nations vaincues.

XIX. La vue de ce monument les outra de douleur et de rage plus
que n'avaient fait leurs blessures, le massacre de leurs proches, la
ruine de leur pays. Eux qui, peu d'instants auparavant, pensaient à
quitter leur patrie, à se retirer au delà de l'Elbe, ne parlent maintenant que de combats et courent aux armes : jeunes, vieux, chefs,
peuple, tout s'ébranle; ils inquiètent la marche des Romains par
mille incursions subites; enfin ils choisissent un champ de bataille
fermé par le fleuve et par des bois : au milieu s'étendait une plaine
étroite et marécageuse; un marais profond entourait encore la forêt
de tous côtés, excepté d'un seul, où les Angrivariens avaient élevé

afflixere alios.

Ea victoria fuit magna,
neque cruenta nobis.

XVIII. Hostes cæsi
ab quinta hora diei
ad noctem
opplevere
decem millia passuum
cadaveribus atque armis ;
catenis repertis,
inter spolia eorum,
quas portaverant
in Romanos,
ut eventu non dubio.
Miles, in loco prœlii,
salutavit Tiberium
imperatorem
struxitque aggerem,
et, in modum tropæorum,
imposuit arma,
nominibus
gentium victarum
subscriptis.

XIX. Vulnera
luctus, excidia
haud Germanos
dolore et ira
perinde quam ea species
affecit.
Qui modo parabant
abire sedibus,
concedere trans Albim,
volunt pugnam,
rapiunt arma :
plebes, primores,
juventus, senes,
incursant repente
agmen Romanum,
turbant.
Postremo deligunt locum
clausum flumine et silvis,
intus planitie arcta
et humida :
palus profunda
ambibat quoque silvas,
nisi quod Angrivarii
extulerant unum latus

en écrasèrent d'autres.

Cette victoire fut grande,
et non sanglante pour nous.

XVIII. Les ennemis massacrés
depuis la cinquième heure du jour
jusqu'à la nuit
remplirent (couvrirent)
dix milliers de pas
de cadavres et d'armes ;
des chaînes ayant été trouvées
parmi les dépouilles d'eux,
lesquelles *chaînes* ils avaient apportées
pour les Romains,
comme l'issue n'*étant* pas douteuse.
Le soldat, sur le lieu du combat,
salua Tibère
impérator,
et éleva un tertre,
et, à la manière des trophées,
y plaça des armes,
les noms
des nations vaincues
étant écrits-au-dessous.

XIX. Les blessures,
le deuil, les pertes
n'*accablèrent* pas les Germains
de douleur et de colère
autant que ce spectacle
les accabla.
Ceux qui tout-à-l'heure se préparaient
à s'en aller de *leurs* demeures,
à passer au delà de l'Elbe,
veulent le combat,
prennent les armes :
peuple, chefs,
jeunesse, vieillards,
fondent tout-à-coup
sur l'armée-en-marche romaine,
la mettent-en-désordre.
Enfin ils choisissent un lieu
fermé par le fleuve et par des forêts,
formé au-dedans d'une plaine étroite
et humide :
un marais profond
entourait aussi les forêts,
si ce n'est que les Angrivariens
avaient exhaussé un seul côté

lato aggere extulerant, quo a Cheruscis dirimerentur. Hic pedes adstitit : equitem propinquis lucis texere, ut ingressis silvam legionibus a tergo foret.

XX. Nihil ex his Cæsari incognitum : consilia, locos, prompta,
occulta noverat, astusque hostium in perniciem ipsis vertebat.
Seio Tuberoni legato tradit equitem campumque ; peditum
aciem ita instruxit, ut pars æquo in silvam aditu incederet,
pars objectum aggerem eniteretur : quod arduum, sibi, cetera
legatis permisit. Quibus plana evenerant, facile irrupere :
quis impugnandus agger, ut si murum succederent, gravibus
superne ictibus conflictabantur. Sensit dux imparem cominus
pugnam, remotisque paulum legionibus, funditores libratoresque [1] excutere tela et proturbare hostem jubet. Missæ e tormentis hastæ, quantoque conspicui magis propugnatores, tanto

une large chaussée, pour se faire une barrière contre les Chérusques.
C'est là que se plaça l'infanterie ; la cavalerie se cacha dans les bois
voisins, pour fondre sur les derrières de notre armée, sitôt qu'elle
serait entrée dans la forêt.

XX. Aucune de ces dispositions n'était ignorée de Germanicus ;
desseins, positions, résolutions publiques ou secrètes des ennemis, il
savait tout et tournait leurs ruses contre eux-mêmes. Il laisse à son
lieutenant Séius Tubéron la cavalerie et la plaine ; pour l'infanterie,
il la range en bataille, de manière qu'une partie puisse entrer de
plain-pied dans la forêt, et l'autre assaillir la chaussée. Il se réserve
cette attaque, qui était difficile, et abandonne les autres à ses lieutenants. Ceux qui avaient à combattre dans la plaine se firent aisément
jour ; mais, à la chaussée, nos soldats étaient comme au pied d'un mur,
accablés d'une grêle de traits qui tombaient d'en haut avec plus de
force. Germanicus sentit que, de près, les chances n'étaient point
égales ; il fit retirer un peu ses légions, et avancer les frondeurs avec
les machines, pour écarter l'ennemi à coups de traits. Les machines
firent pleuvoir des javelines énormes, qui firent d'autant plus de mal

aggere lato,
quo dirimerentur
a Cheruscis.
Hic pedes adstitit :
texere equitem
lucis propinquis,
ut foret a tergo
legionibus
ingressis in silvam.

par une chaussée large,
par laquelle ils fussent séparés
des Chérusques.
Là le fantassin se plaça :
ils cachèrent le cavalier
dans des bois proches,
afin qu'il fût par derrière
aux légions
entrées dans la forêt.

XX. Nihil ex his
incognitum Cæsari :
noverat consilia, locos,
prompta,
occulta,
vertebatque astus hostium
in perniciem ipsis.
Tradit equitem
campumque
legato Seio Tuberoni ;
instruxit aciem peditum
ita ut pars
incederet in silvam
aditu æquo,
pars eniteretur
aggerem objectum :
permisit sibi quod arduum,
cetera legatis.
Quibus plana evenerant,
irrupere facile :
quis agger impugnandus,
conflictabantur superne
ictibus gravibus,
ut si succederent murum.
Dux sensit
pugnam cominus
imparem,
legionibusque
remotis paulum,
jubet funditores
libratoresque
excutere tela
et proturbare hostem.
Hastæ missæ
e tormentis,
propugnatoresque dejecti
vulneribus tanto pluribus,
quanto magis conspicui.

XX. Rien de ces *mesures*
ne *fut* inconnu à César :
il connaissait les plans, les lieux,
les *résolutions* mises-au-dehors (publiques),
les *résolutions* secrètes,
et tournait les ruses des ennemis
en perte à eux-mêmes.
Il remet le cavalier
et la plaine
au lieutenant Séius Tubéron ;
puis il rangea la ligne des fantassins
de manière qu'une partie
entrât dans la forêt
par un accès (chemin) uni,
*et qu'*une partie gravît
la chaussée opposée :
il confia à lui-même *ce* qui *était* difficile,
le reste aux lieutenants.
Ceux à qui les *terrains* plats étaient échus,
se-firent-jour facilement :
ceux à qui la chaussée *était* à-assaillir,
étaient accablés d'en-haut
de coups violents,
comme s'ils s'approchaient d'un mur.
Le général comprit
un combat de près
être inégal,
et *ses* légions
ayant été écartées un peu,
il ordonne les frondeurs
et ceux-qui-font-jouer-les-machines
lancer des traits
et troubler l'ennemi.
Des javelines *furent* envoyées
des machines,
et les défenseurs *de la chaussée* renversés
par des blessures d'autant plus nombreu-
qu'*ils étaient* plus en-vue.   [ses,

pluribus vulneribus dejecti. Primus Cæsar cum prætoriis cohortibus, capto vallo, dedit impetum in silvas : collato illic
gradu certatum. Hostem a tergo palus, Romanos flumen aut
montes claudebant : utrisque necessitas in loco, spes in virtute, salus ex victoria.

XXI. Nec minor Germanis animus; sed genere pugnæ et
armorum superabantur; quum ingens multitudo, arctis locis,
prælongas hastas non protenderet, non colligeret, neque assultibus et velocitate corporum uteretur, coacta stabile ad
prœlium : contra miles, cui scutum pectori appressum, et insidens capulo manus, latos barbarorum artus, nuda ora[1] foderet, viamque strage hostium aperiret; imprompto jam Arminio, ob continua pericula, sive illum recens acceptum
vulnus tardaverat. Quin et Inguiomerum, tota volitantem acie,
fortuna magis quam virtus deserebat; et Germanicus, quo
magis agnosceretur, detraxerat tegimen capiti[2], orabatque
« Insisterent cædibus; nil opus captivis, solam internecionem

aux Barbares qu'ils étaient à découvert. Le rempart forcé, Germanicus se jette le premier dans la forêt, à la tête des cohortes prétoriennes. Là, on se battit corps à corps. La retraite était fermée aux
Barbares par le marais, aux Romains par le fleuve et les montagnes;
les deux armées, commandées par le terrain, n'avaient d'espoir que
dans leur valeur, de salut que dans la victoire.

XXI. Les Germains ne nous le cédaient point en bravoure; mais la
nature du combat et des armes leur donnait du désavantage. Le
lieu était trop resserré pour cette immense multitude : ils ne pouvaient ni allonger librement leurs grandes lances et les ramener à
eux, ni s'élancer par bonds et déployer l'agilité de leurs membres;
ils étaient réduits à combattre de pied ferme, tandis que le soldat
romain, avec son bouclier serré contre sa poitrine, et son épée dont
sa main embrassait la garde, perçait sans peine leurs corps gigan-
tesques, leurs visages découverts, et se faisait jour en massacrant les
ennemis. Enfin Arminius, exposé sans cesse à de nouveaux dangers,
ou affaibli peut-être par sa récente blessure, se ralentit. Inguiomer, plus opiniâtre, volait de rang en rang, et la fortune lui man-
qua plutôt que la valeur. Germanicus avait ôté son casque pour être
mieux reconnu; il criait aux siens de s'acharner au carnage, de ne

Cæsar primus
cum cohortibus prætoriis,
vallo capto,
dedit impetum in silvas :
illic certatum
pede collato.
Palus hostem a tergo,
flumen aut montes
claudebant Romanos :
utrisque
necessitas in loco,
spes in virtute,
salus ex victoria.

XXI. Nec animus minor
Germanis ;
sed superabantur
genere pugnæ et armorum ;
quum ingens multitudo,
locis arctis,
non protenderet,
non colligeret
hastas prælongas ,
neque uteretur assultibus
et velocitate corporum,
coacta ad prœlium stabile :
contra miles,
cui scutum
appressum pectori ,
et manus insidens capulo,
foderet latos artus,
ora nuda barbarorum,
aperiretque viam
strage hostium :
jam Arminio imprompto,
ob pericula continua,
sive vulnus
recens acceptum
tardaverat illum.
Quin fortuna
magis quam virtus
deserebat et Inguiomerum,
volitantem tota acie ;
et Germanicus,
quo agnosceretur magis ,
detraxerat tegimen capiti,
orabatque
« Insisterent cædibus ;

César le premier
avec les cohortes prétoriennes,
le retranchement étant pris,
donna (fit) irruption dans les forêts :
là on combattit
le pied rapproché (pied contre pied).
Le marais *enfermait* l'ennemi par derrière,
le fleuve ou les montagnes
enfermaient les Romains :
aux-uns-et-aux-autres
la nécessité *était* dans le lieu,
l'espérance dans la valeur,
le salut *dépendait* de la victoire.

XXI. Et le courage n'*était* pas moindre
aux Germains ;
mais ils étaient vaincus
par le genre du combat et des armes ;
puisque *leur* grande multitude,
dans des lieux resserrés,
n'étendait pas,
ne ramenait pas
des lances très-longues,
et n'usait pas de bonds
et de l'agilité des corps,
forcée à un combat de-pied-ferme :
*et qu'*au contraire le soldat *romain*,
à qui le bouclier
était serré-à la poitrine,
et la main posée-sur la garde *de l'épée*,
perçait les larges membres,
les visages nus des barbares,
et *s'*ouvrait un chemin
par le carnage des ennemis ;
dès-lors, Arminius étant peu-actif,
soit à-cause-de périls continuels,
soit que la blessure
récemment reçue
eût ralenti lui.
Cependant la fortune
plus que le courage
abandonnait aussi Inguiomer,
qui volait par toute l'armée ;
et Germanicus,
afin qu'il fût reconnu davantage,
avait ôté *son* casque de *sa* tête,
et priait *les siens*
« Qu'ils s'acharnassent au carnage ;

gentis finem bello fore. » Jamque sero diei subduxit ex acie legionem faciendis castris : ceteræ ad noctem cruore hostium satiatæ sunt. Equites ambigue certavere.

XXII. Laudatis pro concione victoribus, Cæsar congeriem armorum struxit, superbo cum titulo : DEBELLATIS INTER RHENUM ALBIMQUE NATIONIBUS, EXERCITUM TIBERII CÆSARIS EA MONUMENTA MARTI ET JOVI ET AUGUSTO SACRAVISSE. De se nihil addidit, metu invidiæ, an ratus conscientiam facti satis esse[1]. Mox bellum in Angrivarios Stertinio mandat, ni deditionem properavissent[2] : atque illi supplices, nihil abnuendo, veniam omnium accepere.

XXIII. Sed, æstate jam adulta, legionum alæ itinere terrestri in hibernacula remissæ; plures Cæsar classi impositas per flumen Amisiam Oceano invexit. Ac primo placidum æquor mille navium remis strepere aut velis impelli ; mox atro nu-

point faire de prisonniers ; que la guerre ne finirait que par la destruction entière de la nation. Le soir, il retira du combat une légion pour travailler au camp; toutes les autres se baignèrent jusqu'à la nuit dans le sang des ennemis. La cavalerie combattit sans avantage marqué.

XXII. Germanicus, après avoir, dans une assemblée générale de l'armée, loué le courage des vainqueurs, érigea un trophée avec cette inscription magnifique : L'ARMÉE DE TIBÈRE CÉSAR, VICTORIEUSE DES NATIONS ENTRE LE RHIN ET L'ELBE, A CONSACRÉ CE MONUMENT A MARS, A JUPITER ET A AUGUSTE. Il n'y fit pas mention de lui, soit qu'il craignît l'envie, soit qu'il pensât que les grandes actions se suffisent à elles-mêmes. Il chargea Stertinius de la guerre contre les Angrivariens ; mais ceux-ci se hâtèrent de se soumettre, et, à force de prières et de résignation, ils se firent tout pardonner.

XXIII. Cependant, comme l'été s'avançait, Germanicus renvoya une partie des légions par terre dans leurs quartiers d'hiver; le plus grand nombre s'embarqua avec lui sur la flotte, et gagna l'Océan par l'Ems. D'abord la mer fut tranquille ; on n'y entendait que le bruit des rames, on n'y voyait que l'agitation des voiles qui faisaient

nil opus captivis,
solam internecionem gentis
fore finem bello. »
Jamque sero
diei
subduxit ex acie legionem
faciendis castris :
ceteræ satiatæ sunt
cruore hostium
ad noctem.
Equites
certavere ambigue.

    XXII. Victoribus
laudatis
pro concione,
Cæsar struxit
congeriem armorum,
cum titulo superbo :
« NATIONIBUS   [QUE
INTER RHENUM ALBIM-
DEBELLATIS,
EXERCITUM
TIBERII CÆSARIS   [TA
SACRAVISSE EA MONUMEN-
MARTI ET JOVI
ET AUGUSTO »
Addidit nihil de se,
metu invidiæ, an ratus
conscientiam facti
esse satis.
Mox mandat Stertinio
bellum in Angrivarios,
ni properavissent
deditionem :
atque illi supplices,
abnuendo nihil,
accepere veniam omnium.

    XXIII. Sed, æstate
adulta jam,
aliæ legionum remissæ
in hibernacula
itinere terrestri ;
Cæsar invexit Oceano
per flumen Amisiam
plures, impositas classi.
Ac primo æquor placidum
streperemis

disant n'être en rien besoin de captifs,
la seule extermination de la nation
devoir être une fin à la guerre. »
Et déjà à un moment tardif (avancé)
de la journée
il retira du combat une légion
pour faire le camp :
les autres légions se rassasièrent
du sang des ennemis
jusqu'à la nuit.
Les cavaliers
combattirent avec-un-succès-douteux.

    XXII. Les vainqueurs
ayant été loués
devant une assemblée (publiquement) ;
César dressa
un amas d'armes,
avec ce titre magnifique :
« LES NATIONS
ENTRE LE RHIN ET L'ELBE
AYANT ÉTÉ SOUMISES,
L'ARMÉE
DE TIBÈRE CÉSAR
AVOIR CONSACRÉ CES MONUMENTS
A MARS ET A JUPITER
ET A AUGUSTE. »
Il n'ajouta rien sur lui-même,
par crainte de l'envie, ou pensant
la conscience de la chose faite
être assez.
Bientôt il confie à Stertinius
la guerre contre les Angrivariens,
s'ils n'avaient hâté
leur soumission :
et eux suppliants,
en ne refusant rien,
reçurent la grâce de toutes leurs fautes.

    XXIII. Mais, l'été
étant avancé déjà,
les unes des légions furent renvoyées
dans leurs quartiers-d'hiver
par voie de-terre ;
César en fit-entrer-dans l'Océan
par le fleuve d'Ems
de plus nombreuses, mises sur la flotte.
Et d'abord la mer calme
de bruire sous les rames

bium globo effusa grando ; simul variis undique procellis incerti fluctus prospectum adimere, regimen impedire : milesque
pavidus et casuum maris ignarus, dum turbat nautas [1] vel in-
tempestive juvat, officia prudentium corrumpebat. Omne de-
hinc cœlum et mare omne in austrum cessit, qui, tumidis
Germaniæ terris [2], profundis amnibus, immenso nubium tractu
validus, et rigore vicini septentrionis horridior, rapuit disje-
citque nâves in aperta Oceani, aut insulas saxis abruptis vel
per occulta vada infestas. Quibus paulum ægreque vitatis,
postquam mutabat æstus, eodemque quo ventus ferebat, non
adhærere ancoris, non exhaurire irrumpentes undas poterant :
equi, jumenta, sarcinæ, etiam arma præcipitantur, quo le-
varentur alvei, manantes [3] per latera, et fluctu superur-
gente.

XXIV. Quanto violentior cetero mari Oceanus, et trucu-
lentia cœli præstat Germania, tantum illa clades novitate et

mouvoir ces mille vaisseaux. Tout à coup d'épais nuages s'amon-
celant fondent en grêle ; puis les vents, soufflant à la fois de tous
les côtés, tourmentent les flots ; on ne voit plus autour de soi,
on ne peut plus gouverner. Le soldat effrayé, sans expérience des
accidents de la mer, trouble les matelots, ou les aide à contre-
temps, et empêche la manœuvre des pilotes expérimentés. Bientôt
le vent du midi régna seul dans le ciel et sur la mer. Ce vent, dont
la violence est encore accrue par un amas de nuages immenses,
par l'élévation des terres de la Germanie, par la profondeur de ses
rivières, par la rigueur et le voisinage du nord, emporte et disperse
nos vaisseaux en pleine mer, ou les pousse sur des îles environnées
de rochers escarpés ou de bas-fonds dangereux. On les évita un peu,
quoique avec peine ; mais, lorsque la marée eut changé, et qu'elle
eut pris la même direction que le vent, il n'y eut plus d'ancres ca-
pables de retenir les vaisseaux, et les bras ne suffisaient pas à épuiser
l'eau qui entrait de toutes parts. On jette à la mer les chevaux, les
bêtes de somme, les bagages, les armes même, pour alléger les bâtiments, qui s'entr'ouvraient par les côtés et s'affaissaient sous le poids
des vagues.

XXIV. Autant l'Océan l'emporte en violence sur les autres mers,
et le climat de la Germanie en rigueur sur les autres climats, autant

mille navium	de mille vaisseaux,
aut impelli velis ;	ou d'être agitée par les voiles ;
mox grando effusa	bientôt de la grêle se répandit
atro globo nubium ;	d'un noir amas de nuages ;
simul fluctus	en même temps les flots [tout sens)·
incerti undique	incertains (ballottés) de-toutes-parts (en
procellis variis	par des ouragans différents
adimere prospectum,	*commencent* à dérober la vue,
impedire regimen :	à empêcher la direction :
milesque pavidus	et le soldat effrayé
et ignarus casuum maris,	et ignorant des hasards de la mer,
dum turbat nautas,	pendant qu'il trouble les matelots
vel juvat intempestive,	ou *les* aide à-contre-temps,
corrumpebat officia	gâtait (traversait) les manœuvres
prudentium.	des habiles.
Dehinc omne cœlum	Ensuite tout le ciel
et omne mare	et toute la mer
cessit in austrum ,	passa sous le vent-du-midi,
qui, validus	qui, fortifié [manie,
terris tumidis Germaniæ,	par les terres gonflées (élevées) de la Ger-
amnibus profundis,	par *ses* fleuves profonds,
tractu nubium immenso,	par une traînée de nuages immense,
et horridior	et *rendu* plus violent
rigore septentrionis vicini,	par la rigueur du septentrion voisin,
rapuit disjecitque naves	entraîna et dispersa les vaisseaux
in aperta Oceani,	dans les *espaces* ouverts (l'immensité) de
aut insulas	ou sur des îles [l'Océan,
infestas saxis abruptis	dangereuses par des rochers escarpés
vel per vada occulta.	ou par des bas-fonds cachés.
Quibus vitatis	Lesquelles ayant été évitées
paulum ægreque,	un peu et avec-peine,
postquam æstus mutabat,	après que (comme) la marée changeait,
ferebatque	et *les* portait
eodem quo ventus,	du-même-côté que le vent,
non poterant	ils ne pouvaient pas [cres,
adhærere ancoris,	rester-attachés aux (se tenir sur les) an-
non exhaurire undas	ni vider les ondes
irrumpentes:	qui faisaient-irruption :
equi, jumenta, sarcinæ,	chevaux, bêtes-de-somme, bagages,
arma etiam præcipitantur,	armes même sont précipités à *la mer*,
quo levarentur alvei ,	afin que fussent allégées les carènes,
manantes per latera,	qui coulaient (faisaient eau) par les flancs,
et fluctu superurgente.	le flot aussi pesant-par-dessus.
XXIV. Illa clades	XXIV. Ce désastre
excessit	l'emporta *sur tous*
novitate et magnitudine	en nouveauté et en grandeur
tantum quanto Oceanus	autant que l'Océan

magnitudine excessit, hostilibus circum littoribus, aut ita vasto
et profundo [1], ut credatur novissimum ac sine terris mare. Pars
navium haustæ sunt; plures apud insulas longius sitas [2] ejectæ;
milesque, nullo illic hominum cultu, fame absumptus, nisi
quos corpora equorum eodem elisa toleraverant [3]. Sola Germanici triremis Chaucorum terram appulit, quem per omnes
illos dies noctesque apud scopulos et prominentes oras, quum
se tanti exitii reum clamitarét, vix cohibuere amici quominus
eodem mari oppeteret. Tandem, relabente æstu et secundante
vento, claudæ naves [4], raro remigio aut intentis vestibus, et
quædam a validioribus tractæ, revertere : quas raptim refec-
tas misit, ut scrutarentur insulas. Collecti ea cura plerique :
multos Angrivarii, nuper in fidem accepti, redemptos ab in-
terioribus reddidere; quidam in Britanniam rapti, et remissi a

ce désastre surpassa par sa grandeur et sa nouveauté tous les désastres semblables. On n'avait autour de soi que des rivages ennemis,
ou une mer si vaste et si profonde, qu'on ne supposait point de terres
au delà. Une partie des vaisseaux fut engloutie; plusieurs furent jetés sur des îles éloignées. Sur ces bords inhabités, nos soldats périrent par la faim, excepté ceux qui se soutinrent avec la chair des
chevaux échoués sur le rivage. La seule trirème de Germanicus
aborda chez les Chauques. On le vit, pendant tout ce temps, errer
le jour et la nuit sur les rochers et sur les promontoires, s'accusant
d'être la cause d'un si grand malheur. A peine ses amis purent-ils
l'empêcher de se précipiter dans la mer. Enfin quelques vaisseaux,
favorisés par la marée et par le vent, revinrent délabrés, les uns
presque sans rames, d'autres avec des vêtements pour voiles, quelques-uns traînés par d'autres moins endommagés. Germanicus les fit
réparer à la hâte et les envoya visiter les îles. Par ce moyen on
recueillit un grand nombre de soldats. Les Angrivariens, nouvelle-
ment soumis, en rachetèrent dans l'intérieur du pays, pour nous
les rendre. Quelques-uns, qui avaient été jetés sur les côtes de la

violentior cetero mari,	est plus violent que toute-autre mer,
et Germania præstat	et *que* la Germanie l'emporte
truculentia cœli,	par la rigueur de *son* ciel,
littoribus circum	les rivages d'alentour
hostilibus,	*étant* hostiles,
aut ita vasto et profundo,	ou *la mer* si vaste et *si* profonde,
ut mare	que *cette* mer
credatur novissimum	est crue la dernière
ac sine terris.	et sans terres *au delà*.
Pars navium haustæ sunt;	Une partie des vaisseaux furent engloutis;
plures ejectæ	de plus nombreux *furent* jetés
apud insulas sitas longius:	sur des îles situées plus loin;
milesque,	et le soldat,
nullo cultu hominum illic,	aucune habitation d'hommes *n'étant* là,
absumptus fame,	*fut* consumé par la faim,
nisi quos toleraverant	si ce n'est *ceux* qu'avaient soutenus
corpora equorum	des corps de chevaux
elisa eodem.	échoués au-même-lieu.
Sola triremis Germanici	La seule trirème de Germanicus
appulit terram Chaucorum,	aborda sur le territoire des Chauques,
quem apud scopulos	lequel (Germanicus), *se tenant* près des
et oras prominentes	et des rivages faisant-saillie [rochers
per omnes illos dies	pendant tous ces jours
noctesque,	et *toutes ces* nuits,
vix amici cohibuere	à peine *ses* amis empêchèrent
quominus oppeteret	qu'il ne cherchât *la mort*
eodem mari,	dans la même mer,
quum clamitaret	lorsqu'il criait-sans-cesse
se reum tanti exitii.	lui *être* coupable d'une si-grande perte.
Tandem, æstu relabente,	Enfin, la marée retombant,
et vento secundante,	et le vent *les* favorisant,
naves revertere	*nos* vaisseaux revinrent
claudæ	boiteux (désemparés)
remigio raro,	avec des bancs-de-rames rares,
aut vestibus intentis,	ou des vêtements étendus *en guise de*
et quædam tractæ	et quelques-uns traînés [voiles,
a validioribus :	par de plus forts :
quas refectas raptim misit	lesquels réparés à-la-hâte il envoya
ut scrutarentur insulas.	pour qu'ils fouillassent les îles.
Ea cura plerique	Par ce soin la plupart *des naufragés*
collecti :	*furent* recueillis :
Angrivarii,	les Angrivariens,
nuper accepti in fidem,	naguère reçus dans *notre* foi,
reddidere multos	rendirent beaucoup-de *soldats*
redemptos ab interioribus;	rachetés à des *habitants* de-l'intérieur;
quidam	quelques-uns
rapti in Britanniam,	*furent* entraînés en Bretagne,

regulis. Ut quis ex longinquo revenerat, miracula narrabant,
vim turbinum, et inauditas volucres, monstra maris, ambiguas hominum et belluarum formas; visa, sive ex metu
credita.

XXV. Sed fama classis amissæ, ut Germanos ad spem belli,
ita Cæsarem ad coercendum erexit. C. Silio cum triginta peditum, tribus equitum millibus ire in Cattos imperat; ipse majoribus copiis Marsos¹ irrumpit : quorum dux Mallovendus,
nuper in deditionem acceptus, propinquo luco defossam Varianæ legionis aquilam² modico præsidio servari indicat. Missa
extemplo manus, quæ hostem a fronte eliceret; alii qui, terga
circumgressi, recluderent humum : et utrisque adfuit fortuna.
Eo promptior Cæsar pergit introrsus, populatur, exscindit non
ausum congredi hostem, aut, sicubi restiterat, statim pulsum,
nec unquam magis, ut ex captivis cognitum est, paventem.

Bretagne, nous furent renvoyés par les petits rois de cette île. A son
retour de ces pays lointains, chacun faisait des récits merveilleux
de tourbillons violents, d'oiseaux inconnus, de monstres marins, de
formes bizarres, moitié hommes, moitié animaux, qu'il avait vus,
ou que, dans sa frayeur, il avait cru voir.

XXV. Le bruit de la perte de notre flotte, en réveillant l'espérance des Germains, ne fit qu'exciter Germanicus à réprimer leur
audace. Il envoie C. Silius contre les Cattes avec trente mille hommes de pied et trois mille chevaux, et marche lui-même avec de plus
grandes forces contre les Marses. Leur chef Mallovendus venait de
se soumettre. Il nous apprit que l'aigle d'une des légions de Varus,
enfouie dans un bois voisin, n'était gardée que par un faible déta-
chement. On fit partir aussitôt un petit corps de troupes, dont une
partie devait attirer l'ennemi en avant, tandis que l'autre irait par
derrière creuser la terre. Tout réussit. Animé par ce succès, Germanicus pénètre dans l'intérieur du pays, qu'il dévaste et qu'il ruine.
L'ennemi n'osait plus en venir aux mains, ou; si parfois il résistait,
li était dispersé sur-le-champ. Jamais, suivant le rapport des prison-

et remissi a regulis.
Ut quis revenerat
ex longinquo,
narrabant miracula,
vim turbinum,
et volucres inauditas,
monstra maris,
formas ambiguas
hominum et belluarum ;
visa,
sive credita ex metu.

XXV. Sed fama
classis amissæ,
ut erexit Germanos
ad spem belli,
ita Cæsarem
ad coercendum.
Imperat C. Silio
ire in Cattos
cum triginta millibus
peditum,
tribus equitum :
ipse copiis majoribus
irrumpit Marsos :
quorum dux Mallovendus,
nuper acceptus
in deditionem,
indicat aquilam
legionis Varianæ
defossam luco propinquo
servari modico præsidio.
Extemplo manus missa
quæ eliceret hostem
a fronte;
alii qui,
circumgressi terga,
recluderent humum :
et fortuna adfuit utrisque.
Promptior eo
Cæsar pergit introrsus,
populatur,
exscindit hostem,
non ausum congredi,
aut pulsum statim,
sicubi restiterat,   [gis,
nec unquam paventem ma-
ut cognitum est ex captivis.

et renvoyés par les petits-rois *du pays*.
Selon que chacun était revenu
d'un *pays* lointain,
tous racontaient des merveilles,
violence des tourbillons,
et oiseaux inouïs,
monstres de la mer,
formes indécises
d'hommes et d'animaux
choses vues *par eux*,
ou crues *réelles* par crainte.

XXV. Mais le bruit
de la flotte perdue,
comme il excita les Germains
à l'espoir d'une guerre,
de même *excita* César
à *les* réprimer.
Il commande à C. Silius
de marcher contre les Cattes
avec trente milliers
d'hommes-de-pied,
trois *milliers* de cavaliers :
lui-même avec des troupes plus grandes
fait-irruption chez les Marses :
desquels le chef Mallovendus,
naguère reçu
à soumission,
indique l'aigle
d'une légion de-Varus
enfouie dans un bois proche
être gardée par un faible poste.
Sur-le-champ une troupe *fut* envoyée
qui attirât l'ennemi
par le front (en avant);
d'autres qui,
ayant tourné *ses* derrières,
ouvrissent la terre :
et la fortune assista les-uns-et-les-autres.
Plus animé par cela
César s'avance à l'intérieur,
ravage,
ruine l'ennemi,
qui n'osa pas combattre,
ou qui fut repoussé aussitôt,
si-quelque-part il avait résisté,
et qui jamais ne s'effraya davantage,
comme *cela* fut appris par les prisonniers.

Quippe « Invictos et nullis casibus superabiles Romanos prædicabant, qui, perdita classe, amissis armis, post constrata
equorum virorumque corporibus littora, eadem virtute, pari
ferocia, et veluti aucti numero, irrupissent. »

XXVI. Reductus inde in hiberna miles, lætus animi, quod
adversa maris expeditione prospera pensavisset. Addidit munificentiam Cæsar, quantum quis damni professus erat, exsolvendo. Nec dubium habebatur labare hostes, petendæque pacis
consilia sumere, et, si proxima æstas adjiceretur, posse bellum
patrari ; sed crebris epistolis Tiberius monebat, « Rediret ad
decretum triumphum ; satis jam eventuum, satis casuum :
prospera illi et magna prœlia ; eorum quoque meminisset, quæ
venti et fluctus, nulla ducis culpa, gravia tamen et sæva damna
intulissent. Se, novies à divo Augusto in Germaniam missum,
plura consilio quam vi perfecisse : sic Sugambros[1] in deditio-

niers, il n'y avait eu parmi les Germains une telle consternation.
Ils disaient hautement « que les Romains étaient invincibles et su-
périeurs aux coups de la fortune, puisque, après la perte de leur
flotte et de leurs armes, lorsque tous les rivages étaient jonchés des
cadavres de leurs hommes et de leurs chevaux, ils étaient revenus à
la charge avec la même bravoure, la même impétuosité, et semblaient encore plus nombreux qu'auparavant. »

XXVI. De là le soldat fut ramené dans ses quartiers d'hiver, satisfait d'avoir compensé par cette victoire les malheurs de la navigation. César mit le comble à la joie par sa munificence, et il tint
compte de tout ce que chacun déclara avoir perdu. Déjà le décou-
ragement des ennemis était sensible, ils songeaient même à demander la paix, et l'on ne doutait pas qu'une autre campagne ne
terminât la guerre. Mais Tibère écrivait lettres sur lettres à Germanicus et le pressait de revenir pour le triomphe qu'on lui avait décerné. « C'était assez de tant d'exploits et de hasards ; s'il avait rem-
porté de grandes et glorieuses victoires, il ne devait pas oublier non
plus les malheurs de sa navigation, qui, sans nuire à la gloire du
chef, n'en avaient pas été moins cruels pour son armée. Il ajoutait
que lui-même, envoyé neuf fois en Germanie par le divin Auguste,
avait terminé plus de choses par la politique que par la force ; que

Quippe prædicabant
« Romanos invictos
et superabiles
nullis casibus,
qui, classe perdita,
armis amissis,
post littora constrata
corporibus
equorum virorumque,
irrupisssent eadem virtute,
pari ferocia,
et veluti aucti numero. »

Car ils disaient-hautement
« Les Romains *être* invincibles
et *ne* pouvant-être-domptés
par aucun accident,
eux qui, *leur* flotte ayant été détruite,
leurs armes ayant été perdues.
après des rivages jonchés
de corps
de chevaux et d'hommes,
s'étaient jetés-sur *eux* avec le même cou-
avec une égale audace,   [rage,
et comme accrus de nombre. »

XXVI. Miles reductus
inde in hiberna,
lætus animi,
quod pensavisset
adversa maris
expeditione prospera.
Cæsar
addidit munificentiam,
exsolvendo quantum quis
professus erat damni.
Nec habebatur dubium
hostes labare,
sumereque consilia
petendæ pacis,
et, si æstas proxima
adjiceretur,
bellum posse patrari ;
sed Tiberius monebat
epistolis crebris,
« Rediret
ad triumphum decretum ;
jam satis eventuum,
satis casuum :
prœlia illi
prospera et magna ;
meminisset quoque eorum
quæ damna gravia et sæva,
nulla culpa ducis,
venti et fluctus tamen
intulissent.
Se, missum novies
in Germaniam
a divo Augusto,
perfecisse plura consilio
quam vi :

XXVI. Le soldat *fut* ramené
de là dans *ses* quartiers-d'hiver,
joyeux de cœur,
parce qu'il avait compensé
les revers de la mer
par une expédition heureuse.
César
ajouta de la munificence,
en payant *autant* que chacun
avait avoué de perte.
Et il n'était pas tenu-pour douteux
les ennemis chanceler,
et prendre des résolutions
de demander la paix,
et, si l'été prochain (suivant)
était ajouté,
la guerre pouvoir être achevée ;
mais Tibère avertissait *Germanicus*
par des lettres fréquentes,
« Qu'il revînt
pour le triomphe décerné ;
qu'il y avait déjà assez d'événements,
assez de hasards :
les combats pour lui
avoir été heureux et grands ;
qu'il se souvînt aussi de ces *pertes*
lesquelles pertes lourdes et cruelles,
sans aucune faute du chef,
les vents et les flots cependant
avaient apportées (occasionnées).
Lui (Tibère), envoyé neuf-fois
en Germanie
par le divin Auguste,
avoir achevé plus-de-choses par le consei·
que par la force :

nem açceptos; sic Suevos[1], regemque Maroboduum pace ob-
strictum. Posse et Cheruscos ceterasque rebellium gentes,
quando Romanæ ultioni consultum esset, internis discordiis
relinqui. » Precante Germanico annum efficiendis cœptis,
acrius modestiam ejus aggreditur, alterum consulatum offerendo, cujus munia præsens obiret : simul annectebat, « Si
foret adhuc bellandum, relinqueret materiem Drusi fratris
gloriæ, qui, nullo tum alio hoste, non, nisi apud Germanias,
assequi nomen imperatorium et deportare lauream posset. »
Haud cunctatus est ultra Germanicus, quanquam fingi ea,
seque per invidiam parto jam decori abstrahi, intelli-
geret.

XXVII. Sub idem tempus, e familia Scriboniorum Libo
Drusus defertur moliri res novas. Ejus negotii initium, ordinem, finem, curatius disseram, quia tum primum reperta[2]
sunt, quæ per tot annos rempublicam exedere. Firmius Catus,

c'était ainsi qu'il avait soumis les Sicambres, et réduit les Suèves et
le roi Maroboduus à demander la paix. Maintenant que la vengeance des Romains était satisfaite, on pouvait abandonner à leurs
dissensions les Chérusques et les autres nations rebelles. » Germanicus demandait un an pour consommer son entreprise. Tibère, toujours plus pressant, met sa modestie à une nouvelle épreuve, en lui
offrant un second consulat, dont les fonctions exigeraient sa présence. Il insinuait en même temps que, si la guerre devait être con-
tinuée, il fallait qu'il laissât à son frère Drusus cette unique occasion
de conquérir des lauriers et le titre d'*imperator*, puisqu'on n'avait alors
d'ennemis que les Germains. Germanicus n'insista plus, quoiqu'il
comprît toute la fausseté de ces prétextes, et la malignité de l'envie
qui voulait lui ravir une gloire tout acquise déjà.

XXVII. Vers le même temps, Libon Drusus, de la famille Scribonia, fut accusé d'une conspiration contre l'ordre établi. Je rappor-
terai en détail l'origine, la suite et le dénoûment de cette affaire,
parce qu'elle offre le premier exemple de ces manœuvres sourdes qui
ont miné l'État pendant tant d'années. Le sénateur Firmius Catus,

sic Sugambros	ainsi les Sicambres
acceptos in deditionem;	*avoir été* reçus à soumission ;
sic Suevos,	ainsi les Suèves,
regemque Maraboduum	et le roi Maraboduus
obstrictum pace.	*avoir été* enchaînés par la paix.
Et Cheruscos	Les Chérusques aussi
ceterasque gentes	et les autres nations
rebellium,	des rebelles,
quando consultum esset	puisqu'il avait été pourvu
ultioni Romanæ,	à la vengeance romaine,
posse relinqui	pouvoir être laissés
discordiis intestinis. »	à *leurs* discordes intestines. »
Germanico	Germanicus
precante annum	sollicitant une année
efficiendis cœptis,	pour achever *ses* entreprises,
aggreditur acrius	*Tibère* attaque plus vivement
modestiam ejus, offerendo	la modestie de lui, en *lui* offrant
alterum consulatum,	un second consulat,
cujus obiret munia	dont il accomplirait les fonctions
præsens :	*étant* présent :
simul annectebat,	en-même-temps il ajoutait :
« Si bellandum foret adhuc,	« S'il fallait guerroyer encore,
relinqueret materiem	qu'il laissât une matière
gloriæ fratris Drusi,	à la gloire de *son* frère Drusus,
qui, nullo alio hoste tum,	qui, aucun autre ennemi *n'étant* alors,
non posset,	ne pouvait,
nisi apud Germanias,	sinon dans les Germanies,
assequi	acquérir
nomen imperatorium	le titre d'-impérator
et deportare lauream. »	et remporter un laurier. »
Germanicus	Germanicus
haud cunctatus est ultra,	n'hésita pas au delà (davantage),
quanquam intelligeret	quoiqu'il comprît
ea fingi,	ces *motifs* être forgés *par Tibère*,
seque abstrahi per invidiam	et lui être arraché par jalousie
decori jam parto. [pus-	à une gloire déjà acquise.
XXVII. Sub idem tem-	XXVII. Vers le même temps,
Libo Drusus	Libon Drusus
e familia Scriboniorum	de la famille des Scribonius
defertur	est accusé
moliri res novas	de tramer des choses nouvelles.
Disseram curatius	J'exposerai avec-plus-de-soin
initium, ordinem,	le début, l'ordre,
finem ejus negotii	la fin de cette affaire,
quia tum primum	parce qu'alors pour-la-première-fois
reperta sunt	furent trouvées
quæ per tot annos	*ces intrigues* qui pendant tant-d'années

senator, ex intima Libonis amicitia, juvenem improvidum et
facilem inanibus ad Chaldæorum[1] promissa, magorum sacra,
somniorum etiam interpretes impulit : dum.'proavum Pompeium[2], amitam Scriboniam[3], quæ quondam Augusti conjux
fuerat, consobrinos Cæsares, plenam imaginibus domum ostentat; hortaturque ad luxum et æs alienum, socius libidinum
et necessitatum[4], quo pluribus indiciis illigaret.

XXVIII. Ut satis testium, et qui servi[5] eadem noscerent,
reperit, aditum ad principem postulat, demonstrato crimine et
reo per Flaccum Vescularium[6], equitem Romanum, cui propior cum Tiberio usus erat. Cæsar, indicium haud aspernatus,
congressus abnuit : « Posse enim, eodem Flacco internuntio,
sermones commeare. » Atque interim Libonem ornat prætura,
convictibus adhibet, non vultu alienatus, non verbis commotior (adeo iram condiderat), cunctaque ejus dicta factaque,

---

intime ami de Libon, avait abusé de la faiblesse de ce jeune homme
inconsidéré et qui se repaissait aisément de chimères, pour l'amener
à se fier aux promesses des Chaldéens, aux mystères de la magie, et
même aux interprètes des songes. Il lui montrait sans cesse son bisaïeul Pompée, sa tante Scribonie, autrefois épouse d'Auguste, les
Césars ses parents, enfin toutes les grandeurs de sa maison. Il le
poussait au luxe et aux emprunts, et partageait ses plaisirs et ses
liaisons, afin de l'envelopper dans les dépositions d'un plus grand
nombre de témoins.

XXVIII. Dès qu'il eut un nombre suffisant de témoins et d'esclaves
instruits des mêmes faits, il sollicita une audience de Tibère, déjà
instruit de l'accusation et du nom de l'accusé par Flaccus Vescularius, chevalier romain, qui avait un accès plus libre auprès du prince.
Tibère, sans rejeter la délation, refuse l'audience, inutile, selon lui,
puisqu'on pouvait communiquer par l'entremise de ce même Flaccus.
Et cependant il décore Libon de la préture, l'admet à sa table, sans
laisser voir (tant il avait concentré sa colère) aucun mécontentement
sur son visage, aucune émotion dans ses paroles. Il eût pu prévenir

exedere rempublicam.
Firmius Catus, senator,
ex intima amicitia Libonis,
impulit
juvenem improvidum,
et facilem inanibus,
ad promissa Chaldæorum,
sacra magorum,
etiam interpretes
somniorum :
dum ostentat
proavum Pompeium,
amitam Scriboniam,
quæ fuerat quondam
conjux Augusti,
Cæsares consobrinos, [bus;
domum plenam imagini-
hortaturque ad luxum
et æs alienum,
socius
libidinum et necessitatum,
quo illigaret
pluribus indiciis.

XXVIII. Ut reperit
satis testium,
et qui servi noscerent
eadem,
postulat aditum
ad principem,
crimine et reo demonstrato
per Flaccum Vescularium,
equitem Romanum,
cui usus propior
erat cum Tiberio.
Cæsar, haud aspernatus
indicium,
abnuit congressus :
«Sermones enim
posse commeare,
eodem Flacco internuntio.»
Atque interim
ornat Libonem prætura,
adhibet convictibus,
non alienatus vultu,
non commotior verbis
(adeo condiderat iram),
malebatque scire

ont miné l'État.
Firmius Catus, sénateur,
de l'intime amitié de Libon,
poussa
ce jeune homme imprévoyant
et facile aux choses vaines (chimères),
vers les promesses des Chaldéens,
vers les cérémonies des magiciens,
et aussi vers les interprètes
des songes :
pendant qu'il lui montre-sans-cesse
son bisaïeul Pompée,
sa tante Scribonia,
qui avait été autrefois
l'épouse d'Auguste,
les Césars ses cousins,
sa maison pleine d'images ;
et qu'il l'exhorte au luxe
et à l'argent d'-autrui (aux dettes.
étant compagnon
de ses plaisirs et de ses liaisons,
afin qu'il l'enlaçât
de plus-de témoignages.

XXVIII. Dès qu'il eut trouvé
assez de témoins,
et des esclaves qui connussent
les mêmes faits,
il demande accès
au près du prince,
l'accusation et l'accusé ayant été dénon- [cés
par Flaccus Vescularius,
chevalier romain,
à qui un commerce plus rapproché
était avec Tibère.
César, n'ayant point dédaigné
la délation,
refusa les entrevues ;
«Les entretiens en effet
pouvoir aller-et-venir,
le même Flaccus étant l'intermédiaire.»
Et cependant
il décore Libon de la préture,
l'admet à ses festins,
non changé de visage,
non plus ému dans ses paroles,
(tellement il avait caché sa colère),
et il aimait-mieux savoir

quum prohibere posset, scire malebat; donec Junius quidam, tentatus ut infernas umbras carminibus eliceret, ad Fulcinium Trionem indicium detulit. Celebre inter accusatores Trionis ingenium erat, avidumque famæ malæ. Statim corripit reum, adit consules, senatus cognitionem poscit; et vocantur patres [1], addito consultandum super re magna et atroci.

XXIX. Libo interim, veste mutatâ, cum primoribus feminis circumire domos, orare affines, vocem adversum pericula poscere, abnuentibus cunctis, quum diversa prætenderent, eadem formidine. Die senatus, metu et ægritudine fessus, sive, ut tradidere quidam, simulato morbo [2], lectica delatus ad fores curiæ, innisusque fratri, et manus ac supplices voces ad Tiberium tendens, immoto ejus vultu excipitur. Mox libellos et auctores recitat Cæsar, ita moderans, ne lenire neve asperare crimina videretur.

XXX. Accesserant, præter Trionem et Catum, accusatores

les discours et les actions du jeune homme, il préférait les épier. Enfin, un certain Junius, sollicité par Libon d'évoquer, à l'aide d'enchantements, les ombres des morts, porta sa déposition chez Fulcinius Trion, accusateur célèbre de ce temps, et avide de cette infâme célébrité. Celui-ci saisit aussitôt cette proie, va trouver les consuls, demande une instruction devant le sénat. On convoque les sénateurs, en leur annonçant qu'ils auront à délibérer sur des faits graves et odieux.

XXIX. Cependant Libon, ayant pris des habits de deuil, se transporte de maison en maison avec les premières femmes de Rome; il sollicite ses proches, il les supplie de lui prêter l'appui de leur voix dans les dangers qui le menacent; tous refusent par le même motif, la crainte, qu'ils déguisent sous différents prétextes. Le jour de l'assemblée, soit que l'inquiétude et le chagrin l'eussent rendu malade, soit qu'il feignît de l'être, comme on l'a dit aussi, Libon se fait conduire en litière jusqu'à la porte du sénat, et, appuyé sur le bras de son frère, il tend des mains suppliantes à Tibère, il implore sa pitié. Tibère l'écoute sans changer de visage, puis il lit les pièces et le nom des témoins, voulant éviter ainsi d'adoucir ou d'aggraver l'accusation.

XXX. A Trion et à Catus s'étaient joints deux autres accusateurs,

cuncta dicta factaque ejus,	tous les propos et *tous* les actes de lui,
quum posset prohibere ;	lorsqu'il pouvait *les* empêcher ;
donec quidam Junius,	jusqu'à ce qu'un certain Junius,
tentatus	sollicité
ut eliceret carminibus	pour qu'il évoquât par des charmes
umbras infernas,	les ombres infernales,
detulit indicium	porta *sa* déposition
ad Fulcinium Trionem.	à Fulcinius Trion.
Inter accusatores	Parmi les accusateurs
ingenium Trionis	l'esprit de Trion
erat celebre,	était célèbre,
avidumque malæ famæ.	et avide de mauvaise renommée.
Statim corripit reum,	Aussitôt il saisit l'accusé,
adit consules,	va-trouver les consuls,
poscit	demande
cognitionem senatus ;	l'instruction du (par le) sénat ;
et patres vocantur,	et les sénateurs sont convoqués,
addito consultandum	*ceci* étant ajouté, *être* à délibérer
super re magna et atroci.	sur une chose grande et affreuse.

XXIX. Interim Libo,	XXIX. Cependant Libon,
veste mutata,	*ses* habits étant changés,
circumire domos	de parcourir les maisons
cum feminis primoribus,	avec des femmes du-premier-rang,
orare affines,	de prier *ses* proches,
poscere vocem	de demander une voix
adversum pericula,	contre *ses* dangers,
cunctis abnuentibus	tous refusant
eadem formidine,	par une même crainte,
quum prætenderent	bien qu'ils prétextassent
diversa.	divers *motifs*.
Die senatus,	Le jour *de la séance* du sénat,
fessus metu et ægritudine,	abattu par la crainte et le chagrin,
sive, ut quidam tradidere,	ou, comme quelques-uns *l'*ont rapporté,
morbo simulato,	une maladie étant simulée,
delatus lectica	porté en litière
ad fores curiæ,	aux portes de la curie,
innisusque fratri,	et appuyé-sur *son* frère,
et tendens ad Tiberium	et tendant vers Tibère
manus ac voces supplices,	des mains et des paroles suppliantes,
excipitur	il est accueilli
vultu ejus immoto.	par le visage de lui impassible.
Mox Cæsar recitat	Puis César lit
libellos et auctores,	les mémoires *accusateurs* et *leurs* auteurs,
moderans ita,	mesurant *sa conduite* ainsi,
ne videretur lenire	de manière qu'il ne parût pas adoucir
neve asperare crimina.	ni aggraver les griefs.

XXX. Præter Trionem	XXX. Outre Trion

Fonteius Agrippa et C. Vibius[1], certabantque cui jus[2] per-
orandi in reum daretur ; donec Vibius, quia nec ipsi inter se
concederent, et Libo sine patrono introisset, sigillatim se crimina objecturum professus, protulit libellos vecordes adeo, ut
consultaverit[3] Libo an habiturus foret opes quis viam Ap-
piam Brundisium usque pecunia operiret. Inerant et alia
hujuscemodi, stolida, vana, si mollius acciperes, miseranda.
Uni tamen libello, manu Libonis, nominibus Cæsarum aut
senatorum additas atroces vel occultas notas accusator arguebat. Negante reo, agnoscentes servos per tormenta interrogari
placuit. Et, quia vetere senatusconsulto[4] quæstio in caput
domini prohibebatur, callidus et novi juris repertor[5] Tiberius
mancipari singulos actori publico jubet; scilicet ut in Libonem
ex servis, salvo senatusconsulto, quæreretur. Ob quæ poste-

Fontéius Agrippa et C. Vibius, et tous quatre se disputaient à qui
porterait la parole contre l'accusé. Comme aucun d'eux ne voulait le
céder aux autres, Vibius, observant d'ailleurs que Libon n'avait
point d'avocat, déclara qu'il se bornerait à exposer l'un après l'autre les différents chefs d'accusation. Il en produisit des plus extra-
vagants : ainsi Libon avait demandé aux devins s'il aurait un jour
assez d'argent pour en couvrir la voie Appienne depuis Rome jusqu'à Brindes. Il y en avait encore d'autres aussi absurdes, aussi fri-
voles, et, à le bien prendre, aussi dignes de pitié. On cita pourtant
des tablettes sur lesquelles étaient écrits les noms des Césars et des sénateurs, avec des notes, les unes insultantes, les autres mystérieuses,
toutes de la main de Libon, à ce que prétendait l'accusateur. L'accusé
le niant, on proposa d'appliquer à la question ses esclaves, qui con
naissaient son écriture. Mais, comme un ancien sénatus-consulte
défendait qu'un esclave fût mis à la question pour déposer contre
son maître, Tibère, par une habile innovation dans la jurispru-
dence, fit vendre les esclaves à un agent du fisc, afin qu'on pût les

et Catum,	et Catus,
Fonteius Agrippa	Fontéius Agrippa
et C. Vibius	et C. Vibius
accesserant accusatores,	s'étaient joints *pour* accusateurs,
certabantque cui daretur	et ils rivalisaient à qui serait donné
jus perorandi in reum ;	le droit de parler contre l'accusé ;
donec Vibius,	jusqu'à ce que Vibius,
quia nec ipsi	parce que ni eux-mêmes
concederent inter se,	ne *s'*accordaient *rien* entre eux,
et Libo introisset	et *que* Libon était entré
sine patrono,	sans défenseur,
professus	ayant déclaré
se objecturum crimina	lui devoir exposer les griefs
sigillatim ,	succinctement,
protulit libellos	produisit des mémoires
adeo vecordes	tellement insensés
ut Libo consultaverit	qu'*il était dit que* Libon avait consulté
an habiturus foret opes	s'il aurait des richesses
quis operiret pecunia	avec lesquelles il couvrirait d'argent
viam Appiam	la voie Appienne
usque Brundisium.	jusqu'à Brindes.
Et alia hujuscemodi,	Aussi d'autres *griefs* de-cette-sorte,
inerant,	étaient-dans *ces mémoires*,
stolida, vana ,	*griefs* stupides, vains ,
si acciperes mollius,	si tu prenais *la chose* plus doucement,
miseranda.	dignes-de-pitié.
Tamen accusator arguebat	Cependant l'accusateur citait
notas atroces vel occultas	des notes horribles ou mystérieuses
additas manu Libonis	ajoutées de la main de Libon
uni libello	à une *seule* tablette
nominibus Cæsarum	aux noms des Cesars
aut senatorum.	ou des sénateurs.
Reo negante,	L'accusé niant,
placuit	il plut (on décida)
servos agnoscentes	les esclaves qui reconnaissaient *l'écriture*
interrogari per tormenta.	être interrogés au-moyen-de tortures.
Et, quia	Et, parce que
vetere senatusconsulto	par un ancien sénatus-consulte
quæstio prohibebatur	la question était défendue
in caput domini,	contre la tête du maître,
Tiberius callidus	Tibère rusé
et repertor juris novi	et inventeur d'un droit nouveau
jubet singulos mancipari	ordonne *les esclaves* un-à-un être vendus
actori publico ;	à un agent public;
scilicet ut,	à savoir pour que,
senatusconsulto salvo,	le sénatus-consulte *étant* sauf,
quæreretur in Libonem	la question-fût-appliquée contre Libon

rum diem reus petivit; domumque digressus, extremas preces
P. Quirino, propinquo suo, ad principem mandavit: responsum est ut senatum rogaret.

XXXI. Cingebatur interim milite domus, strepebant etiam
in vestibulo, ut audiri, ut adspici possent : quum Libo, ipsis,
quas in novissimam voluptatem adhibuerat, epulis excruciatus, vocare percussorem, prensare servorum dextras, inserere
gladium; atque illis, dum trepidant, dum refugiunt, evertentibus appositum mensa lumen, feralibus jam sibi tenebris,
duos ictus in viscera direxit. Ad gemitum collabentis accurrere
libertı et, cæde visa, miles abstitit. Accusatio tamen apud
patres asseveratione eadem peracta; juravitque Tiberius peti-
turuĭn se vitam quamvis nocenti, nisi voluntariam mortem
properavisset.

XXXII. Bona inter accusatores dividuntur ; et præturæ extra ordinem [1] datæ his qui senatorii ordinis erant. Tunc Cotta

---

entendre contre Libon sans enfreindre la loi. L'accusé demanda
un jour de délai; et, de retour chez lui, il chargea P. Quirinus, son
parent, de présenter au prince ses dernières supplications. Tibère
lui fit répondre d'adresser ses prières au sénat.

XXXI. Cependant la maison de Libon était investie de soldats ;
ils faisaient même assez de bruit dans le vestibule pour qu'on pût
les entendre, pour qu'on pût les voir. Libon, qui souffrait cruelle-
ment des excès d'un grand repas qu'il s'était fait servir pour se procurer un dernier plaisir, appelle ses esclaves pour le percer.; il leur
présente son épée, il veut la remettre entre leurs mains. Ceux-ci,
troublés, renversent, en se débattant, la lumière posée sur la table.
Au milieu de cette obscurité qu'il prend pour les ténèbres de la mort,
Libon se porte deux coups dans les entrailles. Aux gémissements
qu'il pousse en tombant ses affranchis accourent, et les soldats, le
voyant mort, se retirent. On n'en poursuivit pas l'accusation avec
moins de chaleur dans le sénat, et Tibère jura que, tout coupable
qu'était Libon, il aurait demandé sa grâce, s'il ne se fût donné la
mort si précipitamment.

XXXII. Ses biens furent partagés entre ses accusateurs, et des
prétures extraordinaires données pour récompense à ceux d'entre
eux qui étaient sénateurs. Alors Cotta Messalinus et Cn. Lentulus

ex servis.
A ses esclaves.
Ob quæ reus
A-cause-de quoi l'accusé
petivit diem posterum ;
demanda le jour suivant ;
digressusque domum ,
et étant retourné dans *sa* maison,
mandavit extremas preces
il confia *ses* dernières prières
ad principem
adressées au prince
P. Quirino suo propinquo :
à P. Quirinus son parent :
responsum est
il fut répondu
ut rogaret senatum.
qu'il priât le sénat.

XXXI. Interim domus
XXXI. Cependant *sa* maison
cingebatur milite,
était investie par le soldat,
strepebant
ils faisaient-du-bruit
etiam in vestibulo,
même dans le vestibule,
ut possent audiri,
pour qu'ils pussent être entendus,
ut adspici :
pour qu'*ils pussent* être vus :
quum Libo,
lorsque Libon,
excruciatus epulis ipsis
torturé par le repas même
quas adhibuerat
qu'il avait pris
in novissimam voluptatem,
pour dernier plaisir,
vocare percussorem,
se met à appeler un meurtrier,
prensare dextras servorum,
à prendre les mains de *ses* esclaves,
inserere gladium ;
à glisser-dans *leurs mains son* épée ;
atque illis
et ceux-là
evertentibus lumen
renversant la lumière
appositum mensa,
placée sur la table,
dum trepidant,
pendant qu'ils s'agitent,
dum refugiunt,
pendant qu'ils s'enfuient,
tenebris jam feralibus sibi,
les ténèbres *étant* déjà funèbres pour lui,
direxit duos ictus
il dirigea deux coups
in viscera.
dans *ses* entrailles.
Ad gemitum collabentis
Au gémissement de *lui* tombant
liberti accurrere,
ses affranchis d'accourir,
et, cæde visa,
et, le meurtre ayant été vu,
miles abstitit.
le soldat s'abstint.
Tamen accusatio peracta
Cependant l'accusation *fut* poursuivie
apud patres
auprès des sénateurs
eadem asseveratione;
avec la même persistance;
Tiberiusque juravit
et Tibère jura
se petiturum vitam
lui avoir dû demander la vie
quamvis nocenti,
pour *Libon* quoique coupable,
nisi properavisset
s'il n'eût hâté
mortem voluntariam. [tur
une mort volontaire.
XXXII. Bona dividun-
XXXII. *Ses* biens sont partagés
inter accusatores,
entre *ses* accusateurs,
et præturæ extra ordinem
et des prétures hors rang
datæ his qui erant
furent données à ceux qui étaient
ordinis senatorii.
de l'ordre sénatorial.

Messalinus[1], ne imago Libonis exsequias posterorum comitaretur, censuit; Cn. Lentulus, ne quis Scribonius cognomentum Drusi assumeret; supplicationum dies Pomponii Flacci sententia constituti; ut dona Jovi, Marti, Concordiæ, utque iduum septembrium dies, quo se Libo interfecerat, dies festus haberetur, L. Publius et Gallus Asinius et Papius Mutilus et L. Apronius decrevere : quorum auctoritates adulationesque retuli, ut sciretur vetus id in republica malum. Facta et de mathematicis[2] magisque Italia pellendis senatusconsulta; quorum e numero L. Pituanius saxo dejectus est: in P. Marcium consules extra portam Esquilinam, quum classicum canere jussissent, more prisco advertere.

XXXIII. Proximo senatus die multa in luxum civitatis dicta a Q. Haterio, consulari, Octavio Frontone, prætura functo ;

opinèrent, l'un pour que l'image de Libon ne fût jamais portée aux funérailles de ses descendants; l'autre, pour qu'aucun Scribonius ne prît le surnom de Drusus. On ordonna plusieurs jours de supplications, d'après l'avis de Pomponius Flaccus, et, sur la proposition de L. Publius, d'Asinius Gallus et de Papius Mutilus, on résolut de consacrer des offrandes à Jupiter, à Mars, à la Concorde, et de fêter à l'avenir les ides de septembre, jour où Libon s'était donné la mort. J'ai rapporté les avis de tous ces sénateurs, afin qu'on sache que l'adulation est un mal ancien parmi nous. D'autres sénatus-consultes furent rendus pour chasser d'Italie les astrologues et les magiciens. Un d'entre eux, L. Pituanius, fut précipité de la roche Tarpéienne; un autre, P. Marcius, fut mené, par ordre des consuls, à son de trompe, en dehors de la porte Esquiline, où l'on renouvela pour lui un ancien supplice des premiers temps de la république.

XXXIII. A la séance suivante, Q. Hatérius, consulaire, et Octavius Fronton, ancien préteur, s'élevèrent fortement contre le luxe de la ville. On défendit par un décret de servir sur les tables de la

Tunc Cotta Messallinus	Alors Cotta Messallinus,
censuit	opina
ne imago Libonis	que l'image de Libon
comitaretur exsequias	n'accompagnât pas les obsèques
posterorum ;	de ses descendants ;
Cn. Lentulus,	Cn. Lentulus,
ne quis Scribonius	que quelque Scribonius
assumeret cognomentum	ne prît pas le surnom
Drusi ;	de Drusus ;
dies supplicationum	des jours de supplications
constituti	furent établis
sententia Pomponii Flacci ;	sur l'avis de Pomponius Flaccus;
L. Publius,	L. Publius,
et Gallus Asinius,	et Gallus Asinius,
et Papius Mutilus,	et Papius Mutilus,
et L. Apronius	et L. Apronius
decrevere ut dona	décrétèrent que des dons fussent faits
Jovi, Marti, Concordiæ,	à Jupiter, à Mars, à la Concorde,
utque dies	et que le jour
iduum septembrium,	des ides de-septembre,
quo Libo se interfecerat,	dans lequel Libon s'était tué,
haberetur dies festus :	fût tenu pour jour de-fête :
quorum retuli	desquels j'ai rapporté
auctoritates	les propositions
adulationesque,	et les adulations,
ut id malum	pour que ce mal
sciretur vetus in republica.	fût su être ancien dans l'État.
Et senatusconsulta facta	Des sénatus-consultes aussi furent faits
de pellendis ex Italia	pour chasser de l'Italie
mathematicis magisque;	les mathématiciens et les magiciens ;
e numero quorum	du nombre desquels
L. Pituanius	L. Pituanius
dejectus est saxo :	fut précipité de la roche Tarpéienne :
consules, more prisco,	les consuls, selon un usage ancien,
advertere	sévirent
in P. Marcium	contre P. Marcus
extra portam Esquilinam,	hors de la porte Esquiline,
quum jussissent	après qu'ils eurent ordonné
classicum canere.	la trompette chanter (sonner). [suivante]
XXXIII. Die proximo	XXXIII. Le jour prochain (à la séance
senatus,	du sénat,
multa dicta	beaucoup-de paroles furent dites
in luxum civitatis	contre le luxe de la cité
a Q. Haterio consulari,	par Q. Hatérius consulaire,
Octavio Frontone	et par Octavius Fronton
functo prætura ;	sorti de préture ;
decretumque	et il fut décrété

decretumque ne vasa auro solida ministrandis cibis fierent,
ne vestis serica[1] viros fœdaret. Excessit Fronto, ac postulavit
modum argento, supellectili, familiæ. Erat quippe adhuc
frequens senatoribus, si quid e republica crederent, loco sententiæ promere. Contra Gallus Asinius disseruit, « Auctu imperii adolevisse etiam privatas opes; idque non novum, sed e
vetustissimis moribus : aliam apud Fabricios, aliam apud Scipio-
nes pecuniam; et cuncta ad rempublicam referri, qua tenui,
angustas civium domos; postquam eo magnificentiæ venerit,
gliscere singulos. Neque in familia et argento, quæque ad usum
parentur, nimium aliquid aut modicum, nisi ex fortuna possi-
dentis. Distinctos senatus et equitum census[2], non quia diversi
natura, sed ut locis, ordinibus, dignationibus antistent,
et aliis quæ ad requiem animi aut salubritatem corporum parentur. Nisi forte clarissimo cuique plures curas, majora peri-

vaisselle d'or; on interdit aux hommes les vêtements de soie, comme
déshonorants pour eux. Fronton alla plus loin; il demanda un règlement pour l'argenterie, les ameublements et les esclaves; car il
était encore très-ordinaire aux sénateurs de s'écarter de l'objet précis
de la délibération, et de proposer ce qu'ils croyaient utile au bien
public. Asinius Gallus combattit Fronton; il représenta « que l'accroissement de l'empire avait amené celui des richesses particulières;
que cette progression était naturelle; qu'on l'avait vue dans les
temps les plus reculés; que la fortune des Scipions avait été autre
que celle des Fabricius; que tout était en proportion avec l'État, qui,
pauvre, avait eu des citoyens logés à l'étroit, et, arrivé à ce degré de
splendeur, avait vu chacun s'agrandir; qu'en fait d'esclaves, d'argenterie et d'ameublement, la fortune du propriétaire décidait seule
de l'excès ou de la modicité des dépenses; que la loi consacrait des
distinctions dans le patrimoine des chevaliers et des sénateurs, quoiqu'ils ne fussent pas d'une autre nature que les autres hommes, afin
de leur procurer, avec les prééminences du lieu, du rang, des honneurs, tout ce qui peut contribuer au délassement de l'esprit et à la
santé du corps; à moins qu'on ne voulût que ces grands citoyens,
que l'éclat de leur nom expose à plus de périls et d'inquiétudes,

ne vasa solida auro	que les vases massifs d'or
fierent ministrandis cibis,	ne fussent pas *employés* à servir des mets,
ne vestis serica	qu'un habit de-soie
fœdaret viros.	ne dégradât pas les hommes.
Fronto excessit,	Fronton passa *ces bornes*,
ac postulavit modum	et demanda une mesure
argento, supellectili,	pour l'argenterie, le mobilier,
familiæ.	les esclaves.
Quippe erat adhuc frequens	Car il était encore fréquent
senatoribus,	aux sénateurs,
si crederent quid	s'ils croyaient quelque chose
e republica	*être* dans-l'intérêt-de l'État
promere loco sententiæ.	de *l'exprimer au moment de *dire leur* avis.
Contra Gallus Asinius	D'autre-part Gallus Asinius
disseruit,	exposa,
« Opes privatas	« Les richesses privées
adolevisse etiam	avoir grandi aussi
auctu imperii ;	par l'accroissement de l'empire ;
idque non novum,	et cela n'*être* pas nouveau,
sed e moribus	mais *tiré* des mœurs
vetustissimis :	les plus anciennes :
aliam pecuniam	autre *avoir été* la fortune
apud Fabricios,	chez les Fabricius,
aliam apud Scipiones ;	autre chez les Scipions ;
et cuncta referri	et tout se rapporter
ad rempublicam,	à l'État,
qua tenui,	lequel *étant* faible,
domos civium angustas	les maisons des citoyens *être* étroites ;
postquam venerit eo	après qu'il est venu là (à ce point)
magnificentiæ,	de magnificence.
singulos gliscere.	les particuliers s'agrandir.
Neque in familia et argento,	Et en-fait-d'esclaves et d'argenterie,
quæque parentur ad usum,	et de *tout* ce qui s'acquiert pour l'usage,
aliquid nimium	quelque chose n'*être* pas excessif
aut modicum,	ou modique [sède.
nisi ex fortuna possidentis.	sinon d'après la fortune de celui qui pos-
Census senatus et equitum	Les revenus du sénat et des chevaliers
distinctos,	*avoir été* distingués,
non quia diversi natura,	non parce qu'*ils sont* divers de nature,
sed ut antistent locis,	mais pour qu'ils excellent par les places,
ordinibus, dignationibus,	les rangs, les dignités,
et aliis quæ parentur	et les autres choses qui s'acquièrent
ad requiem animi [rum.	pour le délassement de l'âme
aut salubritatem corpo-	ou la santé des corps.
Nisi forte	A moins que par hasard
plures curas,	on *ne dise* plus de-soucis,
majora pericula subeunda	de plus grands dangers *être* à-subir

cula subeunda, delenimentis curarum et periculorum carendum esse. » Facilem assensum Gallo, sub nominibus honestis,
confessio vitiorum et similitudo audientium dedit. Adjecerat
et Tiberius « Non id tempus censuræ; nec, si quid in moribus
labaret, defuturum corrigendi auctorem. »

XXXIV. Inter quæ L. Piso, ambitum fori [1], corrupta judicia, sævitiam oratorum, accusationes minitantium increpans, abire se et cedere urbe, victurum in aliquo abdito et
longinquo rure, testabatur : simul curiam relinquebat. Commotus est Tiberius, et, quanquam mitibus verbis Pisonem
permulsisset, propinquos quoque ejus impulit ut abeuntem
auctoritate vel precibus tenerent. Haud minus liberi doloris
documentum idem Piso mox dedit, vocata in jus Urgulania,
quam supra leges amicitia Augustæ extulerat. Nec aut Urgulania obtemperavit, in domum Cæsaris, spreto Pisone, vecta;
aut ille abstitit, quanquam Augusta se violari et imminui quereretur. Tiberius, hactenus indulgere matri civile ratus, ut se

fussent privés de l'unique adoucissement de ces inquiétudes et de ces
périls. » L'avis de Gallus prévalut sans peine, grâce à cette adresse
avec laquelle il avait fait, sous des noms honnêtes, l'aveu des vices
publics devant ceux qui les partageaient. Tibère avait ajouté que ce
n'était pas le moment de censurer les mœurs, et qu'au premier signe
de relâchement le réformateur ne ferait pas défaut.

XXXIV. L. Pison saisit ce moment pour se plaindre des brigues
du forum, de la corruption des juges, de la cruauté des orateurs,
toujours armés d'une accusation. Il déclara qu'il allait quitter Rome,
et ensevelir le reste de sa vie dans quelque campagne lointaine,
ignorée; et, tout en disant ces mots, il sortait du sénat. Cette réso-
lution toucha vivement Tibère. Non content de l'adoucir par des paroles obligeantes, il invoqua les prières et l'autorité de ses parents
pour le retenir. Ce même Pison montra bientôt une indignation non
moins courageuse, lorsqu'il cita en justice Urgulanie, que l'amitié
d'Augusta avait mise au-dessus des lois. Urgulanie, au lieu d'obéir,
se rendit au palais, sans égard pour Pison, qui, de son côté, ne l'en
poursuivit pas moins, quoique Augusta se plaignît qu'on l'outrageait
elle-même et qu'on portait atteinte à ses droits. Tibère, convaincu
que les lois ne lui permettaient pas de faire plus en faveur de sa

cuique clarissimo,   [tis
carendum esse delenimen-
curarum et periculorum. »
Confessio vitiorum
sub nominibus honestis
et similitudo audientium
dedit assensum facilem
Gallo.
Tiberius et adjecerat
« Id tempus non censuræ;
nec auctorem corrigendi
defuturum,
si quid labaret in moribus. »
    XXXIV. Inter quæ
L. Piso,
increpans ambitum fori ,
judicia corrupta,
sævitiam oratorum
minitantium accusationes ,
testabatur se abire
et cedere urbe,
victurum in aliquo rure
abdito et longinquo :
simul relinquebat curiam.
Tiberius commotus est,
et. quanquam
permulsisset Pisonem
verbis mitibus,
impulit quoque
propinquos ejus
ut tenerent abeuntem
auctoritate vel precibus.
Idem Piso
dedit mox documentum
doloris haud minus liberi,
Urgulania vocata in jus,
quam amicitia Augustæ
extulerat supra leges.
Nec aut Urgulania
obtemperavit,
vecta in domum Cæsaris,
Pisone spreto ,
aut ille abstitit,
quanquam Augusta
quereretur
se violari et imminui.
Tiberius, ratus civile

pour chaque *personnage* très-illustre ,
et devoir être-faute *à eux* des adoucisse-
des soucis et des dangers. »   [ments
L'aveu de *ces* vices
sous des noms honnêtes
et la conformité de ceux qui écoutaient
donna un assentiment facile
à Gallus.
Tibère aussi avait ajouté
« Ce temps *n'être* pas *celui* d'une censure;
et un auteur pour réformer *les mœurs*
ne devoir pas manquer,   [mœurs.»
si quelque chose chancelait dans les
    XXXIV. Parmi lesquelles *discussions*
L. Pison,
reprochant la brigue du forum,
les jugements corrompus,
la cruauté des orateurs
menaçant-sans-cesse d'accusations,
déclarait lui s'en aller
et se retirer de la ville,
devant vivre dans quelque campagne
écartée et lointaine :
en-même-temps il quittait la curie.
Tibère fut ému,
et, quoique
il eût caressé Pison
par des paroles douces,
il poussa aussi
les proches de lui
pour qu'ils retinssent *lui* partant
par *leur* autorité ou *leurs* prières.
Le même Pison
donna bientôt la preuve
d'une douleur non moins libre,
Urgulanie ayant été appelée en justice,
elle que l'amitié d'Augusta
avait élevée au-dessus des lois.
Et *il n'arriva* pas *que* ou Urgulanie
obéît,   [sar,
s'étant fait-porter dans la maison de Cé-
Pison étant méprisé,
ou celui-ci se désistât,
quoique Augusta
se plaignît
elle-même être outragée et rabaissée.
Tibère, pensant *être* digne-d'un-citoyen

iturum ad prætoris tribunal, adfuturum Urgulaniæ diceret,
processit palatio¹, procul sequi jussis militibus. Spectabatur,
occursante populo, compositus ore, et sermonibus variis
tempus atque iter ducens; donec, propinquis Pisonem frustra
coercentibus, deferri Augusta pecuniam quæ petebatur jube-
ret : isque finis rei, ex qua neque Piso inglorius, et Cæsar
majore fama fuit. Ceterum Urgulaniæ potentia adeo nimia
civitati erat, ut, testis in causa quadam quæ apud senatum tractabatur, venire dedignaretur : missus est præ-
tor² qui domi interrogaret, quum virgines Vestales in foro
et judicio audiri, quoties testimonium dicerent, vetus mos
fuerit.

XXXV. Res eo anno prolatas haud referrem, ni pretium
foret Cn. Pisonis et Asinii Galli super eo negotio diversas sen-
tentias noscere. Piso, quanquam abfuturum se dixerat Cæsar,
ob id magis agendas censebat, et, absente principe, senatum

mère, lui promit de se rendre au tribunal du préteur et de plaider
pour Urgulanie. Il sortit à pied de son palais. Ses soldats avaient
ordre de ne le suivre que de loin. Il s'avançait avec un visage com-
posé, attirant les regards du peuple qui était accouru sur son passage, et cherchant par différents entretiens à allonger le temps et le
chemin, lorsque enfin, comme Pison persistait malgré les représentations de ses proches, Augusta fit apporter l'argent demandé. Ainsi se
termina cette affaire, d'où Pison ne sortit point sans gloire, et qui
rehaussa Tibère dans l'opinion publique. Au reste, le pouvoir d'Urgulanie était si excessif, que, citée en témoignage dans une affaire
qui s'instruisait devant le sénat, elle dédaigna de s'y rendre; il fallut
qu'on envoyât un préteur l'interroger chez elle, bien que les Vestales
mêmes, appelées en témoignage, eussent été de tout temps obligées
de se rendre au forum et devant le tribunal.

XXXV. Il y eut cette année dans les affaires une interruption
dont je ne parlerais pas, s'il n'était à propos de faire connaître à ce
sujet les avis différents de Cn. Pison et d'Asinius Gallus. Pison soutenait que, Tibère ayant annoncé son départ, c'était pour les sénateurs
une raison de montrer encore plus d'activité; qu'il serait honorable

indulgere matri hactenus, | d'être-complaisant pour *sa* mère jusque-
ut diceret se iturum | qu'il dît lui-même devoir aller   [là,
ad tribunal prætoris, | au tribunal du préteur,
adfuturum Urgulaniæ, | devant assister Urgulanie,
processit palatio, | s'avança-hors du palais,
militibus jussis | des soldats ayant reçu-ordre
sequi procul. | de *le* suivre de loin.
Spectabatur, | Il était vu,
populo occursante, | le peuple accourant *sur son passage*,
compositus ore, | composé de visage,
et ducens tempus atque iter | et traînant le temps et la route
variis sermonibus; | par différents entretiens;
donec, propinquis | jusqu'à ce que, *ses* proches
coercentibus Pisonem | retenant Pison
frustra, | en vain,
Augusta juberet | Augusta ordonna
pecuniam quæ peteretur | l'argent qui était demandé
deferri : | être apporté :
isque finis rei, | et celle-là (telle) *fut* la fin d'une affaire,
ex qua neque Piso | par laquelle et Pison
fuit inglorius, | ne fut point sans-gloire,
et Cæsar fama majore. | et César *fut* d'un renom plus grand.
Ceterum | Au reste
potentia Urgulaniæ | la puissance d'Urgulanie
erat adeo nimia civitati, | était tellement excessive pour la cité,
ut, testis in quadam causa | que, témoin dans une certaine cause
quæ tractabatur | qui était traitée
apud senatum, | devant le sénat,
dedignaretur venire : | elle dédaigna de venir :
prætor missus est | un préteur fut envoyé
qui interrogaret domi, | qui interrogeât *elle* à la maison,
quum mos vetus fuerit | quoique la coutume ancienne fût
virgines Vestales audiri | les vierges Vestales être entendues
in foro et judicio, | dans le forum et le tribunal,
quoties | toutes les fois que
dicerent testimonium. | elles disaient (rendaient) témoignage.

XXXV. Haud referrem | XXXV. Je ne rapporterais pas
res prolatas eo anno, | les affaires remises cette année,
ni foret pretium | si *ce* n'était un prix *suffisant*
noscere diversas sententias | de connaître les divers avis
Cn. Pisonis et Asinii Galli | de Cn. Pison et d'Asinius Gallus
super eo negotio. | sur cette affaire.
Piso censebat, | Pison était-d'avis,
quanquam Cæsar dixerat | quoique César eût dit
se abfuturum, | lui devoir s'absenter,
agendas | *les affaires* devoir être faites
magis ob id, | *d'autant* plus pour cela,

et equites[1] posse sua munia sustinere, decorum reipublicæ
fore. Gallus, quia speciem libertatis Piso præceperat, nihil
satis illustre aut ex dignitate populi Romani, nisi coram et
sub oculis Cæsaris, eoque conventum Italiæ et affluentes provincias præsentiæ ejus servanda, dicebat. Audiente hæc
Tiberio ac silente magnis utrinque contentionibus acta; sed
res dilatæ.

XXXVI. Et certamen Gallo adversus Cæsarem exortum est.
Nam censuit « In quinquennium[2] magistratuum comitia habenda; utque legionum legati[3], qui ante præturam ea militia
fungebantur, jam tum prætores destinarentur; princeps duodecim candidatos[4] in annos singulos nominaret. » Haud dubium erat eam sententiam altius penetrare, et arcana imperii
tentari[5]. Tiberius tamen, quasi augeretur potestas ejus, disseruit, « Grave moderationi suæ[6] tot eligere, tot differre : vix
per singulos annos offensiones vitari, quamvis repulsam pro-

pour le gouvernement que le sénat et les chevaliers pussent remplir
leurs fonctions en l'absence du prince. Gallus, à qui Pison avait dé-
robé le mérite d'une libre franchise, prétendait au contraire qu'il
fallait les regards du prince pour donner aux actes du sénat tout
l'éclat qu'exigeait la dignité du peuple romain, et que des affaires
qui faisaient affluer dans Rome l'Italie et les provinces devaient être
réservées pour un temps où l'empereur serait présent. Les deux avis
furent débattus avec beaucoup de chaleur. Tibère écoutait et ne disait rien. Cependant les affaires furent remises.

XXXVI. Il s'éleva aussi une discussion entre Gallus et Tibère.
Gallus proposait qu'on élût les magistrats pour cinq ans; que tous les
lieutenants de légions qui n'auraient point encore obtenu la préture
fussent désignés de droit pour cette charge, et que l'empereur nommât douze candidats pour chacune des cinq années. Il était visible
que cette proposition cachait des vues profondes, et qu'elle ébranlait
les ressorts les plus secrets de l'empire. Tibère fit semblant de n'y
voir qu'un accroissement de sa puissance; il répondit « que tant de
nominations et tant d'ajournements répugnaient à la modération de
son caractère; qu'à peine dans les élections annuelles on évitait de
faire des mécontents, quoiqu'une espérance prochaine pût alors

et fore decorum reipublicæ
senatum et equites
posse sustinere sua munia,
principe absente.
Gallus, quia Piso
præceperat
speciem libertatis,
dicebat nihil satis illustre,
aut ex dignitate
populi Romani,
nisi coram
et sub oculis Cæsaris ,
eoque conventum Italiæ
et provincias affluentes
servanda præsentiæ ejus.
Tiberio audiente ac silente,
hæc acta
magnis contentionibus
utrinque;
sed res dilatæ.

XXXVI. Et certamen
exortum Gallo
adversus Cæsarem.
Nam censuit
« Comitia magistratuum
habenda in quinquennium
utque legati legionum,
qui fungebantur ea militia
ante præturam,
destinarentur jam tum
prætores ;
princeps nominaret
duodecim candidatos
in singulos annos. »
Haud erat dubium
eam sententiam
penetrare altius,
et arcana imperii tentari.
Tamen Tiberius,   [tur,
quasi potestas ejus augere-
disseruit :
« Eligere tot,
differre tot,
grave suæ moderationi :
vix per singulos annos
offensiones vitari,
quamvis spes propinqua

et devoir être (qu'il serait) honorable pour
le sénat et les chevaliers   [l'État
pouvoir soutenir leurs fonctions.
le prince *étant* absent.
Gallus, parce que Pison
avait pris-d'avance
l'apparence de la liberté,
disait « rien n'*être* assez illustre,
ou selon la dignité
du peuple romain,
sinon en-présence
et sous les yeux de César,
et pour cela le concours de l'Italie
et les provinces qui affluaient
devoir être réservés à la présence de lui.
Tibère écoutant et se taisant,
ces *questions furent* traitées
avec de grands débats
de-part-et-d'autre ;
mais les affaires *furent* remises.

XXXVI. Un débat aussi
s'éleva à Gallus
contre César.
Car il fut-d'avis
« Les comices des magistrats
devoir être tenus pour l'espace-de-cinq-
et que les lieutenants des légions,   [ans,
qui s'acquittaient de cette charge-mili-
avant la préture,   [taire
fussent désignés dès lors
comme préteurs ; /
que le prince nommât
douze candidats
pour chaque année. »
Il n'était pas douteux
cet avis
pénétrer plus profondément,
et les secrets de l'empire être sondés.
Cependant Tibère,   [menté,
comme si le pouvoir de lui *en* était aug-
exposa :
« Choisir tant *de personnes*,
en ajourner tant,
être lourd (pénible) pour sa modération
à peine pendant chaque année
les mécontentements être évités,
quoiqu'un espoir prochain

pinqua spes soletur : quantum odii fore ab iis qui ultra quinquennium projiciantur! unde prospici posse quæ cuique, tam
longo temporis spatio, mens, domus, fortuna? Superbire
homines etiam annua designatione : quid, si honorem per
quinquennium agitent? Quinqueplicari prorsus magistratus,
subverti leges, quæ sua spatia exercendæ candidatorum industriæ, quærendisque aut potiundis honoribus statuerint. »

XXXVII. Favorabili in speciem oratione vim imperii tenuit.
Censusque quorumdam senatorum juvit : quo magis mirum
fuit quod preces M. Hortali, nobilis juvenis, in paupertate
manifesta, superbius accepisset. Nepos erat oratoris Hortensii.
illectus a divo Augusto, liberalitate decies sestertii [1], ducere
uxorem, suscipere liberos, ne clarissima familia exstingueretur. Igitur, quatuor filiis ante limen curiæ adstantibus, loco
sententiæ, quum in palatio senatus haberetur, modo Hortensii
inter oratores sitam imaginem, modo Augusti intuens, ad

consoler d'un refus; quels seraient les murmures, si l'on était rejeté
à un avenir de cinq années? Et d'ailleurs, comment prévoir de si
loin les changements qui pouvaient survenir dans les caractères,
dans les familles, dans les fortunes? On connaissait la vanité des
magistrats désignés un an d'avance ; que serait-ce, si leur orgueil
avait cinq ans pour s'exalter? Enfin c'était en quintupler le nombre,
c'était renverser les lois qui avaient fixé un temps, des épreuves, un
âge pour solliciter ou pour posséder les honneurs. »

XXXVII. Par ce discours, populaire en apparence, Tibère sut retenir le pouvoir dans ses mains. Il augmenta le revenu de quelques
sénateurs ; ce qui fit qu'on s'étonna davantage qu'il eût repoussé si
durement les prières de M. Hortalus, jeune noble d'une pauvreté
avérée. Hortalus était petit-fils de l'orateur Hortensius. Auguste lui
avait donné un million de sesterces pour l'engager à se marier et
à perpétuer un nom illustre. Ses quatre fils se tenaient debout à la
porte de la salle du palais où le sénat était alors assemblé. Quand le
tour d'Hortalus fut venu d'opiner, on le vit porter ses regards, tantôt
sur la statue d'Hortensius, placée parmi celles des orateurs, tantôt

soletur repulsam :
quantum odii fore
ab his qui projiciantur
ultra quinquennium !
unde posse prospici
quæ mens, domus,
fortuna cuique,
tam longo spatio temporis?
Homines superbire
designatione etiam annua :
quid, si agitent honorem
per quinquennium?
Magistratus
quinqueplicari prorsus
leges subverti.
quæ statuerint sua spatia
industriæ candidatorum
exercendæ,
honoribusque quærendis
aut potiundis. »
XXXVII. Oratione
favorabili in speciem
tenuit vim imperii.
Juvitque census
quorumdam senatorum :
quo fuit magis mirum
quod accepisset superbius
preces M. Hortali,
juvenis nobilis,
in paupertate manifesta.
Erat nepos
oratoris Hortensii,
illectus a divo Augusto
liberalitate
decies sestertii
ducere uxorem,
suscipere liberos,
ne familia clarissima
exstingueretur.
Igitur,
quatuor filiis adstantibus
ante limen curiæ,
loco sententiæ,
quum senatus
haberetur in palatio,
intuens modo
imaginem Hortensii

console d'un refus :
combien de haine devoir être
de-la-part-de ceux qui seraient ajournés
au delà de l'espace-de-cinq-ans !
d'où pouvoir être prévu
quel esprit, *quelle* famille,
quelle fortune *seraient* à chacun,
dans un si long espace de temps ?
Les hommes s'enorgueillir
d'une désignation même annuelle :
que *serait-ce*, s'ils exerçaient *cet* honneur
pendant l'espace-de-cinq-ans ?
Les magistratures
être quintuplées tout à fait,
les lois être renversées,
lesquelles avaient assigné leurs limites
au zèle des candidats
à-déployer,
et aux honneurs à-rechercher
ou à-posséder. »
XXXVII. Par *ce* discours
populaire en apparence
il retint la force du pouvoir.
Il aida aussi les revenus
de certains sénateurs :
par quoi il fut plus surprenant
qu'il eût accueilli avec-trop-de-hauteur
les prières de M. Hortalus,
jeune-homme noble,
qui vivait dans une pauvreté manifeste.
Il était petit-fils
de l'orateur Hortensius,
engagé par le divin Auguste
par une libéralité
de dix fois *cent mille* sesterces
à prendre femme,
à élever des enfants,
pour que *cette* famille très-illustre
ne s'éteignît pas.
Donc,
ses quatre fils se tenant
devant le seuil de la curie,
au moment de *dire son* avis,
comme *la séance du* sénat
se tenait au palais,
regardant tantôt
l'image d'Hortensius

hunc modum cœpit : « Patres conscripti, hos, quorum numerum et pueritiam videtis, non sponte sustuli, sed quia princeps
monebat; simul majores mei meruerant ut posteros haberent.
Nam ego, qui non pecuniam, non studia populi, neque eloquentiam, gentile domus nostræ bonum, varietate temporum
accipere vel parare potuissem, satis habebam si tenues res
meæ nec mihi pudori, nec cuiquam oneri forent : jussus ab
imperatore, uxorem duxi. En stirps et progenies tot consulum,
tot dictatorum[1]. Nec ad invidiam ista, sed conciliandæ misericordiæ refero : assequentur, florente te, Cæsar, quos dederis
honores; interim Q. Hortensii pronepotes, divi Augusti alum-
nos, ab inopia defende. »

XXXVIII. Inclinatio senatus[2] incitamentum Tiberio fuit,
quo promptius adversaretur, his ferme verbis usus : « Si quantum pauperum est venire huc et liberis suis petere pecunias
cœperint, singuli nunquam exsatiabuntur, respublica deficiet.

sur celle d'Auguste; puis il parla ainsi : « Pères conscrits, ces enfants, dont vous voyez le nombre et l'âge si tendre, je n'ai point
désiré les avoir, mais j'y fus engagé par Auguste : mes ancêtres,
après tout, avaient mérité d'avoir des descendants. Quant à moi qui,
par l'inconstance du sort, n'avais pu recevoir ou acquérir ni les richesses, ni la faveur du peuple, ni l'éloquence, ce patrimoine hérédi-
taire de ma famille, il me suffisait que ma pauvreté ne fût ni une
honte pour moi ni une charge pour mes amis. J'ai pris une com-
pagne pour obéir à l'empereur : voici les rejetons de tant de consuls,
de tant de dictateurs! Et ce langage n'est point celui du reproche,
c'est votre pitié seule que j'implore. César, sous ton règne glorieux,
mes fils obtiendront les honneurs qu'il te plaira de leur donner; en
attendant, défends de la misère les arrière-petits-fils d'Hortensius,
les nourrissons du divin Auguste. »

XXXVIII. La bonne volonté du sénat fut pour Tibère une raison
de combattre avec plus de chaleur la demande d'Hortalus. Voici à
peu près les termes dont il se servit : « Si tous les pauvres venaient
ici demander de l'argent pour leurs enfants, l'État s'épuiserait avant

sitam inter oratores, | placée parmi les orateurs,
modo Augusti, | tantôt *celle* d'Auguste,
cœpit ad hunc modum : | il commença de cette manière :
« Patres conscripti, | « Pères conscrits, [fants,
non sustuli sponte hos, | je n'ai pas élevé volontairement ces en-
quorum videtis numerum | dont vous voyez le nombre
et pueritiam, | et le bas-âge,
sed quia princeps monebat; | mais parce que le prince m'y engageait ;
simul mei majores | en-même-temps mes ancêtres
meruerant | avaient mérité
ut haberent posteros. | qu'ils eussent des descendants.
Nam ego, | Car moi,
qui varietate temporum | qui par l'inconstance des temps
non potuissem accipere | n'avais pu recevoir
vel parare pecuniam, | ou (ni) acquérir de l'argent,
non studia populi, | ni les faveurs du peuple,
neque eloquentiam, [mus, | ni l'éloquence,
bonum gentile nostræ do- | bien héréditaire de notre maison.
habebam satis | j'avais assez
si meæ tenues res | si ma faible fortune
forent nec mihi pudori, | n'était ni pour moi à honte,
nec cuiquam oneri : | ni pour personne à charge :
jussus ab imperatore, | engagé par l'empereur,
duxi uxorem. | j'ai pris femme.
En stirps et progenies | Voici la race et la progéniture
tot consulum, | de tant de-consuls,
tot dictatorum | de tant de-dictateurs.
Nec refero ista | Et je ne rapporte pas ces *faits*
ad invidiam, [diæ : | pour un reproche,
sed conciliandæ misericor- | mais *en vue* de *me* concilier la pitié :
assequentur, | ils obtiendront,
te florente, Cæsar, | toi étant florissant, César,
honores quos dederis; | les honneurs que tu *leur* auras donnés ;
interim defende ab inopia | cependant défends de la misère
pronepotes Q. Hortensii, | les arrière-petits-fils de Q. Hortensius,
alumnos divi Augusti. » | les nourrissons du divin Auguste. »

    XXXVIII. Inclinatio | XXXVIII. La bonne-volonté
senatus | du sénat
fuit Tiberio incitamentum, | fut pour Tibère un stimulant,
quo adversaretur promp- | pour qu'il s'opposât plus vivement,
usus ferme his verbis : [tius, | ayant usé à-peu-près de ces mots :
« Si quantum est pauperum | « Si *autant* qu'il y a de pauvres
cœperint venire huc, | se mettent à venir ici,
et petere pecunias | et à demander de l'argent
suis liberis, singuli | pour leurs enfants, les particuliers
nunquam exsatiabuntur | jamais ne seront rassasiés,
respublica deficiet. | l'État s'épuisera.

Nec sane ideo a majoribus concessum est egredi aliquando re-
lationem, et quod in commune conducat loco sententiæ pro-
ferre, ut privata negotia, res familiares nostras hic augeamus
cum invidia senatus et principum, sive indulserint largitionem, sive abnuerint. Non enim preces sunt istuc, sed efflagi-
tatio intempestiva quidem et improvisa, quum aliis de rebus
convenerint patres, consurgere, et numero atque ætate libe-
rum suorum urgere modestiam senatus, eamdem vim in me
transmittere, ac velut perfringere ærarium; quod, si ambi-
tione¹ exhauserimus, per scelera supplendum erit. Dedit tibi,
Hortale, divus Augustus pecuniam, sed non compellatus, nec
ea lege ut semper daretur. Languescet alioqui industria,
intendetur socordia, si nullus ex se metus aut spes; et securi omnes aliena subsidia exspectabunt, sibi ignavi, no-

d'assouvir la cupidité des solliciteurs. Certes, si nos ancêtres ont permis de s'écarter quelquefois de l'objet de la délibération, et, au moment d'opiner, de proposer des vues utiles au bien public, ce n'a
point été pour qu'on discutât les intérêts particuliers de sa famille
et de sa fortune, en exposant le sénat et le prince à une haine inévi-
table, soit qu'ils accordent, soit qu'ils refusent. Non, ce ne sont
point des prières, c'est une exaction importune et imprévue, que de
se lever au milieu d'une assemblée réunie pour de tout autres intérêts, d'invoquer le nombre et l'âge de ses enfants pour contraindre
la religion du sénat, d'exercer sur moi la même violence, et de for-
cer en quelque sorte les portes du trésor. Mais, si nous le vidons par
notre complaisance, il nous faudra le remplir par des crimes. Le divin Auguste t'a fait des dons, Hortalus, mais de son propre mouvement, et il n'a pas mis pour condition que l'on t'en ferait toujours.
L'activité s'éteindra et la paresse ira croissant, dès qu'on n'aura plus

Nec sane	Et certes,
concessum est ideo	il n'a pas été accordé pour cela
a majoribus	par *nos* ancêtres
egredi aliquando	de sortir quelquefois
relationem	de la question
et proferre	et de mettre-en-avant
loco sententiæ [ne,	au moment de *donner son* avis
quod conducat in commu-	ce qui est-utile au *bien* commun,
ut augeamus hic	afin que nous augmentions ici
negotia privata,	*nos* affaires privées,
nostras res familiares,	nos biens de-famille, [sénat
cum invidia senatus	avec (en excitant) la haine du (contre le)
et principum,	et des (contre les) princes,
sive indulserint	soit qu'ils aient accordé
largitionem,	une largesse,
sive abnuerint.	soit qu'ils *l'*aient refusée.
Non enim istuc sunt preces,	Car ce ne sont pas des prières,
sed efflagitatio	mais une sollicitation
intempestiva quidem	intempestive certes
et improvisa,	et imprévue,
quum patres convenerint	lorsque les sénateurs se sont réunis
de aliis rebus,	pour d'autres choses,
consurgere,	de se lever,
et urgere	et de presser
modestiam senatus	la modestie du sénat
numero atque ætate	par le nombre et l'âge
suorum liberum,	de ses enfants,
transmittere eamdem vim	de faire-passer la même violence
in me,	vers moi,
ac velut	et comme (en quelque sorte)
perfringere ærarium ;	de forcer le trésor-public ;
quod, si exhauserimus	lequel, si nous *l'*avons épuisé
ambitione,	par complaisance,
supplendum erit	devra être rempli
per scelera.	par des crimes.
Divus Augustus	Le divin Auguste
dedit tibi pecuniam,	a donné à toi de l'argent,
Hortale,	Hortalus,
sed non compellatus,	mais n'*en* ayant pas été requis,
nec ea lege,	ni à cette condition,
ut semper daretur.	que toujours il *t'en* serait donné.
Alioqui	D'ailleurs
industria languescet,	l'activité languira,
socordia intendetur,	la paresse se développera,
si nullus metus aut spes	si aucune crainte ou (ni) *aucun* espoir
ex se ;	*ne vient* de soi ;
et omnes exspectabunt	et tous attendront

bis graves. » Hæc atque talia, quanquam cum assensu audita ab his quibus omnia principum honesta atque inhonesta
laudare mos est, plures per silentium aut occultum murmur
excepere : sensitque Tiberius ; et, quum paulum reticuisset,
Hortalo se respondisse ait ; ceterum, si patribus videretur, daturum liberis ejus ducena sestertia[1] singulis, qui sexus virilis
essent. Egere alii grates; siluit Hortalus, pavore, an avitæ
nobilitatis etiam inter angustias fortunæ retinens[2]. Neque
misertus est posthac Tiberius, quamvis domus Hortensii pudendam ad inopiam delaberetur.

XXXIX. Eodem anno mancipii unius audacia, ni mature
subventum foret, discordiis armisque civilibus rempublicam
perculisset. Postumi Agrippæ[3] servus, nomine Clemens, comperto fine Augusti, pergere in insulam Planasiam, et fraude
aut vi raptum Agrippam ferre ad exercitus Germanicos, non

rien à espérer ou à craindre de soi-même; tous attendront les secours d'autrui dans une lâche sécurité, inutiles à eux-mêmes, onéreux à l'État. » Ce discours, approuvé par cette sorte d'hommes ha-
bitués à tout louer chez les princes, le mal comme le bien, fut accueilli généralement par un profond silence ou de sourds murmures.
Tibère s'en aperçut; aussi, après s'être tu un moment, il ajouta
« qu'il avait répondu à Hortalus, mais que, si le sénat l'agréait, il
donnerait deux cent mille sesterces à chacun de ses enfants mâles. »
Le sénat le remercia; Hortalus ne dit rien, soit qu'il fût intimidé,
soit qu'au sein de la misère il conservât encore la noble fierté de ses ancêtres. Depuis, les descendants d'Hortensius tombèrent dans une pauvreté déplorable, sans que Tibère éprouvât pour eux la moindre pitié.

XXXIX. Cette même année, l'audace d'un seul esclave, si on ne
l'eût réprimée à temps, eût replongé l'État dans les discordes et les
guerres civiles. Un esclave de Postumus Agrippa, nommé Clémens,
apprenant la mort d'Auguste, imagina de se rendre dans l'île de
Planasie, d'y enlever Agrippa par force ou par ruse, et de le conduire aux armées de Germanie. Ce projet, qui n'était point celui

securi
subsidia aliena,
ignavi sibi, graves nobis.»
Hæc atque talia,
quanquam audita
cum assensu
ab his quibus est mos
laudare omnia principum
honesta atque inhonesta,
plures excepere
per silentium
aut murmur occultum :
Tiberiusque sensit;
et, quum reticuisset
paulum,
ait se respondisse
Hortalo ;
ceterum,
si videretur patribus,
daturum ducena sestertia
singulis liberis ejus
qui essent sexus virilis.
Alii egere grates ;
Hortalus siluit, pavore,
an retinens
nobilitatis avitæ,
etiam inter angustias
fortunæ.
Neque posthac Tiberius
misertus est,
quamvis domus Hortensii
delaberetur
ad inopiam pudendam.
XXXIX. Eodem anno
audacia unius mancipii ,
ni subventum foret mature,
perculisset rempublicam
discordiis
armisque civilibus.
Servus Postumi Agrippæ,
Clemens nomine,
fine Augusti comperto,
concepit animo non servili
pergere
in insulam Planasiam,
et ferre
ad exercitus Germanicos

en-sécurité
les secours d'-autrui,   [l.ous.»
lâches pour eux-mêmes, onéreux pour
Ces *mots* et *d'autres* tels,
bien qu'entendus
avec assentiment
par ceux à qui est la coutume
de louer toutes choses des princes
honnêtes et non-honnêtes,
de plus nombreux *les* accueillirent
par le silence
ou *par* un murmure sourd :
et Tibère s'*en* aperçut ;
et, après qu'il se fut tu
un peu,
il dit lui avoir répondu
à Hortalus ;
au reste,
s'il semblait *bon* aux sénateurs,
lui devoir donner deux-cent *mille* sesterces
à chacun-des enfants de lui
qui étaient du sexe viril.
Les autres *lui* rendirent grâces ;
Hortalus se tut, par crainte,
ou conservant *quelque chose*
de la noblesse de *ses*-aïeux,
même dans la détresse
de *sa* fortune.
Et désormais Tibère
n'eut-pas-pitié *de lui*,
quoique la famille d'Hortensius
tombât
dans une misère humiliante.
XXXIX. La même année
l'audace d'un seul esclave,   [ment,
si l'on n'y eût porté-remède prompte-
aurait renversé l'État
par des discordes
et des armes civiles.
Un esclave de Postumus Agrippa,
Clémens de nom,
la fin d'Auguste étant connue,
conçut dans *son* âme non servile
le projet de se rendre
dans l'île *de* Planasie,
et de porter
aux armées de-Germanie

4.

servili animo concepit. Ausa ejus impedivit tarditas onerariæ·
navis; atque interim patrata cæde, ad majora et magis præ-
cipitia conversus, furatur cineres, vectusque Cosam[1], Etruriæ
promontorium, ignotis locis sese abdit, donec crinem bar-
bamque promitteret : nam ætate et forma haud dissimili in dominum erat. Tum, per idoneos et secreti ejus socios, cre-
brescit vivere Agrippam, occultis primum sermonibus, ut
vetita solent, mox vago rumore apud imperitissimi cujusque
promptas aures, aut rursum apud turbidos eoque nova cu-
pientes. Atque ipse adire municipia obscuro diei, neque pro-
palam adspici, neque diutius iisdem locis; sed, quia veritas
visu et mora, falsa festinatione et incertis valescunt, relinquebat famam aut præveniebat[2].

XL. Vulgabatur interim per Italiam servatum munere deum
Agrippam; credebatur Romæ, jamque Ostiam invectum mul-

d'une âme servile, échoua par la lenteur du vaisseau qui portait
Clémens, et, dans l'intervalle, on se défit d'Agrippa. Clémens forme
alors un dessein plus grand et plus périlleux : il enlève les cendres
de son maître, aborde à Cosa, promontoire d'Étrurie, s'y cache
dans des lieux déserts, laisse croître sa barbe et ses cheveux : il
avait à peu près l'âge et les traits du jeune prince. Puis, par le
moyen de quelques émissaires qu'il avait mis dans sa confidence, il
sème adroitement le bruit qu'Agrippa est vivant. D'abord, c'est un
secret qui se dit à voix basse, comme tout ce qui est défendu ; bientôt la nouvelle s'accrédite dans la foule ignorante, et aussi auprès
de ces esprits turbulents qui ne désirent que révolutions. Lui-même
il va dans les villes, n'y paraissant que le soir, jamais en public,
jamais longtemps aux mêmes lieux ; sûr que, si le temps et l'examen
font prévaloir le vrai, le faux s'accrédite par l'incertitude et la précipitation, il laisse derrière lui la renommée ou la devance.

XL. Cependant on publiait dans l'Italie que les dieux avaient
sauvé Agrippa. Rome le croyait; et déjà l'imposteur, débarqué à

Agrippam raptum	Agrippa enlevé
fraude aut vi.	par ruse ou par violence.
Tarditas navis onerariæ	La lenteur d'un navire de-charge
impedivit ausa ejus ;	empêcha les entreprises de lui ;
atque, cæde patrata	et, le meurtre ayant été exécuté
interim,	dans-l'intervalle, [grands
conversus ad majora	s'étant tourné vers des *desseins* plus
et magis præcipitia,	et plus périlleux,
furatur cineres,	il dérobe les cendres *du prince*,
vectusque Cosam,	et ayant été transporté à Cosa,
promontorium Etruriæ,	promontoire d'Étrurie,
sese abdit locis ignotis,	il se cache dans des lieux inconnus,
donec promitteret	jusqu'à ce qu'il eût laissé-croître
crinem barbamque :	cheveux et barbe :
nam erat ætate et forma	car il était d'âge et d'extérieur
haud dissimili	non différent
in dominum.	par-rapport-à *son* maître.
Tum, per idoneos	Alors, par des *gens* habiles
et socios secreti ejus, [re,	et associés au secret de lui, [vivre,
crebrescit Agrippam vive-	il s'ébruite (le bruit se répand) Agrippa
primum	d'abord
sermonibus occultis,	par des propos secrets,
ut vetita	comme les choses défendues
solent,	ont-coutume de *s'ébruiter*,
mox rumore vago	puis par une rumeur qui-circule
apud aures promptas	aux oreilles toutes-prêtes
cujusque imperitissimi,	de chaque *homme* très-ignorant,
aut rursum apud turbidos,	ou encore auprès des *gens* turbulents,
eoque cupientes nova.	et pour cela désirant les nouveautés.
Atque ipse adire municipia	Et lui-même d'aller-dans les municipes
obscuro diei,	au *moment* obscur du jour,
neque adspici propalam,	et de ne pas se-faire-voir en-public,
neque diutius iisdem locis ;	ni trop longtemps aux mêmes lieux ;
sed, quia veritas	mais, comme la vérité *s'accrédite*
visu et mora,	par la vue et les délais,
falsa valescunt	*et que* les choses fausses s'accréditent
festinatione et incertis,	par la précipitation et les incertitudes,
relinquebat famam,	il laissait *derrière lui* la renommée,
aut præveniebat.	ou *la* devançait.
XL. Interim vulgabatur	XL. Cependant il se divulguait
per Italiam	dans l'Italie
Agrippam servatum	Agrippa *avoir été* sauvé
munere deum ;	par un don (bienfait) des dieux ;
credebatur Romæ,	*cela* était cru à Rome,
jamque ingens multitudo	et déjà une grande multitude
celebrabant	escortait *lui*
invectum Ostiam,	entré-dans Ostie

titudo ingens, jam in Urbe clandestini cœtus celebrabant [1];
quum Tiberium anceps cura distrahere, vine militum servum
suum [2] coerceret, an inanem credulitatem tempore ipso va-
nescere sineret. Modo nihil spernendum, modo non omnia·
metuenda, ambiguus pudoris ac metus, reputabat. Postremo·
dat negotium Sallustio Crispo : ille e clientibus duos (quidam
milites fuisse tradunt) deligit, atque hortatur simulata conscientia adeant, offerant pecuniam, fidem atque pericula pol-
liceantur. Exsequuntur ut jussum erat; dein, speculati noctem
incustoditam, accepta idonea manu, vinctum clauso ore
in palatium traxere. Percontanti Tiberio quomodo Agrippa
factus esset, respondisse fertur : « Quomodo tu Cæsar. » Ut
ederet socios subigi non potuit. Nec Tiberius pœnam ejus palam ausus, in secreta palatii parte interfici jussit, corpusque
clam auferri ; et, quanquam multi e domo principis, equites-

Ostie, avait été reçu par une foule immense ; déjà, dans Rome même,
il se formait autour de lui des réunions clandestines. L'inquiétude
gagna Tibère : incertain s'il enverrait des troupes contre son esclave,
ou s'il laisserait ce vain fantôme se dissiper de lui-même; tantôt se
disant qu'il ne faut rien mépriser, et tantôt qu'il ne faut pas tout
craindre ; combattu par la honte et par la peur, il s'en remet enfin à
Sallustius Crispus. Celui-ci choisit deux de ses clients, d'autres disent des soldats, et les charge d'aller trouver le faux Agrippa, de
se donner à lui pour des auxiliaires dévoués, de lui offrir leur bourse,
leur fidélité, leur courage. Ils suivent l'instruction. Une nuit que le
fourbe n'était point sur ses gardes, appuyés d'une force suffisante, ils
le lient et le traînent au palais, un bâillon dans la bouche. Tibère
lui demanda comment il était devenu Agrippa. On prétend qu'il lui
répondit : « Comme tu es devenu César. » On ne put le contraindre
à déclarer ses complices; et Tibère, n'osant hasarder en public le
supplice de cet homme, le fit mourir dans un endroit retiré du palais. On emporta le corps secrètement, et, quoiqu'il se débitât que
plusieurs personnes de la maison du prince, que des chevaliers et des

jam in Urbe	déjà dans la ville (dans Rome)
cœtus clandestini ;	des réunions clandestines *l'entouraient* ;
quum cura anceps	lorsqu'un souci double
distrahere Tiberium,	*commence à* tourmenter Tibère,
coerceretne suum servum	s'il réprimerait son esclave
vi militum,	par la force des soldats,
an sineret vanescere	ou s'il laisserait s'évanouir
tempore ipso	par le temps même
inanem credulitatem.	une vaine crédulité.
Ambiguus pudoris ac me-	Partagé-entre la honte et la crainte.
reputabat modo [tus	il pensait tantôt
nihil spernendum ,	rien n'*être* à-mépriser,
modo	tantôt
omnia non metuenda.	tout n'*être* pas à craindre.
Postremo dat negotium	Enfin il donne commission
Sallustio Crispo :	à Sallustius Crispus :
ille deligit	celui-là choisit
duos e clientibus	deux de *ses* clients
(quidam tradunt	(quelques-uns rapportent
fuisse milites),	*eux* avoir été des soldats),
atque hortatur adeant	et *les* engage à ce qu'ils *l'*aillent-trouver
conscientia simulata,	avec une complicité simulée,
offerant pecuniam,	qu'ils *lui* offrent de l'argent,
polliceantur fidem	*lui* promettent fidélité
atque pericula. [erat ;	et périls *à courir avec lui.*
Exsequuntur ut jussum	Ils exécutent comme il avait été ordonné ;
dein, speculati	puis, ayant épié
noctem incustoditam	une nuit non-gardée,
manu idonea accepta,	une troupe suffisante ayant été reçue,
traxere in palatium,	ils *l'*entraînèrent au palais,
vinctum, ore clauso.	lié, la bouche fermée (bâillonnée).
Tiberio percontanti	A Tibère *lui* demandant
quomodo	comment
factus esset Agrippa,	il était devenu Agrippa,
fertur respondisse :	il est dit avoir répondu :
« Quomodo tu Cæsar. »	« Comme tu *es devenu* César. »
Non potuit subigi	Il ne put être contraint
ut ederet socios.	à ce qu'il fît-connaître *ses* complices.
Nec Tiberius	Et Tibère
ausus palam	n'ayant pas osé ouvertement
pœnam ejus,	le supplice de lui,
jussit interfici	ordonna *lui* être tué
in parte secreta palatii,	dans une partie secrète du palais,
corpusque auferri clam ;	et *son* corps être enlevé secrètement ,
et, quanquam multi	et, quoique plusieurs
e domo principis,	de la maison du prince,
equitesque ac senatores,	et des chevaliers et des sénateurs,

que ac senatores, sustentasse opibus, juvisse consiliis dicerentur, haud quæsitum.

XLI. Fine anni arcus propter ædem Saturni, ob recepta signa cum Varo amissa, ductu Germanici, auspiciis Tiberii ; et ædes Fortis Fortunæ, Tiberim juxta, in hortis quos Cæsar dictator populo Romano legaverat; sacrarium genti Juliæ effigiesque divo Augusto, apud Bovillas [1], dicantur. C. Cæcilio, L. Pomponio consulibus, Germanicus Cæsar, ante diem septimum calendas junias, triumphavit [2] de Cheruscis Cattisque et Angrivariis, quæque aliæ nationes usque ad Albim colunt : vecta spolia, captivi, simulacra montium, fluminum, prœliorum ; bellumque, quia conficere prohibitus erat, pro confecto accipiebatur. Augebat intuentium visus eximia ipsius species, currusque quinque liberis [3] onustus ; sed suberat occulta formido reputantibus haud prosperum in Druso, patre ejus, favorem vulgi ; avunculum [4] ejusdem Marcellum flagran-

---

sénateurs l'avaient soutenu de leur argent ou de leurs conseils, on ne fit aucune recherche.

XLI. A la fin de l'année, on éleva un arc de triomphe près du temple de Saturne, en mémoire de ce que Germanicus, sous les auspices de Tibère, avait recouvré les aigles perdues de Varus. On dédia, près du Tibre, dans les jardins que le dictateur César avait légués au peuple romain, un temple à la déesse Fors Fortuna, et dans la cité de Bovilles une chapelle à la famille Julia, avec une statue pour le divin Auguste. Sous le consulat de C. Cécilius et de L. Pomponius, le septième jour avant les calendes de juin, Germanicus César triompha des Chérusques, des Cattes, des Angrivariens et des autres nations qui habitent entre le Rhin et l'Elbe. Les dépouilles, les captifs, les représentations des montagnes, des fleuves, des combats, précédaient le triomphateur. La guerre était regardée comme terminée par lui, parce qu'on l'avait empêché de la finir. Mais ce qui surtout fixait les regards, c'était la beauté majestueuse de Germanicus, et les cinq enfants dont son char était rempli. Toutefois on ne pouvait se défendre d'un secret sentiment de crainte, en songeant que la faveur du peuple avait été fatale à son père Drusus, que son oncle

dicerentur sustentasse
opibus,
juvisse consiliis,
haud quæsitum.

fussent dits l'avoir soutenu
de leur fortune,
l'avoir aidé de leurs conseils,
il ne fut pas fait-d'enquête.

XLI. Fine anni
arcus,
propter ædem Saturni,
ob signa amissa cum Varo
recepta, ductu Germanici,
auspiciis Tiberii,
et ædes Fortis Fortunæ
juxta Tiberim, in hortis
quos dictator Cæsar
legaverat populo Romano;
sacrarium
genti Juliæ,
effigiesque divo Augusto
apud Bovillas,
dicantur.
C. Cæcilio, L. Pomponio
consulibus,
Germanicus Cæsar,
ante septimum diem
kalendas junias,
triumphavit de Cheruscis
Cattisque et Angrivariis,
quæque aliæ nationes co-
usque ad Albim :   [lunt
spolia vecta, captivi,
simulacra montium,
fluminum, prœliorum :
bellumque accipiebatur
pro confecto,
quia prohibitus erat
conficere.
Augebat visus intuentium
eximia species
ipsius,
currusque
onustus quinque liberis ;
sed formido occulta
suberat reputantibus
favorem vulgi
haud prosperum in Druso,
patre ejus ;
Marcellum
avunculum ejusdem

XLI. A la fin de l'année
un arc de triomphe,
près du temple de Saturne,
à cause des étendards perdus avec Varus
recouvrés, sous la conduite de Germani-
sous les auspices de Tibère,   [cus,
et un temple de Fors Fortuna
près du Tibre, dans les jardins
que le dictateur César
avait légués au peuple romain ;
un sanctuaire (une chapelle)
à la famille Julia,
et une statue au divin Auguste
à Bovilles,
sont consacrés.
C. Cécilius, L. Pomponius
étant consuls,
Germanicus César,
le septième jour avant
les calendes de-juin,
triompha des Chérusques,
et des Cattes et des Angrivariens,
et des autres nations qui habitent
jusqu'à l'Elbe :
des dépouilles furent traînées, des captifs,
des simulacres de montagnes,
de fleuves, de combats ;
et la guerre était reçue
pour finie,
parce qu'il avait été empêché
de l'achever.
Ce qui rehaussait la vue des spectateurs
c'était le remarquable extérieur
de lui-même,
et son char
chargé de ses cinq enfants ;
mais une crainte secrète
était-en eux qui songeaient
la faveur du peuple
n'avoir pas été heureuse pour Drusus,
père de lui ;
Marcellus
oncle du même

tibus plebis studiis intra juventam ereptum ; breves et infaustos populi Romani amores [1].

XLII. Ceterum Tiberius, nomine Germanici, trecenos plebi sestertios [2] viritim dedit, seque collegam consulatui ejus destinavit. Nec ideo sinceræ caritatis fidem assecutus, amoliri juvenem specie honoris statuit ; struxitque causas, aut forte oblatas arripuit. Rex Archelaus [3] quinquagesimum annum Cappadocia [4] potiebatur, invisus Tiberio, quod eum, Rhodi agentem, nullo officio coluisset [5]. Nec id Archelaus per superbiam omiserat, sed ab intimis Augusti monitus ; quia, florente C. Cæsare [6] missoque ad res Orientis, intuta Tiberii amicitia credebatur. Ut, versa Cæsarum sobole, imperium adeptus est, elicit Archelaum matris litteris, quæ, non dissimulatis filii offensionibus, clementiam offerebat, si ad precandum veniret. Ille, ignarus doli, vel, si intelligere crederetur, vim metuens, in Urbem properat ; exceptusque immiti a principe, et mox

---

Marcellus s'était vu enlever, dans la fleur de la jeunesse, aux adorations de l'empire, que les amours du peuple romain étaient courtes et malheureuses.

XLII. Tibère, au nom de Germanicus, fit distribuer au peuple trois cents sesterces par tête, et voulut être son collègue dans le consulat. On n'en crut pas plus pour cela à la sincérité de sa tendresse ; bientôt, en effet, il résolut de l'écarter sous des prétextes honorables, et il en fit naître l'occasion, ou du moins la saisit avidement. Archélaüs, depuis cinquante ans, régnait sur la Cappadoce. Il était haï de Tibère, à qui il n'avait rendu aucun hommage du temps que ce prince séjournait à Rhodes. Archélaüs n'avait point agi en cela par orgueil, mais par le conseil des amis d'Auguste ; car, dans le temps que Caius César était tout-puissant et chargé des affaires de l'Orient, il y avait quelque péril à marquer de l'attachement pour Tibère. Lorsque la postérité des Césars fut détruite, Tibère, maître de l'empire, fit écrire par sa mère une lettre dans laquelle, sans dissimuler les ressentiments de son fils, elle assurait Archélaüs du pardon, s'il venait le solliciter en personne. Ce monarque, ne soupçonnant point le piége, ou craignant quelque violence s'il montrait des soupçons, s'empressa de se rendre à Rome. Il fut reçu avec dureté par le prince, et bientôt accusé dans le sénat. Redoutant peu une

creptum intra juventam
studiis flagrantibus plebis;
amores populi Romani
breves et infaustos.

avoir *été* ravi dans *sa* jeunesse
à l'affection ardente du peuple,
les amours du peuple romain
être courtes et malheureuses.

XLII. Ceterum Tiberius
dedit plebi,
nomine Germanici,
trecenos sestertios viritim,
seque destinavit collegam
consulatui ejus.
Nec assecutus ideo
fidem caritatis sinceræ,
statuit amoliri juvenem
specie honoris ;
struxitque causas,
aut arripuit oblatas forte.
Rex Archelaus
potiebatur Cappadocia
quinquagesimum annum,
invisus Tiberio,
quod coluisset
nullo officio
eum, agentem Rhodi.
Nec Archelaus omiserat id
per superbiam,
sed monitus
ab intimis Augusti ;
quia amicitia Tiberii
credebatur intuta,
C. Cæsare florente
missoque
ad res Orientis.
Ut, sobole Cæsarum versa,
adeptus est imperium,
elicit Archelaum
litteris matris,
quæ, offensionibus filii
non dissimulatis,
offerebat clementiam,
si veniret ad precandum.
Ille, ignarus doli,
vel metuens vim,
si videretur intelligere,
properat in Urbem ;
exceptusque
a principe immiti,
et mox accusatus in senatu,

XLII. Au reste Tibère
donna au peuple,
au nom de Germanicus,
trois cents sesterces par-tête,
et se désigna *lui-même* pour collègue
au consulat de lui.
Et n'ayant pas obtenu pour-cela
la foi en une tendresse sincère,
il résolut d'écarter le jeune *prince*
sous prétexte d'honneur ;
et il créa des motifs,
ou *en* saisit qui s'offrirent par-hasard.
Le roi Archélaüs
était-maître de la Cappadoce   [ans),
depuis la cinquantième année (cinquante
odieux à Tibère,
parcequ'il *n*'avait honoré
d'aucun hommage
lui, vivant à Rhodes.
Et Archélaüs n'avait pas omis cela
par orgueil,
mais averti
par les *amis* intimes d'Auguste;
parce que l'amitié de Tibère
était crue peu-sûre (dangereuse),
C. César florissant
et ayant été envoyé
pour les affaires de l'Orient.   [truite,
Dès que, la race des Césars ayant été dé-
il (Tibère) eut obtenu l'empire,
il attire Archélaüs
par une lettre de *sa* mère,
qui, les ressentiments de *son* fils
n'étant pas dissimulés,
lui offrait la clémence,
s'il venait pour *le* prier.
Celui-là, ignorant la ruse,
ou craignant *quelque* violence,
s'il paraissait *la* comprendre,
se hâte *de venir* à la ville (à Rome) ;
et reçu
par un prince inclément,
et bientôt accusé dans le sénat,

accusatus in senatu, non ob crimina quæ fingebantur, sed
angore, simul fessus senio, et quia regibus æqua, nedum infi-
ma, insolita sunt, finem vitæ, sponte an fato, implevit.
Regnum in provinciam redactum est [1], fructibusque ejus levari
posse centesimæ vectigal [2] professus, Cæsar ducentesimam
in posterum statuit. Per idem tempus Antiocho Commageno-
rum [3], Philopatore Cilicum regibus defunctis, turbabantur
nationes, plerisque Romanum, aliis regium imperium cupien-
tibus ; et provinciæ Syria atque Judæa, fessæ oneribus, de-
minutionem tributi orabant.

XLIII. Igitur hæc, et de Armenia quæ supra memoravi, apud
patres disseruit : « Nec posse motum Orientem, nisi Germanici sapientia, componi : nam suam ætatem vergere, Drusi [4]
nondum satis adolevisse. » Tunc, decreto patrum, permissæ
Germanico provinciæ quæ mari dividuntur, majusque imperium, quoquo adisset, quam his qui sorte [5] aut missu principis

accusation qui ne portait sur aucun fait réel, mais accablé par le
chagrin, la vieillesse et le dégoût d'une position subalterne, insup-
portable aux rois, que l'égalité même révolte, une mort, peut-
être volontaire, mit bientôt fin à ses jours. Son royaume fut
réduit en province romaine ; Tibère déclara qu'avec le revenu de
ce pays on pouvait diminuer l'impôt du centième, et il le ré-
duisit en effet de moitié. Dans le même temps, la Commagène et
la Cilicie, sans rois depuis la mort d'Antiochus et celle de Philopator, étaient pleines de troubles : les uns demandaient les Romains
pour maîtres, les autres préféraient des rois ; d'un autre côté, la Syrie et la Judée, accablées sous le poids des subsides, sollicitaient un
soulagement.

XLIII. Tibère exposa donc devant le sénat toutes ces affaires et
celles de l'Arménie, dont j'ai parlé plus haut. « L'Orient, suivant
lui, ne pouvait être pacifié que par la sagesse de Germanicus. Quant
à lui, il était sur le déclin de son âge, et Drusus n'avait point encore assez de maturité. » Alors un décret du sénat déféra à Germanicus le gouvernement de toutes les provinces d'outre-mer, avec une
autorité supérieure à celle des lieutenants du prince ou du sénat,

implevit finem vitæ,	il accomplit la fin de *sa* vie,
sponte an fato,	par *sa* volonté ou par le destin,
non ob crimina	non à cause des accusations
quæ fingebantur,	qui étaient feintes,
sed angore,	mais par chagrin,
simul fessus senio,	en-même-temps épuisé de vieillesse,
et quia æqua	et parce que les *conditions* égales
sunt insolita regibus.	sont insolites pour les rois, [*soient pas.*
nedum infima.	bien-loin-que les *conditions* infimes *ne le*
Regnum redactum est	*Son* royaume fut réduit
in provinciam,	en province,
Cæsarque professus	et César ayant déclaré
vectigal centesimæ	l'impôt du centième
posse levari	pouvoir être allégé
fructibus ejus,	par les revenus de ce *royaume,*
statuit ducentesimam	établit un deux-centième
in posterum.	pour l'avenir.
Per idem tempus	Pendant le même temps
regibus defunctis	*deux* rois étant morts
Antiocho Commagenorum,	Antiochus *roi* des Commagéniens,
Philopatore Cilicum,	Philopator *roi* des Ciliciens,
nationes turbabantur,	*ces* nations étaient agitées,
plerisque cupientibus	la plupart désirant
imperium Romanum	l'autorité romaine,
aliis regium;	les autres, l'*autorité* royale:
et provinciæ	et les provinces
Syria atque Judææ,	de Syrie et de Judée,
fessæ oneribus,	épuisées de charges,
orabant deminutionem	sollicitaient une diminution
tributi.	de tribut.
XLIII. Igitur	XLIII. Donc
disseruit apud patres	il exposa devant les sénateurs
hæc,	ces *affaires,*
et quæ memoravi supra	et *celles* que j'ai rapportées plus-haut
de Armenia :	touchant l'Arménie :
« Nec Orientem motum	« Et l'Orient troublé
posse componi	ne pouvoir être pacifié
nisi sapientia Germanici ;	sinon par la sagesse de Germanicus ;
nam suam ætatem vergere,	car son âge décliner,
Drusi	*celui* de Drusus
nondum adolevisse satis. »	n'avoir pas encore crû assez. »
Tunc, decreto patrum,	Alors, par un décret des sénateurs,
provinciæ	les provinces
quæ dividuntur mari	qui sont séparées par la mer
permissæ Germanico,	*furent* confiées à Germanicus,
imperiumque majus,	et une autorité plus grande,
quoquo adisset,	partout-où il serait allé,

obtinerent. Sed Tiberius demoverat Syria Creticum Silanum,
per affinitatem connexum Germanico; quia Silani filia Neroni,
vetustissimo liberorum ejus, pacta erat : præfeceratque Cn.
Pisonem, ingenio violentum et obsequii ignarum, insita ferocia a patre Pisone, qui, civili bello, resurgentes in Africa
partes acerrimo ministerio adversus Cæsarem juvit ; mox
Brutum et Cassium secutus, concesso reditu, petitione hono-
rum abstinuit, donec ultro ambiretur delatum ab Augusto consulatum [1] accipere. Sed, præter paternos spiritus, uxoris
quoque Plancinæ [2] nobilitate et opibus accendebatur. Vix
Tiberio concedere ; liberos ejus, ut multum infra, despectare ;
nec dubium habebat se delectum qui Syriæ imponeretur, ad
spes Germanici coercendas. Credidere quidam data et a Tiberio occulta mandata ; et Plancinam haud dubie Augusta mo-

dans tous les lieux où il se trouverait. Mais Tibère avait pris soin de
retirer de la Syrie Créticus Silanus, allié de Germanicus, car sa fille
était fiancée à Néron, l'aîné des enfants de Germanicus. Il avait mis
à sa place Cn. Pison, homme d'un caractère violent, incapable d'é-
gards, héritier de la fierté de son père Pison, qui, dans la guerre
civile, servit avec la plus grande animosité contre César, lorsque le
parti de Pompée se releva en Afrique ; s'attacha depuis à Brutus et
à Cassius, et enfin, ayant obtenu la permission de revenir à Rome,
s'abstint de demander des honneurs, jusqu'au moment où l'on vint
le solliciter d'accepter le consulat qu'Auguste lui offrait. Cet orgueil,
que Pison tenait de son père, était encore exalté par la naissance et
les richesses de sa femme Plancine. Il le cédait à peine au prince
lui-même, dont il regardait les enfants comme fort au-dessous de
lui ; et il ne doutait pas qu'on ne l'eût envoyé en Syrie exprès pour
traverser les espérances de Germanicus. Quelques-uns même ont cru
que Tibère lui avait donné des ordres secrets. Ce qu'il y a de cer-

quam his qui obtinerent	qu'à ceux qui obtenaient *ces provinces*
sorte aut missu principis.	par le sort ou par une mission du prince.
Sed Tiberius	Mais Tibère
demoverat Syria	avait retiré de la Syrie
Creticum Silanum,	Créticus Silanus,
connexum Germanico	uni à Germanicus
per affinitatem ;	par parenté ;
quia filia Silani	parce que la fille de Silanus
pacta erat Neroni,	avait été promise à Néron,
vetustissimo	le plus âgé
liberorum ejus :	des fils de lui :
præfeceratque	et il avait mis-à-la-tête *de la province*
Cn. Pisonem,	Cn. Pison,
violentum ingenio	violent de caractère
et ignarum obsequii,	et ignorant (incapable) d'égards,
ferocia	d'une fierté
insita a patre Pisone,	mise-en *lui* par *son* père Pison,
qui, bello civili,	qui, dans la guerre civile.
juvit ministerio acerrimo	aida d'un service très-actif
adversus Cæsarem	contre César
partes resurgentes	le parti qui se relevait
in Africa ;	en Afrique ;
mox secutus	puis ayant suivi
Brutum et Cassium,	Brutus et Cassius,
reditu concesso,	le retour *lui* ayant été accordé,
abstinuit	s'abstint
petitione honorum ,	de *toute* demande d'honneurs,
donec ambiretur ultro	jusqu'à ce qu'il fut sollicité spontanément
accipere consulatum	de recevoir le consulat
delatum ab Augusto. [nos,	offert par Auguste.
Sed, præter spiritus pater-	Mais, outre l'orgueil paternel,
accendebatur quoque	il était enflammé aussi
nobilitate et opibus	par la noblesse et la fortune
uxoris Plancinæ.	de *son* épouse Plancine.
Concedere vix Tiberio ;	De le-céder à peine à Tibère ;
despectare liberos ejus	de mépriser les enfants de lui (Tibère)
ut multum infra ;	comme *étant* beaucoup au-dessous *de lui-*
nec habebat dubium	et il n'avait pas *pour* douteux　　[*même;*
se delectum,	lui *avoir été* choisi,　　　　　　[Syrie,
qui imponeretur Syriæ	*comme quelqu'un* qui était préposé à la
ad coercendas spes	pour réprimer les espérances
Germanici.	de Germanicus.
Quidam credidere	Quelques-uns crurent
et mandata occulta	aussi des instructions secrètes
data a Tiberio ;	*avoir été* données par Tibère ;
et haud dubie	et non d'une-manière-incertaine (indubi-
Augusta	Augusta　　　　　　　　　　[tablement)

nuit muliebri æmulatione Agrippinam insectandi[1]. Divisa namque et discors aula erat, tacitis in Drusum aut Germanicum
studiis. Tiberius, ut proprium et sui sanguinis, Drusum fovebat : Germanico alienatio patrui amorem apud ceteros auxerat,
et quia claritudine materni generis anteibat, avum M. Antonium, avunculum Augustum[2] ferens ; contra Druso proavus
eques Romanus, Pomponius Atticus, dedecere Claudiorum
imagines videbatur. Et conjux Germanici, Agrippina, fecunditate ac fama Liviam, uxorem Drusi[5], præcellebat. Sed fratres egregie concordes, et proximorum certaminibus inconcussi.

XLIV. Nec multo post Drusus in Illyricum missus est, ut
suesceret militiæ, studiaque exercitus pararet; simul juvenem,
urbano luxu lascivientem, melius in castris haberi Tiberius,
seque tutiorem rebatur, utroque filio legiones obtinente. Sed
Suevi prætendebantur, auxilium adversus Cheruscos orantes.

tain. c'est qu'Augusta recommanda expressément à Plancine de fa-
tiguer Agrippine par des rivalités continuelles. Car la cour était
divisée en deux partis, dont l'un penchait secrètement pour Drusus,
l'autre pour Germanicus. Tibère soutenait en Drusus son propre
sang, et Germanicus, haï de son oncle, en était plus cher aux Romains. D'ailleurs, sa naissance était supérieure du côté maternel,
où il avait pour aïeul Marc-Antoine et pour oncle Auguste ; tandis
que, dans la même ligne, Drusus trouvait pour bisaïeul un simple
chevalier romain, Pomponius Atticus, dont l'image semblait déparer
celles des Claudes. Enfin, Agrippine, femme de Germanicus, éclip-
sait, par sa fécondité et sa bonne réputation, Livie, femme de Drusus. Mais les deux frères, toujours unis au milieu des débats de
leurs proches, conservaient une concorde inaltérable.

XLIV. Peu de temps après, Drusus fut envoyé en Illyrie, afin
d'apprendre l'art de la guerre et de se concilier l'affection des soldats. D'ailleurs Tibère redoutait pour sa jeunesse les plaisirs de la
ville, et pensait qu'il serait mieux dans les camps ; il se croyait lui-
même plus en sûreté, lorsque ses deux fils étaient à la tête des
légions. Mais les Suèves fournirent un prétexte, en demandant des
secours contre les Chérusques. En effet, libres de toute crainte étran-

monuit Plancinam
insectandi Agrippinam
æmulatione muliebri.
Namque aula
erat divisa et discors
studiis tacitis   [cum.
in Drusum aut Germani-
Tiberius fovebat Drusum
ut proprium
et sui sanguinis :
alienatio patrui
auxerat Germanico
amorem apud ceteros
et quia anteibat
claritudine
generis materni,
ferens avum M. Antonium,
avunculum Augustum ;
contra Pomponius Atticus,
eques Romanus,
proavus Druso,
videbatur dedecere
imagines Claudiorum.
Et Agrippina,
conjux Germanici,
præcellebat
fecunditate ac fama
Liviam, uxorem Drusi.
Sed fratres
egregie concordes,
et inconcussi certaminibus
proximorum.
XLIV. Nec multo post
Drusus missus est
in Illyriam,
ut suesceret militiæ,
pararetque studia
exercitus ;
simul Tiberius rebatur
juvenem,
lascivientem luxu urbano,
haberi melius in castris,
seque tutiorem,
utroque filio
obtinente legiones.
Sed Suevi
prætendebantur,

avertit Plancine
de persécuter Agrippine
par une rivalité de-femme.
Car la cour
était divisée et désunie
par des passions secrètes
pour Drusus ou Germanicus.
Tibère favorisait Drusus
comme sien
et de son sang :
l'aversion de *son* oncle
avait augmenté pour Germanicus
l'affection chez les autres,
aussi parce qu'il *l*'emportait
par l'éclat
de *sa* race maternelle,
présentant *pour* aïeul M. Antoine,
pour oncle Auguste ;
au contraire Pomponius Atticus,
chevalier romain,
bisaïeul à (de) Drusus,
semblait déparer
les images des Claudes
Et Agrippine,
épouse de Germanicus,
surpassait
par *sa* fécondité et *sa* réputation
Livie, épouse de Drusus.
Mais les *deux* frères
étaient admirablement unis,
et non-ébranlés par les rivalités
de *leurs* proches.
XLIV. Et non beaucoup après
Drusus fut envoyé
en Illyrie,   [mes,
afin qu'il s'accoutumât au metier-des-ar-
et gagnât l'affection
de l'armée ;
en-même-temps Tibère pensait
un jeune-homme,
qui se relâche par le luxe d'une-ville,
être tenu (vivre) mieux dans un camp,
et lui-même *être* plus en-sûreté,
l'un-et-l'autre fils *de lui*
possédant des légions.
Mais les Suèves
étaient prétextés,

Nam discessu Romanorum [1], ac vacui externo metu, gentis
assuetudine, et tum æmulatione gloriæ, arma in se verterant.
Vis nationum, virtus ducum in æquo : sed Maroboduum regis
nomen invisum apud populares, Arminium, pro libertate bel-
lantem, favor habebat.

XLV. Igitur non modo Cherusci sociique eorum , vetus Arminii miles, sumpsere bellum ; sed, e regno etiam Marobodui
Suevæ gentes, Semnones ac Langobardi [2], defecere ad eum :
quibus additis præpollebat, ni Inguiomerus cum manu clien-
tium ad Maroboduum perfugisset ; non aliam ob causam
quam quia fratris filio, juveni, patruus senex parere dedi-
gnabatur. Diriguntur acies pari utrinque spe, nec, ut olim
apud Germanos, vagis incursibus, aut disjectas per catervas ;
quippe longa adversum nos militia insueverant sequi signa,

gère, depuis la retraite des Romains , les barbares avaient , suivant
leur coutume , et par une émulation de gloire, tourné leurs armes
contre eux-mêmes. Les forces des deux nations, la valeur des deux
chefs étaient égales; mais le nom de roi rendait Marobodus odieux
à son peuple, tandis qu'Arminius , combattant pour la liberté, avait
la faveur des siens.

XLV. Aussi non-seulement les Chérusques et leurs alliés, tous
vieux soldats d'Arminius, entrèrent dans sa querelle; mais jusque
dans les États de Maroboduus, les Semnones et les Lombards, nations
suèves, se déclarèrent pour lui ; et ce renfort lui eût assuré la supé-
riorité, si Inguiomer, suivi de ses clients , n'eût passé à l'ennemi,
défection causée par la seule honte d'obéir à son neveu et de soumettre sa vieillesse aux ordres d'un jeune homme. Les deux armées
se rangèrent en bataille avec une égale confiance. Ce n'était plus,
comme autrefois chez les Germains, des incursions irrégulières , des
bandes marchant sans ordre et désunies. Dans leur longue guerre
avec les Romains, ils avaient appris à suivre des enseignes, à se mê-

orantes auxilium	sollicitant un secours
adversus Cheruscos.	contre les Chérusques.
Nam discessu	Car au départ
Romanorum,	des Romains,
ac vacui metu externo,	et exempts d'une crainte étrangère,
verterant arma in se,	ils avaient tourné *leurs* armes contre eux-
assuetudine gentis,	par l'habitude de *cette* nation, [mêmes,
et tum æmulatione gloriæ.	et puis par rivalité de gloire.
Vis nationum,	La force des *deux* nations,
virtus ducum	la valeur des *deux* chefs
in æquo :	*étaient* en égalité :
sed nomen regis	mais le nom de roi
habebat	avait (rendait)
Maroboduum invisum	Maroboduus odieux
apud populares,	auprès de ceux-de-sa-nation,
favor Arminium	la faveur *publique soutenait* Arminius
bellantem pro libertate.	qui combattait pour la liberté.
XLV. Igitur,	XLV. Donc,
non modo Cherusci	non-seulement les Chérusques
sociique eorum,	et les alliés d'eux,
vetus miles Arminii,	ancien soldat d'Arminius,
sumpsere bellum ;	entreprirent la guerre ;
sed, e regno etiam	mais, du royaume même
Marobodui,	de Maroboduus,
gentes Suevæ,	des nations suèves,
Semnones ac Langobardi,	les Semnones et les Lombards,
defecere ad eum :	firent-défection vers lui :
quibus additis præpollebat,	par lesquels joints *aux siens* il l'emportait,
ni Inguiomerus	si Inguiomer
perfugisset	ne se fût réfugié
ad Maroboduum	auprès de Maroboduus
cum manu clientium ;	avec une poignée de clients ;
ob causam non aliam	pour une cause non autre
quam quia patruus senex	que parce que l'oncle *qui était* vieux
dedignabatur parere	dédaignait d'obéir
filio fratris, juveni.	au fils de *son* frère, *qui était* jeune.
Acies diriguntur	Des lignes-de-bataille sont rangées
spe pari utrinque,	avec un espoir égal de-part-et-d'autre,
nec, utolim	et non, comme autrefois
apud Germanos	chez les Germanius,
incursibus vagis,	par des incursions irrégulières,
aut per catervas disjectas ;	ou par bandes éparses ;
quippe longa militia	car par un long service
adversum nos	contre nous
insueverant	ils s'étaient habitués
sequi signa,	à suivre des étendards,
firmari subsidiis,	à se renforcer par des réserves,

subsidiis firmari , dicta imperatorum accipere. At tunc Arminius , equo collustrans cuncta , ut quosque advectus erat ,
« recuperatam libertatem, trucidatas legiones, spolia adhuc et
tela Romanis derepta in manibus multorum , » ostentabat :
contra « fugacem Maroboduum [1] appellans, prœliorum expertem , Hercyniæ [2] latebris defensum , ac mox per dona et legationes petivisse fœdus ; proditorem patriæ, satellitem Cæsaris,
haud minus infensis animis exturbandum , quam Varum
Quinctilium interfecerint. Meminissent modo tot prœliorum.
quorum eventu , et ad postremum ejectis Romanis, satis probatum penes utros summa belli fuerit. »

XLVI. Neque Maroboduus jactantia sui aut probris in hostem abstinebat ; sed, Inguiomerum tenens, « Illo in corpore
decus omne Cheruscorum, illius consiliis gesta quæ prospere
ceciderint, testabatur : vecordem Arminium, et rerum nescium, alienam gloriam in se trahere, quoniam tres vacuas

nager des corps de réserve, à écouter la voix de leurs chefs. Arminius, à cheval, parcourait tous les rangs, et, à mesure qu'il passait
devant chacun, il leur montrait la liberté reconquise, les légions
massacrées, et ces dépouilles, et ces armes romaines, dont plusieurs
d'entre eux étaient encore couverts. « Qu'était-ce, au contraire, que
Maroboduus ? un fuyard, qui n'avait point osé combattre, qui s'était
tenu caché dans la forêt Hercynienne, et qui avait mendié la paix
par des députations et des présents ; un traître à la patrie, un satellite de César, qui méritait toute leur haine, et dont il fallait se déli-
vrer, comme ils avaient fait de Varus. Qu'ils se souvinssent seulement de tous ces combats, dont le succès, couronné en dernier lieu
par l'expulsion des Romains, montrait assez à qui était resté l'honneur de la guerre. »

XLVI. De son côté, Maroboduus n'était pas moins prodigue d'é-
loges pour lui-même, d'injures contre l'ennemi. Tenant Inguiomer
par la main, il le montrait comme celui en qui seul résidait la gloire
des Chérusques ; il attribuait tous leurs succès à ses seuls conseils.
« Arminius n'était qu'un furieux, sans expérience, qui usurpait une

accipere dicta
imperatorum.
At tunc Arminius,
collustrans equo cuncta,
ut advectus erat quosque,
ostentabat
« libertatem recuperatam,
legiones trucidatas,
spolia et tela
derepta Romanis
adhuc
in manibus multorum : »
contra, appellans
« Maroboduum fugacem,
expertem prœliorum,
defensum latebris
Hercyniæ,
ac mox petivisse fœdus
per dona et legationes;
proditorem patriæ,
satellitem Cæsaris,
exturbandum
animis haud minus infensis
quam interfecerint
Varum Quinctilium.
Meminissent modo
tot prœliorum,
eventu quorum,
et Romanis ejectis
ad postremum,
satis probatum
penes utros
summa belli
fuerit. »   [duus
XLVI. Neque Marobo-
abstinebat jactantia sui,
aut probris in hostem;
sed, tenens Inguiomerum,
testabatur :
« In illo corpore
omne decus Cheruscorum,
consiliis illius gesta
quæ ceciderint prospere :
Arminium vecordem
et nescium rerum
trahere in se
gloriam alienam,

à recevoir les paroles (ordres)
des chefs.
Mais alors Arminius,
parcourant à cheval tous *les points*,
selon qu'il s'était porté vers chacun,
leur montrait
« la liberté recouvrée,
les légions massacrées,
les dépouilles et les traits
enlevés aux Romains
et qui étaient encore
dans les mains de plusieurs : »
d'autre part, appelant
« Maroboduus fuyard,
sans-expérience des combats,
défendu par les retraites
de *la forêt* Hercynienne,   [liance
et puis *l'accusant* d'avoir demandé l'al
par des dons et des ambassades;
traître à la patrie,
satellite de César,
devant être chassé
avec une ardeur non moins acharnée
que *celle avec laquelle* ils avaient tué
Varus Quinctilius.
Qu'ils se souvinssent seulement
de tant-de combats,
par l'issue desquels,
et les Romains chassés
à la fin,
il avait été assez prouvé
au-pouvoir-de qui-des-deux
le point-capital (l'honneur) de la guerre
avait été. »
XLVI. Maroboduus aussi
ne s'abstenait pas de vanterie de lui-
ni d'injures envers l'ennemi;   [même,
mais, tenant Inguiomer,
il protestait :
« En ce corps-là
être tout l'honneur des Chérusques,
par les conseils de lui *avoir été* faites
les choses qui étaient tombées (avaient tour-
Arminius furieux   [né) heureusement :
et sans-expérience des affaires
attirer à soi
la gloire d'-autrui,

legiones et ducem fraudis ignarum perfidia deceperit, magna
cum clade Germaniæ, et ignominia sua, quum conjux, quum
filius ejus servitium adhuc tolerent. At se, duodecim legionibus petitum, duce Tiberio, illibatam Germanorum gloriam
servavisse; mox conditionibus æquis discessum : neque pœ-
nitere quod ipsorum in manu sit, integrum adversus Romanos
bellum, an pacem incruentam malint. » His vocibus instinctos
exercitus propriæ quoque causæ stimulabant; quum a Cheruscis Langobardisque pro antiquo decore aut recenti libertate [1], et contra augendæ dominationi certaretur. Non alias
majore mole [2] concursum, neque ambiguo magis eventu, fusis
utrinque dextris cornibus. Sperabaturque rursum pugna, ni
Maroboduus castra in colles subduxisset. Id signum perculsi
fuit · et, transfugiis paulatim nudatus, in Marcomanos concessit, misitque legatos ad Tiberium oraturos auxilia. Respon-

gloire étrangère, parce qu'il avait surpris trois légions incomplètes et
un général imprudent par une trahison qui avait attiré sur la Germanie de sanglants désastres, et sur lui-même une ignominie toujours
subsistante par l'esclavage de sa femme et de son fils. Pour lui, ayant
en tête douze légions commandées par Tibère, il avait su conserver
intacte la gloire des Germains; il avait ensuite traité d'égal à égal ;
et certes il ne pouvait se repentir de ce qu'ils étaient encore maîtres
ou d'entamer la guerre contre les Romains, ou de conserver une paix
qui ne leur avait point coûté de sang. Outre la voix de leurs chefs,
des motifs particuliers aiguillonnaient encore les deux armées : les
Chérusques voulaient maintenir une ancienne gloire, les Lombards
une liberté récente, et les autres agrandir leur domination. Jamais
choc ne fut plus violent, et jamais bataille ne fut plus indécise, les
deux ailes droites ayant été mises en déroute. On s'attendait à un
nouveau combat; mais Maroboduus se replia sur les hauteurs, ce qui
était un aveu tacite de sa défaite. Insensiblement les désertions affai-
blirent son armée, et il finit par se retirer chez les Marcomans, d'où
il envoya des députés à Tibère pour demander du secours. On lui

quoniam deceperit perfidia	parce qu'il avait trompé par perfidie
tres legiones vacuas	trois légions vides (incomplètes)
et ducem ignarum fraudis,	et un chef ignorant de la ruse,
cum magna clade	avec un grand désastre
Germaniæ	de (pour) la Germanie,
et sua ignominia,	et sa *propre* ignominie,
quum conjux,	puisque la femme,
quum filius ejus	puisque le fils de lui
tolerent adhuc servitium.	enduraient encore l'esclavage.
At se, petitum	Mais lui, attaqué
duodecim legionibus	par douze légions,
Tiberio duce,	Tibère *étant leur* chef,
servavisse illibatam	avoir maintenu non-effleurée (intacte)
gloriam Germanorum ;	la gloire des Germains ;
mox discessum	bientôt on s'était séparé
conditionibus æquis :	avec des conditions égales :
neque pœnitere	et *lui* ne pas se repentir
quod sit in manu ipsorum	de ce qu'il était dans la main d'eux-mêmes
malint bellum integrum	qu'ils aimassent-mieux une guerre *encore*
adversus Romanos,	contre les Romains, [entière
an pacem incruentam. »	ou une paix non-sanglante. »
Causæ propriæ quoque	Des causes particulières aussi
stimulabant exercitus	aiguillonnaient les *deux* armées
instinctos his vocibus ;	animées par ces paroles ;
quum certaretur	puisqu'il était combattu
a Cheruscis	par les Chérusques
Langobardisque	et les Lombards
pro decore antiquo	pour une gloire ancienne
aut libertate recenti,	ou une liberté récente,
et contra	et de-l'autre-côté
augendæ dominationi.	pour agrandir la domination.
Non concursum alias	On ne s'entrechoqua pas une-autre-fois
mole majore,	avec une masse (violence) plus grande,
neque eventu	ni avec un succès
magis ambiguo,	plus douteux,
cornibus dextris fusis	les ailes droites ayant été défaites
utrinque.	des-deux-côtés.
Pugnaque	Et le combat
sperabatur rursum,	était attendu de-nouveau,
ni Maroboduus	si Maroboduus
subduxisset castra	n'eût replié *son* camp
in colles.	sur les collines.
Id fuit signum perculsi ;	Ce fut le signal de *lui* défait ;
et, paulatim nudatus	et, peu-à-peu isolé
transfugiis,	par des désertions,
concessit in Marcomanos,	il se retira chez les Marcomans,
misitque ad Tiberium	et envoya à Tibère

sum est « Non jure eum adversus Cheruscos arma Romana invocare, qui pugnantes in eumdem hostem Romanos nulla ope juvisset. » Missus tamen Drusus, ut retulimus, pacis firmator.

XLVII. Eodem anno, duodecim celebres Asiæ urbes collapsæ nocturno motu terræ [1], quo improvisior graviorque pestis fuit : neque solitum in tali casu effugium subveniebat in aperta prorumpendi, quia diductis terris hauriebantur. Sedisse immensos montes, visa in arduo quæ plana fuerint, effulsisse inter ruinam ignes memorant. Asperrima in Sardianos [2] lues plurimum in eosdem misericordiæ traxit : nam centies sestertium pollicitus Cæsar, et, quantum ærario aut fisco pendebant, in quinquennium remisit. Magnetes a Sipylo proximi damno ac remedio habiti. Temnios, Philadelphenos,

répondit « qu'il n'avait point droit d'invoquer contre les Chérusques les armes romaines, puisqu'il ne les avait point aidées contre ces mêmes ennemis. » Cependant Drusus fut envoyé, comme nous l'avons dit, pour rétablir la paix.

XLVII. Cette même année, douze villes considérables de l'Asie furent détruites au milieu de la nuit par un tremblement de terre d'autant plus terrible qu'il était plus imprévu ; et l'on n'eut pas la ressource ordinaire en pareil cas de se réfugier dans la campagne, où les terres, s'entr'ouvrant de toutes parts, n'offraient que des abîmes. On rapporte que de hautes montagnes s'affaissèrent, qu'il s'en éleva d'autres dans des plaines, et que des flammes jaillirent du milieu des ruines. Sardes, la plus maltraitée de ces villes, reçut aussi le plus de soulagement. Tibère lui promit dix millions de sesterces, et l'exempta, pour cinq ans, de tous les tributs qu'elle payait, soit au trésor public, soit à celui du prince. Après Sardes, Magnésie de Sipyle éprouva le plus de dommages et obtint le plus de secours.

legatos oraturos auxilia. — des députés devant implorer des secours.
Responsum est — Il fut répondu
« Eum non invocare jure — « Lui ne pas invoquer à *bon* droit
arma Romana — les armes romaines
adversus Cheruscos, — contre les Chérusques,
qui juvisset nulla ope — *lui* qui *n*'avait aidé d'aucun secours
Romanos — les Romains
pugnantes — combattant
in eumdem hostem. » — contre le même ennemi. »
Tamen Drusus missus, — Cependant Drusus *fut* envoyé,
ut retulimus, — comme nous *l*'avons rapporté,
firmator pacis. — *comme* consolidateur de la paix.

XLVII. Eodem anno, — XLVII. La même année,
duodecim urbes celebres — douze villes célèbres
Asiæ — de l'Asie
collapsæ — s'écroulèrent
motu terræ nocturno, — par un tremblement de terre nocturne,
quo pestis — par quoi *ce* malheur
fuit improvisior — fut plus imprévu
graviorque : — et plus terrible :
neque effugium solitum — et la ressource ordinaire
in tali casu — en un tel accident
prorumpendi — *savoir* de s'échapper
in aperta — dans les *lieux* découverts (la campagne)
subveniebat, — ne venait-en-aide *à personne*,
quia hauriebantur — parce qu'ils étaient engloutis
terris diductis. — dans les terres entr'ouvertes.
Memorant — On rapporte
montes immensos sedisse, — des montagnes immenses s'être affaissées,
quæ fuerint plana — *des lieux* qui avaient été unis
visa in arduo, — *avoir été* vus sur un *point* élevé,
ignes effulsisse — des feux avoir brillé
inter ruinas. — parmi les ruines.
Lues asperrima — Le fléau, *qui fut* le plus terrible
in Sardianos — contre les habitants-de-Sardes,
traxit in eosdem — attira sur *ces* mêmes *habitants*
plurimum misericordiæ : — le plus de pitié :
nam Cæsar pollicitus — car César *leur* promit
centies sestertium, — cent-fois *cent milliers* de sesterces,
et remisit in quinquennium — et *leur* fit-remise pour l'espace-de-cinq-ans,
quantum pendebant — *d'autant* qu'ils payaient
ærario aut fisco. — au trésor-public ou au fisc.
Magnetes a Sipylo — Les Magnètes de Sipyle
habiti — *furent* regardés [eux)
proximi — *comme* les plus proches (les premiers après
damno ac remedio. — pour le dommage et le remède.
Placuit Temnios, — Il plut (on décida) les Temniens,

Ægeatas, Apollonidenses, quique Mosteni aut Macedones Hyr-
cani vocantur, et Hierocæsaream, Myrinam, Cymen, Tmolum,
levari idem in tempus tributis, mittique ex senatu placuit, qui
præsentia spectaret refoveretque. Delectus est M. Aletus e
prætoriis, ne, consulari obtinente Asiam, æmulatio inter pares
et ex eo impedimentum oriretur.

XLVIII. Magnificam in publicum largitionem auxit Cæsar
haud minus grata liberalitate, quod bona Æmiliæ Musæ, locu-
pletis intestatæ, petita in fiscum, Æmilio Lepido, cujus e domo
videbatur, et Patulei, divitis ·equitis Romani, hereditatem
(quanquam ipse heres in parte legeretur) tradidit M. Servilio,
quem prioribus neque suspectis tabulis scriptum compererat ;
nobilitatem utriusque pecunia juvandam præfatus. Neque
hereditatem cujusquam adiit, nisi quum amicitia meruisset ;
ignotos et aliis infensos, eoque principem nuncupantes, procul

Temnos, Philadelphie, Éges, Apollonis, Mostène ou Hyrcanie la Ma-
cédonienne, Hiérocésarée, Tmole, Myrine, Cymé, furent aussi dé-
chargées de tout impôt pour le même temps, et l'on décida d'envoyer
un sénateur sur les lieux, pour voir le mal et le réparer. On choisit
un ancien préteur, M. Alétus, parce que, comme l'Asie était gou-
vernée par un consulaire, on craignait que l'égalité de rang n'excitât
des rivalités nuisibles à la province.

XLVIII. César rehaussa l'éclat de ces libéralités publiques par des
largesses qui ne furent pas moins bien accueillies. Émilia Musa, morte
sans testament, laissait de grands biens que le fisc réclamait. Tibère
les fit adjuger à Émilius Lépidus, à la maison duquel cette femme
paraissait avoir appartenu. Patuléius, riche chevalier romain, avait
légué au prince une partie de sa succession. Le prince l'abandonna
tout entière à M. Servilius, qu'il savait nommé seul héritier dans un
testament antérieur et non suspect. Il donna pour raison que leur
naissance avait besoin de fortune. En général, il n'accepta de legs
que ceux de l'amitié : tous ceux que lui offraient des inconnus, dans

Philadelphenos,	les Philadelphéniens,
Ægeatas, Apollonidenses,	les Égéates, les Apollonidiens,
quique vocantur Mosteni	et ceux qui sont appelés Mosténiens
aut Macedones Hyrcani,	ou Macédoniens d'-Hyrcanie,
et Hierocæsaream,	et Hiérocésarée,
Myrinam,	Myrine,
Cymen, Tmolum,	Cymé, Tmole,
levari tributis	être allégés de tributs
in idem tempus,	pour le même temps,
mittique ex senatu	et *quelqu'un* être envoyé du sénat
qui spectaret præsentia	qui examinât les *maux* présents
refoveretque.	et *les* réparât.
M. Aletus e prætoriis	M. Alétus d'entre les anciens-préteurs
delectus est,	fut choisi,
ne, consulari	de peur que, un consulaire
obtinente Asiam,	occupant (gouvernant) l'Asie,
æmulatio oriretur	une rivalité ne s'élevât
inter pares	entre égaux
et ex eo impedimentum.	et de là un obstacle.
XLVIII. Cæsar auxit	XLVIII. César rehaussa
largitionem magnificam	*cette* largesse magnifique
in publicum	*faite* pour un intérêt-public
liberalitate	par une libéralité
haud minus grata,	non moins agréable,
quod dedit bona	en ce qu'il donna les biens
Æmiliæ Musæ,	d'Émilia Musa,
locupletis intestatæ,	*femme* riche *morte* sans-testament,
petita in fiscum,	*et* réclamés pour le fisc,
Æmilio Lepido,	à Émilius Lépidus,
e domo cujus videbatur,	de la maison duquel elle paraissait *être*,
et tradidit hereditatem	et remit l'héritage
Patulei,	de Patuléius,
divitis equitis Romani	riche chevalier romain
(quanquam ipse legeretur	(quoique lui-même fût lu
heres in parte),	*comme* héritier en partie),
M. Servilio,	à M. Servilius,
quem comperererat	lequel il avait appris
scriptum	*avoir été* inscrit
tabulis prioribus	sur des tablettes antérieures
neque suspectis;	et non suspectes;
præfatus nobilitatem	ayant dit-d'abord la noblesse
utriusque	de l'un-et-l'autre
juvandam pecunia.	devoir être aidée par de l'argent.
Neque adiit hereditatem	Et il n'accepta l'héritage
cujusquam, [citia;	de personne,
nisi quum meruisset ami-	sinon lorsqu'il *l'*avait mérité par amitié;
arcebat procul ignotos	il repoussait loin les inconnus

arcebat. Ceterum, ut honestam innocentium paupertatem le-
vavit, ita prodigos et ob flagitia egentes Vibidium Varronem,
Marium Nepotem, Appium Appianum, Cornelium Sullam,
Q. Vitellium [1] movit senatu, aut sponte cedere passus est.

XLIX. Iisdem temporibus deum ædes vetustate aut igni
abolitas, cœptasque ab Augusto, dedicavit; Libero Liberæque
et Cereri juxta Circum maximum, quas A. Postumius [2] dictator voverat; eodemque in loco ædem Floræ, ab Lucio et
Marco Publiciis [3] ædilibus constitutam; et Jano templum, quod
apud forum olitorium C. Duillius struxerat, qui primus rem
Romanam prospere mari gessit, triumphumque navalem de
Pœnis meruit [4]. Spei ædes a Germanico sacratur : hanc Atilius [5] voverat eodem bello.

L. Adolescebat interea lex majestatis; et Apuleiam Vari-
liam, sororis Augusti neptem, quia probrosis sermonibus divum

la vue de frustrer leurs proches, il les rejetait. Mais, en soulageant la
pauvreté honnête et vertueuse, il était sans pitié pour celle qui pro-
venait de la débauche et de la prodigalité, comme l'éprouvèrent Vi-
bidius Varron, Marius Népos, Appius Appianus, Cornélius Sylla,
Q. Vitellius, qu'il exclut du sénat, ou laissa se retirer volontairement.

XLIX. Dans le même temps, il fit la dédicace de plusieurs temples
que le temps ou le feu avaient détruits, et qu'Auguste avait commencé
à rebâtir : c'étaient celui de Bacchus, de Proserpine et de Cérès, près
du grand cirque, consacré à ces trois divinités par le dictateur A. Post-
humius; celui de Flore, élevé dans le même lieu par les édiles Lucius et
Marcus Publicius, et celui de Janus, construit dans le marché aux
herbes par C. Duillius, le premier des Romains qui eut des succès
sur mer, et qui, par sa victoire sur les Carthaginois, mérita les honneurs du triomphe naval. Germanicus consacra un temple à l'Espérance : Atilius l'avait voué dans la même guerre.

L. Cependant la loi de majesté prenait vigueur : elle fut invoquée
contre Apuléia Varilia, petite-nièce d'Auguste, qu'un délateur accu-

et infensos aliis,	et *ceux qui étaient* hostiles à d'autres,
eoque	et pour cela
nuncupantes principem.	qui nommaient le prince.
Ceterum, ut levavit	Au reste, comme il soulagea
honestam paupertatem	l'honnête pauvreté
innocentium,	des *citoyens* non-malfaisants,
ita movit senatu, [te	de même il exclut du sénat,
aut passus est cedere spon-	ou laissa se retirer spontanément
prodigos	*ceux qui étaient* prodigues
et egentes ob flagitia,	et dans-le-besoin à cause de *leurs* vices,
Vibidium Varronem,	Vibidius Varron,
Marium Nepotem,	Marius Népos,
Appium Appianum,	Appius Appianus,
Cornelium Sullam,	Cornélius Sylla,
Q. Vitellium. [bus	Q. Vitellius.

XLIX. Iisdem tempori- / XLIX. Dans les mêmes temps

dedicavit ædes deum,	il dédia des temples de dieux,
abolitas vetustate aut igni,	ruinés par le temps ou par le feu,
cœptasque ab Augusto;	et commencés par Auguste;
Libero Liberæque	à Bacchus et à Proserpine
et Cereri	et à Cérès
juxta Circum maximum,	près du Cirque très-grand,
quas dictator A. Postumius	lesquels *temples* le dictateur A. Postumius
voverat;	avait voués;
in eodemque loco	et dans le même lieu
ædem Floræ,	un temple à Flore,
constitutam ab ædilibus	établi (élevé) par les édiles
Lucio et Marco Publiciis;	Lucius et Marcus Publicius;
et Jano templum	et à Janus le temple
quod struxerat	qu'avait bâti
apud forum olitorium	près du marché aux-légumes
C. Duillius, qui primus	C. Duillius, qui le premier
gessit prospere mari	gouverna heureusement sur mer
rem Romanam,	la chose romaine,
meruitque	et mérita
triumphum navalem	un triomphe naval
de Pœnis.	sur les Carthaginois.
Ædes Spei	Le temple de l'Espérance
sacratur a Germanico:	est consacré par Germanicus:
Atilius voverat hanc	Atilius avait voué *ce temple*
eodem bello.	dans la même guerre.

L. Interea lex majestatis / L. Cependant la loi de majesté

adolescebat;	prenait-vigueur;
et delator	et un délateur
arcessebat majestatis	accusait de *lèse*-majesté
Apuleiam Variliam,	Apuléia Varilia,
neptem sororis Augusti,	petite-nièce de la sœur d'Auguste,

Augustum ac Tiberium et matrem ejus illusisset, Cæsarique
connexa adulterio teneretur, majestatis delator arcessebat. De
adulterio satis caveri lege Julia visum : majestatis crimen distingui Cæsar postulavit, damnarique, si qua de Augusto irreligiose dixisset; in se jacta nolle ad cognitionem vocari. Interrogatus a consule quid de his censeret, quæ de matre ejus
locuta secus argueretur, reticuit; dein, proximo senatus die,
illius quoque nomine oravit ne cui verba in eam quoquo
modo habita crimini forent. Liberavitque Apuleiam lege majestatis; adulterii graviorem pœnam' deprecatus, ut, exemplo
majorum, propinquis suis ultra ducentesimum lapidem removeretur, suasit. Adultero Manlio Italia atque Africa interdictum est.

LI. De prætore in locum Vipsanii Galli, quem mors abstulerat, subrogando certamen incessit. Germanicus atque Drusus

sait de s'être permis des plaisanteries injurieuses sur ce prince, sur
Tibère et sur Livie, et de souiller par l'adultère le sang des Césars.
On jugea que l'adultère était assez réprimé par la loi Julia; quant
au crime de lèse-majesté, Tibère demanda qu'on distinguât les discours irréligieux qui attaquaient Auguste et ceux qui ne blessaient
que lui, et qu'en punissant les premiers on passât sur les autres.
Le consul l'interrogeant sur les propos qui offensaient sa mère,
il ne répondit rien ; mais, à la séance suivante, il recommanda
aussi de la part de Livie qu'on n'inquiétât personne pour des discours tenus contre elle, quels qu'ils fussent. Il déchargea Apuléia du
crime de lèse-majesté, et sollicita même en sa faveur l'adoucissement de la peine d'adultère, persuadant aux parents de la coupable
de la reléguer, selon l'ancien usage, à deux cents milles de Rome.
Pour Manlius, son complice, on lui interdit toute l'Italie et toute
l'Afrique.

LI. La nomination d'un préteur à la place de Vipsanius Gallus,
qui venait de mourir, excita quelques contestations. Germanicus et

quia illusisset
sermonibus probrosis
divum Augustum
ac Tiberium
et matrem ejus,
connexaque Cæsari
teneretur adulterio.
Visum caveri satis
de adulterio
lege Julia :
Cæsar postulavit
crimen majestatis
distingui ,
damnarique,
si dixisset qua
irreligiose de Augusto,
nolle
jacta in se
vocari ad cognitionem.
Interrogatus a consule
quid censeret
de his quæ argueretur
locuta secus de matre ejus,
reticuit ; dein,
die proximo
senatus,
oravit nomine illius quoque
ne verba
quoquo modo habita in eam
forent crimini cui.
Liberavitque Apuleiam
lege majestatis ;
deprecatus
pœnam graviorem
adulterii,
suasit ut,
exemplo majorum,
removeretur
suis propinquis
ultra ducentesimum lapi-
Interdictum est   [dem.
adultero Manlio
Italia atque Africa.
    LI. Certamen incessit
de subrogando prætore
in locum Vipsanii Galli,
quem mors abstulerat.

parce qu'elle s'était jouée
par des propos injurieux
du divin Auguste
et de Tibère
et de la mère de lui,
et *que* alliée à César
elle était impliquée dans un adultère.
Il parut être pourvu assez
relativement à l'adultère
par la loi Julia :
César demanda
l'accusation de *lèse*-majesté
être séparée ,
et *Varilia* être condamnée,
si elle avait dit quelques *paroles*
irrespectueusement sur Auguste ,
mais lui ne-pas-vouloir
les *mots* lancés contre lui
être déférés à une enquête.
Interrogé par le consul
sur ce qu'il pensait
de ces *propos* qu'elle était accusée   [lui ,
ayant (d'avoir dits) mal sur la mère de
il se tut ; ensuite,
le jour suivant (à la séance suivante)
du sénat,
il supplia au nom d'elle aussi
pour que les propos   [contre elle
de quelque manière qu'*ils eussent été* tenus
ne fussent à grief à personne.
Et il affranchit Apuléia
de la loi de *lèse*-majesté ;
ayant dissuadé
d'une peine trop grave
de (pour) l'adultère,
il conseilla que,
à l'exemple des ancêtres,
elle fût reléguée
par ses proches
au delà de la deux-centième pierre,
On interdit
à l'adultère Manlius
l'Italie et l'Afrique.
    LI. Un débat se présenta
pour subroger un préteur
à la place de Vipsanius Gallus,
que la mort avait enlevé.

(nam etiam tum Romæ erant) Haterium Agrippam[1], propinquum Germanici, fovebant : contra plerique nitebantur, ut
numerus liberorum in candidatis præpolleret, quod lex[2] jubebat. Lætabatur Tiberius, quum inter filios ejus et leges
senatus disceptaret : victa est sine dubio lex ; sed neque statim et paucis suffragiis : quo modo, etiam quum valerent, leges vincebantur.

LII. Eodem anno cœptum in Africa bellum, duce hostium
Tacfarinate. Is, natione Numida[3], in castris Romanis auxiliaria
stipendia meritus, mox desertor vagos primum et latrociniis
suetos ad prædam et raptus congregare ; dein, more militiæ,
per vexilla et turmas componere ; postremo non inconditæ
turbæ, sed Musulanorum[4] dux haberi. Valida ea gens et solitudinibus Africæ propinqua, nullo etiam tum urbium cultu,
cepit arma Maurosque accolas in bellum traxit. Dux et his
Mazippa ; divisusque exercitus : ut Tacfarinas lectos viros et

Drusus (car ils étaient encore à Rome) soutenaient Hatérius Agrippa, parent de Germanicus, contre un parti plus nombreux et une
loi expresse, qui ordonnait de préférer parmi les candidats celui qui
aurait le plus d'enfants. Tibère voyait avec joie le sénat partagé
entre ses fils et la loi. La loi succomba, comme cela n'était pas douteux, mais non sur-le-champ, et de quelques voix seulement, et de
la même manière que succombaient les lois, lors même qu'elles étaient
en vigueur.

LII. Cette même année, la guerre commença en Afrique. Les ennemis avaient pour chef un Numide, nommé Tacfarinas, qui avait
servi autrefois comme auxiliaire dans les troupes romaines, et avait
ensuite déserté. Il rassemble d'abord quelques troupes de brigands
et de vagabonds qu'il mène au pillage ; bientôt il parvient à les
ranger sous des drapeaux par compagnies, et à en faire des soldats ;
enfin, de chef d'aventuriers, il devient général des Musulans. C'é-
tait un peuple puissant, qui vivait dans le voisinage des déserts de
l'Afrique, et n'avait point encore de villes. Ils prirent les armes et
entraînèrent à la guerre les Maures, leurs voisins : ceux-ci avaient
pour chef Mazippa. Les deux généraux se partagent l'armée : Tacfa-

Germanicus atque Drusus
(nam etiam tum
erant Romae)
fovebant
Haterium Agrippam,
propinquum Germanici :
contra plerique nitebantur
ut numerus liberorum
præpolleret in candidatis,
quod lex jubebat.
Tiberius lætabatur,
quum senatus disceptaret
inter filios ejus et leges:
lex victa est sine dubio;
sed neque statim,
et paucis suffragiis
modo
quo leges vincebantur
etiam quum valerent.

LII. Eodem anno
bellum cœptum in Africa,
Tacfarinate duce hostium.
Is, Numida natione,
meritus
stipendia auxiliaria
in castris Romanis,
mox desertor,
congregare primum vagos
et suetos latrociniis
ad prædam et raptus
dein componere,
more militiæ,
per vexilla et turmas;
postremo haberi dux
non turbæ inconditæ,
sed Musulanorum.
Ea gens valida
et propinqua
solitudinibus Africæ,
tum etiam nullo cultu
urbium,
cepit arma
traxitque in bellum
Mauros accolas.
Et his dux Mazippa ;
exercitusque divisus :
ut Tacfarinas

Germanicus et Drusus
(car encore alors
ils étaient à Rome)
soutenaient
Hatérius Agrippa,
parent de Germanicus :
au contraire la plupart s'efforçaient
pour que le nombre des enfants
l'emportât parmi les candidats,
ce que la loi ordonnait.
Tibère se réjouissait,
tandis que le sénat balançait
entre les fils de lui et les lois :
la loi fut vaincue sans doute ;
mais ni aussitôt,
et par peu-de-suffrages :
elle fut vaincue de la manière
dont les lois étaient vaincues,
même lorsqu'elles étaient-puissantes.

LII. La même année
la guerre fut commencée en Afrique,
Tacfarinas étant chef des ennemis.
Celui-ci, Numide de nation,
ayant gagné
une paye d'-auxiliaire
dans un camp romain,
puis déserteur,
de réunir d'abord des hommes vagabonds
et accoutumés aux brigandages
pour le butin et les rapines ;
ensuite de les ranger,
d'après l'usage de la guerre,
par drapeaux et escadrons ;
enfin d'être tenu pour chef
non d'une troupe indisciplinée,
mais des Musulans.
Cette nation puissante
et voisine
des déserts de l'Afrique,
alors encore sans aucune habitation
de villes,
prit les armes
et entraîna à la guerre
les Maures ses voisins.
Et à ceux-ci était pour chef Mazippa
et l'armée fut partagée :
de-manière-que Tacfarinas

Romanum in modum armatos castris attineret, disciplina et
imperiis suesceret[1] ; Mazippa, levi cum copia, incendia et
cædes et terrorem circumferret. Compulerantque Cinithios[2],
haud spernendam nationem, in eadem ; quum Furius Camillus, proconsul Africæ, legionem et quod sub signis sociorum, in unum conductos, ad hostem duxit : modicam manum,
si multitudinem Numidarum atque Maurorum spectares ; sed
nihil æque cavebatur, quam ne bellum metu eluderent : spe
victoriæ inducti sunt ut vincerentur. Igitur legio medio, leves
cohortes duæque alæ in cornibus locantur. Nec Tacfarinas
pugnam detrectavit : fusi Numidæ, multosque post annos Fu-
rio nomini partum decus militiæ. Nam, post illum recuperato-
rem urbis filiumque ejus Camillum, penes alias familias imperatoria laus fuerat[3]. Atque hic quem memoramus bellorum

rinas garde l'élite des soldats, tous ceux qui étaient équipés à la
romaine, et les retient dans le camp pour les accoutumer à la dis-
cipline et au commandement; Mazippa, avec les troupes légères,
porte partout le fer, la flamme et la terreur. Déjà les Cinithiens, nation assez considérable, étaient venus se joindre à eux, lorsqu'enfin
Furius Camillus, proconsul d'Afrique, rassemble sa légion et ce qu'il
avait d'auxiliaires sous ses drapeaux, en fait un seul corps et marche
à l'ennemi. C'était une poignée d'hommes, en comparaison de cette
multitude de Maures et de Numides; mais ce qu'on appréhendait le
plus, c'était de voir ces Barbares éluder le combat par crainte ; en
leur laissant l'espérance de la victoire, on réussit à les vaincre. Camillus place sa légion au centre; les troupes légères et deux divisions de cavalerie forment les ailes. Tacfarinas ne refusa point le
combat, et les Numides furent défaits. Ainsi, après nombre d'années,
la gloire des armes rentra dans la maison des Furius; car, depuis
le fameux restaurateur de Rome, et depuis son fils Camillus, cette
famille n'avait plus donné de généraux ; encore celui dont nous par-

attineret castris	tînt dans des camps
viros lectos	les hommes d'-élite
et armatos	et armés
in modum Romanum ;	à la manière romaine.
suesceret disciplina	*les* accoutumât à la discipline
et imperiis ;	et aux commandements ;
Mazippa, cum copia levi,	*et que* Mazippa, avec une troupe légère,
circumferret incendia	portât-de-tous-côtés les incendies
et cædes et terrorem.	et les carnages et la terreur.
Compulerantque in eadem	Ils avaient poussé aussi aux mêmes *actes*
Cinithios, [dam ;	les Cinithiens,
nationem haud spernen-	nation non méprisable ;
quum Furius Camillus,	lorsque Furius Camillus,
proconsul Africæ,	proconsul d'Afrique,
duxit ad hostem legionem,	mena à l'ennemi *sa* légion,
et quod sociorum	et *ce* qu'*il avait* d'alliés
sub signis,	sous les drapeaux,
conductos in unum :	réunis en un *seul corps* .
manum modicam,	troupe faible,
si spectares multitudinem	si tu avais considéré la multitude
Numidarum	des Numides
atque Maurorum ;	et des Maures ;
sed nihil cavebatur	mais rien n'était évité
æque quam	autant que *ceci*
ne eluderent bellum	qu'ils n'éludassent la guerre (bataille)
metu :	par crainte :
inducti sunt	ils furent amenés
spe victoriæ	par l'espoir de la victoire
ut vincerentur.	à ce qu'ils fussent vaincus.
Igitur legio medio,	Donc la légion *est placée* au centre,
cohortes leves	les cohortes légères
duæque alæ	et deux escadrons
locantur in cornibus.	sont placés aux ailes.
Nec Tacfarinas	Et Tacfarinas
detrectavit pugnam :	ne refusa pas le combat :
Numidæ fusi,	les Numides *furent* défaits,
postque multos annos	et après de nombreuses années
decus militiæ	l'honneur de la guerre
partum nomini Furio.	*fut* acquis au nom de-Furius.
Nam,	Car,
post illum recuperatorem	après (depuis) ce *fameux* libérateur
urbis,	de la ville,
Camillumque filium ejus,	et Camille fils de lui,
laus imperatoria	la gloire de-général [milles.
penes alias familias.	*avait été* en-la-possession d'autres fa-
Atque hic	Et celui
quem memoramus	que nous mentionnons

expers habebatur : eo pronior Tiberius res gestas apud senatum celebravit; et decrevere patres triumphalia insignia,
quod Camillo ob modestiam vitæ impune fuit.

LIII. Sequens annus Tiberium tertio, Germanicum iterum
consules habuit. Sed eum honorem Germanicus iniit apud
urbem Achaiæ Nicopolim [1], quo venerat per Illyricam oram,
viso fratre Druso, in Dalmatia agente, Adriatici ac mox Ionii
maris adversam navigationem perpessus. Igitur paucos dies
insumpsit reficiendæ classi : simul sinus Actiaca victoria inclytos, et sacratas ab Augusto manubias, castraque Antonii,
cum recordatione majorum suorum, adiit : namque ei, ut memoravi, avunculus Augustus, avus Antonius erant, magnaque
illic imago tristium lætorumque. Hinc ventum Athenas, fœde-
rique sociæ et vetustæ urbis datum ut uno lictore uteretur.

lons ne passait-il point pour un habile guerrier. Tibère n'en exalta
que plus volontiers ses exploits dans le sénat, et on lui décerna les
ornements du triomphe, honneur qui fut sans danger pour lui, à
cause de la simplicité de sa vie.

LIII. L'année suivante eut pour consuls Tibère et Germanicus : Tibère l'était pour la troisième fois; Germanicus, pour la seconde. Mais,
quand celui-ci prit possession de sa dignité, il se trouvait à Nicopolis, ville de l'Achaïe, où il s'était rendu après avoir côtoyé l'Illyrie,
et vu en Dalmatie son frère Drusus. Des tempêtes violentes qu'il es-
suya dans le golfe Adriatique, et ensuite sur la mer Ionienne, le for-
cèrent de rester quelques jours à Nicopolis pour réparer sa flotte. Il
profita de ce délai pour visiter le golfe que la victoire d'Actium a
rendu si célèbre, les trophées consacrés par Auguste et le camp d'Antoine, toutes choses qui lui rappelaient ses aïeux; car il était, comme
je l'ai dit, petit-fils d'Antoine et arrière-neveu d'Auguste, et ces lieux
réveillaient en lui de grands souvenirs de deuil et de triomphe. De
là il se rendit à Athènes, et, par égard pour une ville ancienne et
alliée, il n'y parut qu'avec un seul licteur. Les Grecs le reçurent

habebatur expers
bellorum.
Tiberius pronior eo
celebravit apud senatum
res gestas ;
et patres decrevere
insignia triumphalia,
quod fuit impune Camillo
ob modestiam vitæ.

LIII. Annus sequens
habuit consules
Tiberium tertio,
Germanicum iterum.
Sed Germanicus
iniit eum honorem
apud Nicopolim,
urbem Achaiæ,
quo venerat
per oram Illyricam,
fratre Druso,
agente in Dalmatia,
viso,
perpessus
navigationem adversam
maris Adriatici,
ac mox Ionii.
Igitur insumpsit
paucos dies
reficiendæ classi :
simul adiit sinus
inclytos victoria Actiaca,
et manubias
sacratas ab Augusto,
castraque Antonii,
cum recordatione
suorum majorum :
namque ei erant,
ut memoravi,
avunculus Augustus,
avus Antonius,
illicque magna imago
tristium lætorumque.
Hinc ventum Athenas,
datumque fœderi
urbis sociæ et vetustæ
ut uteretur uno lictore.
Græci excepere

passait-pour inhabile
aux guerres.
Tibère plus favorable pour cela
célébra devant le sénat
les faits accomplis *par lui*;
et les sénateurs décernèrent
les insignes du-triomphe ;
ce qui fut sans-danger pour Camille
à cause de la modestie de *sa* vie.

LIII. L'année suivante
eut *pour* consuls
Tibère pour-la-troisième fois,
Germanicus pour-la-seconde-fois.
Mais Germanicus
prit-possession-de cet honneur
à Nicopolis,
ville d'Achaïe,
où il était venu
par la côte d'-Illyrie,
son frère Drusus,
qui passait *le temps* (était) en Dalmatie,
ayant été visité *par lui*,
ayant souffert
la navigation contraire
de (sur) la mer Adriatique,
puis de (sur) la *mer* Ionienne.
Donc il employa
peu-de jours
à réparer *sa* flotte :
en même temps il visita les golfes
fameux par la victoire d'-Actium,
et les trophées
consacrés par Auguste,
et le camp d'Antoine,
avec souvenir
de ses ancêtres :
car à lui étaient,
comme j'ai rapporté,
pour oncle Auguste,
pour aïeul Antoine,
et là *se présentait* une grande image
de choses tristes et joyeuses.
De là on (il) vint à Athènes,
et *il fut* accordé à l'alliance
de *cette* ville alliée et ancienne
qu'il se servît d'un seul licteur.
Les Grecs *le* reçurent

Excepere Græci quæsitissimis honoribus, vetera suorum facta
præferentes, quo plus dignationis adulatio haberet.

LIV. Petita inde Eubœa, tramisit Lesbum, ubi Agrippina
novissimo partu Juliam edidit. Tum extrema Asiæ, Perinthumque[1] ac Byzantium, Thracias urbes, mox Propontidis angustias[2] et os Ponticum intrat, cupidine veteres locos et fama
celebratos noscendi ; pariterque provincias, internis certaminibus aut magistratuum injuriis fessas, refovebat ; atque illum
in regressu, sacra Samothracum[3] visere nitentem, obvii aquilones depulere. Igitur adito Ilio, quæque ibi varietate fortunæ et nostri origine veneranda, relegit Asiam, appellitque
Colophona, ut Clarii Apollinis oraculo[4] uteretur. Non femina
illic, ut apud Delphos, sed certis e familiis, et ferme Mileto[5],
accitus sacerdos numerum modo consultantium et nomina
audit ; tum in specum degressus, hausta fontis arcani aqua,

avec les honneurs les plus recherchés, rappelant les actions et les paroles mémorables de leurs ancêtres pour donner à leur flatterie plus
de dignité.

LIV. Gagnant ensuite l'Eubée, il passa par Lesbos, où Agrippine
mit au monde Julie, le dernier de ses enfants. Il longe ensuite les
extrémités de la côte d'Asie, visite dans la Thrace Périnthe et Byzance,
et pénètre par la Propontide jusqu'à l'embouchure de l'Euxin, cu-
rieux de connaître des lieux que l'antiquité et la renommée ont
rendus célèbres. En même temps il remédiait aux maux des provinces,
apaisait leurs dissensions, réprimait l'injustice des magistrats. A son
retour, il voulait voir les mystères des Samothraces ; mais les vents
du nord l'écartèrent de cette route. Après avoir visité Ilion et ses
ruines si vénérables par l'idée qu'elles rappellent des vicissitudes du
sort et de l'origine de Rome, il côtoie de nouveau l'Asie et va débarquer à Colophon, pour y consulter l'oracle d'Apollon de Claros. L'in-
terprète du dieu n'est point une femme, comme à Delphes ; c'est un
prêtre, pris dans certaines familles, et presque toujours à Milet. Il
ne fait que demander le nombre et le nom des personnes qui se présentent, se retire dans une grotte, boit de l'eau d'une fontaine mys-

honoribus quæsitissimis,
præferentes vetera facta
dictaque suorum,
quo adulatio
haberet plus dignationis.

LIV. Eubœa petita inde,
tramisit Lesbum,
ubi Agrippina
novissimo partu
edidit Juliam.
Tum intrat
extrema Asiæ,
Perinthumque
ac Byzantium,
urbes Thracias,
mox angustias Propontidis
et os Ponticum,
cupidine noscendi locos
veteres et celebratos fama ;
pariterque
refovebat provincias
fessas
certaminibus internis,
aut injuriis magistratuum ;
atque aquilones obvii
depulere illum,
nitentem in regressu
visere sacra Samothracum.
Igitur Ilio adito,
quæque veneranda ibi
varietate fortunæ
et origine nostri,
relegit Asiam,
appellitque Colophona,
ut uteretur oraculo
Apollinis Clarii.
Illic non femina,
ut apud Delphos,
sed sacerdos accitus
e certis familiis,
et ferme Mileto,
audit modo
numerum et nomina
consultantium ;
tum degressus in specum,
aqua fontis arcani
hausta,

avec les honneurs les plus recherchés,
mettant-en-avant les anciennes actions
et les paroles de leurs *ancêtres*,
afin que l'adulation
eût plus de prix.

LIV. L'Eubée ayant été gagnée de là,
il passa à Lesbos,
où Agrippine
par un dernier enfantement
mit-au-monde Julie.
Alors il entre
sur les extrêmes *limites* de l'Asie,
et à Périnthe
et à Byzance,
villes de-Thrace,
puis dans le détroit de la Propontide
et dans l'embouchure du-Pont,
par le désir de connaître des lieux
anciens et célébrés par la renommée ;
et pareillement
il soulageait les provinces
fatiguées
par des luttes intestines,
ou par les injustices des magistrats ;
et les vents-du-nord qu'il-rencontra
écartèrent lui,
qui cherchait au retour
à visiter les mystères des Samothraces.
Donc Ilion étant abordé,
et *toutes les choses* qui *sont* vénérables là
par les vicissitudes de la fortune
et l'origine de nous,
il côtoie-de-nouveau l'Asie,
et aborde à Colophon,
afin qu'il usât de l'oracle
d'Apollon de-Claros.
Là *ce n'est* pas une femme,
comme à Delphes,
mais un prêtre appelé (choisi)
de (dans) certaines familles,
et presque-toujours de Milet,
entend seulement
le nombre et les noms
de ceux qui consultent *l'oracle* ;
alors s'étant retiré dans une grotte,
de l'eau d'une fontaine mystérieuse
étant bue,

ignarus plerumque litterarum et carminum, edit responsa ver-
sibus compositis, super rebus quas quis mente concepit : et
ferebatur Germanico per ambages, ut mos oraculis, maturum
exitium cecinisse.

LV. At Cn. Piso, quo properantius destinata inciperet, ci-
vitatem Atheniensium, turbido incessu exterritam, oratione
sæva increpat, oblique Germanicum præstringens, « quod,
contra decus Romani nominis, non Athenienses, tot cladibus
exstinctos[1], sed colluviem illam nationum[2] comitate nimia
coluisset : hos enim esse Mithridatis adversus Sullam, Antonii adversus divum Augustum socios. » Etiam vetera objecta-
bat, quæ in Macedones improspere, violenter in suos fecis-
sent : offensus urbi propria quoque ira; quia Theophilum
quemdam, Areo[5] judicio falsi damnatum, precibus suis non
concederent. Exin, navigatione celeri per Cycladas et compen-
dia maris, assequitur Germanicum apud insulam Rhodum,

térieuse, et ensuite, quoiqu'il ne soit communément ni lettré ni
poëte, il donne ses réponses en vers sur ce que chacun a désiré inté-
rieurement de savoir. On prétendait qu'en termes obscurs, suivant
l'usage des oracles, celui-ci avait annoncé à Germanicus une fin
prématurée.

LV. Cependant, afin de commencer plus tôt l'exécution de ses des
seins, Pison, après avoir jeté l'effroi dans Athènes par le fracas de
son entrée, réprimande les habitants dans un discours plein de violence, où il reprochait indirectement à Germanicus d'avoir avili le
nom romain, en traitant avec des ménagements excessifs ce vil ra-
mas de toutes les nations, qu'il fallait se garder de confondre avec
l'ancien peuple athénien, détruit depuis longtemps par des désastres
multipliés : c'étaient eux en effet qui avaient fait cause commune avec
Mithridate contre Sylla, avec Antoine contre le divin Auguste. Il
allait chercher aussi dans des temps plus reculés leurs guerres malheureuses contre les Macédoniens, leurs violences envers leurs concitoyens, animé qu'il était par des ressentiments particuliers contre
une ville qui lui avait refusé la grâce d'un certain Théophile, condamné pour faux par l'Aréopage. De là, coupant à travers les Cyclades par les chemins les plus courts, Pison accélère sa navigation,

ignarus plerumque	ignorant la-plupart-du-temps
litterarum et carminum,	les lettres et les vers,
edit responsa	il rend des réponses
versibus compositis,	en vers arrangés (réguliers),
super rebus quas quis	sur les choses que chacun
concepit mente :	a conçues dans son esprit :
et ferebatur	et il était rapporté
cecinisse Germanico	avoir chanté (prédit) à Germanicus
per ambages,	par des ambiguités,
ut mos oraculis,	comme c'est la coutume aux oracles,
exitium maturum.	une fin prématurée.
LV. At Cn. Piso,	LV. Mais Cn. Pison,
quo inciperet properantius	afin qu'il commençât plus tôt
destinata,	les choses résolues,
increpat oratione sæva	gourmande par un discours violent
civitatem Atheniensium,	la cité des Athéniens,
exterritam incessu turbido,	effrayée de son entrée furieuse,
perstringens oblique	attaquant indirectement
Germanicum,	Germanicus,
« quod, contra decus	« de ce que, contre l'honneur
nominis Romani,	du nom romain,
coluisset nimia comitate	il avait courtisé par une excessive affabilité
non Athenienses,	non les Athéniens,
exstinctos tot cladibus,	détruits par tant de défaites,
sed illam colluviem	mais ce ramas
nationum :	de nations :
hos enim	car ceux-là
esse socios Mithridatis	être les alliés de Mithridate
adversus Sullam	contre Sylla,
Antonii [tum. »	d'Antoine
adversus divum Augus-	contre le divin Auguste. »
Objectabat etiam	Il leur reprochait aussi
vetera	les guerres anciennes
quæ fecissent improspere	qu'ils avaient faites sans-succès
in Macedones,	contre les Macédoniens,
violenter in suos :	avec-cruauté contre les leurs :
offensus urbi quoque	animé-contre la ville aussi
ira propria,	d'un ressentiment personnel,
quia non concederent	parce qu'ils n'accordaient pas
suis precibus	à ses prières
quemdam Theophilum,	un certain Théophile,
damnatum falsi	condamné pour faux
judicio Areo.	par un jugement de-l'Aréopage.
Exin, navigatione celeri,	Ensuite, par une navigation rapide,
per Cycladas	à travers les Cyclades
et compendia maris,	et les routes-abrégées de la mer.
assequitur	il atteint

haud nescium quibus insectationibus petitus foret ; sed tanta
mansuetudine agebat, ut, quum orta tempestas raperet in
abrupta, possetque interitus inimici ad casum referri, miserit
triremes, quarum subsidio discrimini eximeretur. Neque tamen mitigatus Piso, et vix diei moram perpessus, linquit Germanicum prævenitque ; et, postquam Syriam ac legiones
attigit, largitione, ambitu, infimos manipularium juvando,
quum veteres centuriones, severos tribunos demoveret, loca-
que eorum clientibus suis vel deterrimo cuique attribueret,
desidiam in castris, licentiam in urbibus, vagum ac lascivientem per agros militem sineret, eo usque corruptionis provec-
tus est, ut sermone vulgi parens legionum haberetur. Nec
Plancina se intra decora feminis tenebat : sed exercitio equitum, decursibus cohortium interesse ; in Agrippinam, in Ger-

et atteint Germanicus à Rhodes. Celui-ci n'ignorait pas les insultes
dont il avait été l'objet ; mais telle était sa générosité, que, voyant
une tempête emporter Pison contre des rochers, il envoya ses vaisseaux pour sauver un ennemi dont la mort n'aurait pu être impu-
tée qu'au hasard. Ce procédé n'adoucit point Pison. A peine s'arrête-
t-il un jour, il quitte et devance Germanicus, et n'est pas plutôt
arrivé en Syrie, qu'il s'applique à gagner l'armée. Largesses, condes-
cendances, il emploie tout ; caressant les moindres soldats, licenciant
les vieux centurions, les tribuns sévères, leur substituant ses créatures ou les hommes les plus pervers, favorisant la paresse dans le
camp, la licence dans les villes, les courses et le brigandage du soldat dans les campagnes, poussant enfin si loin la corruption, que la
multitude ne le nomme plus que le père des légions. De son côté,
Plancine, bravant les bienséances de son sexe, assistait aux exercices
de la cavalerie, aux évolutions des cohortes, invectivait contre

apud insulam Rhodum | auprès de l'île *de* Rhodes
Germanicum, | Germanicus,
haud nescium | non ignorant
quibus insectationibus | par quelles invectives
petitus foret ; | il avait été attaqué ;
sed agebat | mais il se conduisait
tanta mansuetudine | avec une si-grande douceur
ut, quum tempestas orta | que, comme une tempête s'étant élevée
raperet in abrupta, | entraînait *Pison* sur des écueils,
interitusque inimici | et *que* la mort de *son* ennemi
posset referri ad casum , | pouvait être rapportée au hasard,
miserit triremes | il envoya des trirèmes
subsidio quarum | par le secours desquelles
eximeretur discrimini. | il fût arraché au danger.
Neque tamen Piso | Et cependant Pison
mitigatus , | ne *fut* pas adouci,
et, perpessus vix | et, ayant supporté à peine
moram diei, | le retard d'un jour,
linquit Germanicum | il laisse Germanicus
prævenitque ; | et *le* devance ;
et, postquam attigit | et, après qu'il eut atteint
Syriam ac legiones, | la Syrie et les légions,
largitione, ambitu, | par des largesses, par de l'intrigue,
juvando | en aidant
infimos manipularium | les derniers des légionnaires,
quum demoveret | alors qu'il écartait
veteres centuriones, | les vieux centurions,
tribunos severos, | les tribuns sévères,
attribueretque loca eorum | et donnait les places d'eux
suis clientibus | à ses clients
vel cuique deterrimo, | ou à chaque *soldat* très-mauvais,
sineret desidiam in castris, | autorisait l'oisiveté dans le camp,
licentiam in urbibus, | la licence dans les villes,
militem vagum | le soldat vagabond
ac lascivientem per agros, | et effréné dans les campagnes,
provectus est usque eo | il en vint jusque là (à ce point)
corruptionis, | de corruption ,
ut, sermone vulgi, | que, dans les propos de la multitude,
haberetur parens | il était tenu *pour* le père
legionum. | des légions.
Nec Plancina se tenebat | Plancine aussi ne se contenait pas
intra decora feminis : | dans les *limites* bienséantes aux femmes :
sed interesse | mais *elle ne cessait* d'assister
exercitio equitum, | aux exercices des cavaliers,
decursibus cohortium ; | aux évolutions des cohortes ;
jacere contumelias | de lancer des injures
in Agrippinam, | contre Agrippine,

manicum contumelias jacere; quibusdam etiam bonorum
militum ad mala obsequia promptis, quod haud invito imperatore ea fieri occultus rumor incedebat.

LVI. Nota hæc Germanico; sed præverti ad Armenios instantior cura fuit. Ambigua gens ea antiquitus, hominum ingeniis et situ terrarum, quo, nostris provinciis late prætenta,
penitus ad Medos porrigitur; maximisque imperiis interjecti
et sæpius discordes [1] sunt, adversus Romanos odio, et in
Parthum invidia. Regem illa tempestate non habebant, amoto
Vonone; sed favor nationis inclinabat in Zenonem, Polemonis regis Pontici filium, quod is, prima ab infantia instituta et
cultum Armeniorum æmulatus, venatu, epulis, et quæ alia
barbari celebrant, proceres plebemque juxta devinxerat.
Igitur Germanicus in urbe Artaxata, approbantibus nobilibus,
circumfusa multitudine, insigne regium capiti ejus imposuit :
ceteri, venerantes regem, Artaxiam consalutavere; quod illi

Agrippine, contre Germanicus; et, comme un bruit sourd s'était
répandu que cette conduite était autorisée par l'empereur, quelques-
uns des soldats même les plus attachés à leurs devoirs se prêtaient
au mal par obéissance.

LVI. Germanicus était instruit de tout; mais l'Arménie lui parut
demander ses premiers soins. De tout temps la foi de ce royaume fut
douteuse, à cause du caractère des habitants et de la situation du
pays, qui borde une grande étendue de nos provinces, et de l'autre
côté s'enfonce jusqu'à la Médie. Placés entre deux grands empires,
les Arméniens sont presque toujours agités par leur haine contre les
Romains et par leur jalousie contre les Parthes. Depuis qu'on leur
avait ôté Vonon, ils n'avaient point de roi; mais le vœu public dési-
gnait le fils de Polémon, roi de Pont, Zénon, qui dès son enfance
avait adopté les usages, la manière de vivre des Arméniens, leurs
chasses, leurs festins, tous les goûts des Barbares, et s'était ainsi
également concilié les grands et le peuple. Germanicus se rend donc
dans la ville d'Artaxate, et du consentement des nobles, aux accla-
mations de la multitude, il le couronne lui-même de sa main. Le

in Germanicum ;
quibusdam etiam
bonorum militum
promptis
ad mala obsequia,
quod rumor occultus
incedebat
ea fieri
imperatore haud invito.
    LVI. Hæc nota
Germanico ;
sed cura instantior
fuit præverti ad Armenios.
Ea gens ambigua antiquitus
ingeniis hominum,
et situ terrarum,
quo porrigitur penitus
ad Medos,
prætenta late
nostris provinciis ;
suntque interjecti
maximis imperiis,
et sæpius discordes,
odio adversus Romanos,
et invidia in Parthum.
Illa tempestate
non habebant regem ,
Vonone amoto ;
sed favor nationis
inclinabat in Zenonem,
filium Polemonis
regis Pontici,
quod is, ab prima infantia,
æmulatus instituta
et cultum Armeniorum,
devinxerat juxta
proceres plebemque
venatu, epulis,
et quæ alia barbari
celebrant.
Igitur Germanicus,
in urbe Artaxata,
nobilibus approbantibus,
multitudine circumfusa,
imposuit insigne regium
capiti ejus : ceteri,
venerantes regem,

contre Germanicus ;
quelques-uns même
des bons soldats
étant portés
à une mauvaise obéissance,
parce qu'un bruit sourd
se répandait
cela se faire
l'empereur n'*y* répugnant pas.
    LVI. Ces choses *étaient* connues
de Germanicus ;
mais *son* soin plus pressant
fut de courir vers les Arméniens.
Cette nation *fut* équivoque de-tout-temps
par les caractères des hommes ,
et par la situation des terres,
par laquelle elle s'étend au-fond
vers les Mèdes,
étendue-devant (bordant) au loin
nos provinces,
et ils sont placés-entre
de très-grands empires,
et plus souvent divisés,
par haine contre les Romains,
et par jalousie contre le Parthe.
En ce temps-là
ils n'avaient pas de roi,
Vonon ayant été écarté ;
mais la faveur de la nation
penchait vers Zénon,
fils de Polémon
roi de-Pont,
parce que celui-ci, dès *sa* première enfance,
ayant imité les institutions
et la manière-de-vivre des Arméniens,
avait (s'était) attaché également
les grands et le peuple
par la chasse, les festins,
et les autres *goûts* que les barbares
exercent-fréquemment.
Donc Germanicus,
dans la ville *d'*Artaxate,
les nobles *l'*approuvant,
la multitude étant répandue-autour *de lui*,
posa l'insigne royal
sur la tête de lui : les autres,
*l'*honorant *comme* roi,

vocabulum indiderant ex nomine urbis. At Cappadoces, in
formam provinciæ redacti, Q. Veranium legatum accepere ;
et quædam ex regiis tributis deminuta, quo mitius Romanum
imperium speraretur. Commagenis Q. Servæus præponitur;
tum primum ad jus prætoris [1] translatis.

LVII. Cunctaque socialia prospere composita non ideo
lætum Germanicum habebant, ob superbiam Pisonis, qui,
jussus partem legionum ipse aut per filium in Armeniam ducere, utrumque neglexerat. Cyrrhi [2] demum apud hiberna
decimæ legionis convenere, firmato vultu, Piso adversus
metum, Germanicus ne minari crederetur. Et erat, ut retuli,
clementior; sed amici, accendendis offensionibus callidi, intendere vera, aggerere falsa, ipsumque et Plancinam et filios variis
modis criminari. Postremo, paucis familiarium adhibitis,

peuple, se prosternant devant son nouveau souverain, le nomma Artaxias, du nom de la ville. La Cappadoce, qui venait d'être réduite
en province romaine, reçut pour gouverneur Q. Véranius, et l'on
diminua quelque chose des tributs qu'elle payait à ses rois, afin de
la prévenir en faveur de ses nouveaux maîtres. La Commagène reçut
aussi la même forme; Q. Servéus fut son premier préteur.

LVII. La joie qu'éprouvait Germanicus d'avoir réglé partout avec
succès les affaires de nos alliés était troublée par l'orgueil de Pison,
qui, ayant reçu l'ordre de mener lui-même ou de faire conduire par
son fils une partie des légions en Arménie, n'avait fait ni l'un ni
l'autre. Ils se rencontrèrent pourtant à Cyrre, au camp de la dixième
légion, tous deux composant leur visage, Pison affectant de ne point
craindre, Germanicus de ne point menacer. Celui-ci d'ailleurs, comme
je l'ai dit, était bon; mais ses amis, aigrissant avec adresse ses ressentiments, exagéraient les torts réels, en supposaient d'imaginaires,
inculpaient de mille manières différentes Pison, Plancine et leurs
enfants. Enfin il y eut une explication en présence de quelques amis.

consalutavere Artaxiam ;
quod vocabulum
indiderant illi
ex nomine urbis.
At Cappadoces,
redacti
in formam provinciæ
accepere legatum
Q. Veranium ;
et quædam
ex tributis regiis
deminuta,
quo imperium Romanum
speraretur mitius.
Q. Servæus
præponitur Commagenis,
tum primum translatis
ad jus prætoris.
 LVII. Cunctaque
socialia
composita prospere
non habebant ideo
Germanicum lætum,
ob superbiam Pisonis,
qui, jussus
ducere in Armeniam
partem legionum
ipse aut per filium,
neglexerat utrumque.
Demum Cyrri convenere
apud hiberna
decumæ legionis,
vultu firmato,
Piso adversus metum,
Germanicus
ne crederetur minari.
Et erat, ut retuli,
clementior ;
sed amici, callidi
accendendis offensionibus,
intendere vera,
aggerere falsa,
criminarique variis modis
ipsum et Plancinam
et filios.
Postremo,
paucis familiarium

le saluèrent *du nom d*'Artaxias;
laquelle appellation
ils avaient appliquée à lui
du nom de la ville.
Mais les Cappadociens,
réduits
en forme de province,
reçurent *pour* gouverneur
Q. Véranius ;
et certains
des tributs royaux
furent diminués,
afin que l'autorité romaine
fût espérée plus douce.
Q. Servéus
est mis-à-la-tête des Commagéniens,
alors pour-la-première-fois transportés
à l'autorité d'un préteur.
 LVII. Et toutes les *affaires*
des-alliés
arrangées heureusement
n'avaient (ne rendaient) pas pour-cela
Germanicus joyeux,
à cause de l'orgueil de Pison,
qui, ayant reçu-l'ordre
de conduire en Arménie
une partie des légions
lui-même ou par *son* fils,
avait négligé l'un-et-l'autre.
Enfin à Cyrre ils se réunirent
aux quartiers-d'hiver
de la dixième légion,
d'un air assuré,
Pison contre la crainte
Germanicus
pour qu'il ne fût pas cru menacer.
Et il était, comme j'ai rapporté,
trop clément ;
mais *ses* amis, habiles
à enflammer *ses* ressentiments,
de grandir les *torts* réels,
d'accumuler les *torts* supposés,
et d'accuser de différentes manières
lui-même (Pison) et Plancine
et *leurs* fils.
Enfin,
quelques-uns des amis

sermo cœptus a Cæsare, qualem ira et dissimulatio gignit ;
responsum a Pisone precibus contumacibus, discesseruntque
opertis odiis : postque rarus in tribunali Cæsaris Piso ; et , si
quando assideret, atrox ac dissentire manifestus. Vox quoque
ejus audita est in convivio, quum apud regem Nabatæorum [1]
coronæ aureæ magno pondere Cæsari et Agrippinæ, leves
Pisoni et ceteris offerrentur : « Principis Romani , non Parthi
regis filio eas epulas dari. » Abjecitque simul coronam , et
multa in luxum addidit ; quæ Germanico, quanquam acerba ,
tolerabantur tamen.

LVIII. Inter quæ ab rege Parthorum Artabano legati venere.
Miserat amicitiam ac fœdus memoraturos , et « cupere renovari dextras [2], daturumque honori Germanici ut ripam Euphra-
tis accederet ; petere interim ne Vonones in Syria haberetur ,
neu proceres gentium [3] propinquis nuntiis ad discordias trahe-

Germanicus commença dans les termes que pouvaient suggérer la
colère et la dissimulation ; Pison répondit par des excuses arrogantes :
ils se quittèrent avec une haine concentrée. Depuis lors, Pison parut
rarement au tribunal de Germanicus , et, quand il siégea, ce fut
avec humeur et avec un air d'improbation qui perçait visiblement.
On l'entendit même, à un festin donné par le roi des Nabatéens, où
des couronnes d'or d'un grand poids furent offertes à Germanicus et
à Agrippine, de plus légères à Pison et aux autres, s'écrier que « ce
repas était offert au fils du prince des Romains, et non à celui du roi
des Parthes. » En même temps il jeta sa couronne et fit une sortie
contre le luxe. Ces outrages, tout cruels qu'ils étaient, étaient dé-
vorés cependant par Germanicus.

LVIII. Sur ces entrefaites arrivèrent des ambassadeurs d'Artaban,
roi des Parthes, chargés par lui de rappeler l'alliance et l'amitié qui
unissaient les deux empires, et de déclarer « qu'il désirait renouveler
le traité en personne ; que, par égard pour Germanicus, il s'avance-
rait jusqu'à la rive de l'Euphrate ; qu'en attendant il demandait qu'on
ne laissât plus en Syrie Vonon, qui abusait de la proximité pour exciter à la révolte les grands du royaume. » Germanicus répondit

adhibitis,	ayant été admis,
sermo cœptus a Cæsare,	un entretien *fut* commencé par César,
qualem ira et dissimulatio	*tel* que la colère et la dissimulation
gignit ;	*en* enfantent (suggèrent) ·
responsum a Pisone	*il fut* répondu par Pison
precibus contumacibus	avec des prières (excuses) insolentes,
discesseruntque	et ils se séparèrent
odiis opertis:	avec des haines couvertes :
postque Piso rarus	et depuis Pison *était* rare
in tribunali Cæsaris ;	au tribunal de César ;
et, si quando assideret,	et, si parfois il *y* siégeait,
atrox	*il était* de-mauvaise-humeur
ac manifestus	et faisant-bien-voir
dissentire.	*lui* être-en-opposition *avec César.*
Vox quoque ejus	Un mot aussi de lui
audita est in convivio,	fut entendu dans un festin,
quum,	lorsque,
apud regem Nabatæorum,	chez le roi des Nabatéens,
coronæ aureæ	des couronnes d'-or
magno pondere	d'un grand poids
offerrentur Cæsari	étaient offertes à César
et Agrippinæ,	et à Agrippine,
leves Pisoni et ceteris	*et* de légères à Pison et aux autres :
« Eas epulas dari	« Ce repas être donné
filio principis Romani,	au fils d'un prince romain,
non regis Parthi. »	*et* non d'un roi Parthe. »
Simulque abjecit coronam,	Et en-même-temps il jeta *sa* couronne,
et addidit in luxum multa;	et ajouta contre le luxe bien-des *paroles:*
quæ, quanquam acerba,	lesquelles choses, quoique amères,
tolerabantur tamen	étaient supportées cependant
Germanico.	par Germanicus.
LVIII. Inter quæ	LVIII. Parmi ces *événements*
legati venere	des députés vinrent
ab Artabano	de-la-part d'Artaban
rege Parthorum.	roi des Parthes.
Miserat memoraturos	Il *les* avait envoyés devant rappeler
amicitiam et fœdus,	l'amitié et l'alliance,
et « cupere	et *dire* « *lui* désirer [ment du traité),
dextras renovari	les mains être renouvelées (le renouvelle-
daturumque	et devoir donner
honori Germanici	à l'honneur de Germanicus
ut accederet	qu'il s'approchât
ripam Euphratis ;	de la rive de l'Euphrate;
interim petere ne Vonones	cependant demander que Vonon
haberetur in Syria,	ne fût pas maintenu en Syrie,
neu traheret ad discordias	et qu'il n'entraînât pas aux discordes
proceres gentium	les grands des nations

ret. » Ad ea Germanicus de societate Romanorum Parthorumque magnifice, de adventu regis et cultu sui cum decore
ac modestia respondit. Vonones Pompeiopolim, Ciliciæ maritimam urbem, amotus est : datum id non modo precibus Artabani, sed contumeliæ Pisonis, cui gratissimus erat ob plurima officia et dona, quibus Plancinam devinxerat.

LIX. M. Silano, L. Norbano consulibus, Germanicus Ægyptum proficiscitur, cognoscendæ antiquitatis [1] ; sed cura provinciæ prætendebatur ; levavitque, apertis horreis, pretia
frugum ; multaque in vulgus grata usurpavit ; sine milite incedere, pedibus intectis [2] et pari cum Græcis amictu, P. Scipionis æmulatione [3], quem eadem factitavisse apud Siciliam,
quamvis flagrante adhuc Pœnorum bello, accepimus. Tiberius, cultu habituque ejus lenibus verbis præstricto, acerrime
increpuit quod, contra instituta Augusti, non sponte principis,

avec dignité sur l'alliance des Romains et des Parthes, avec grâce et
modestie sur la visite du roi et sur l'honneur qu'il faisait à sa personne. Vonon fut relégué à Pompéiopolis, ville maritime de Cilicie :
en satisfaisant ainsi Artaban, Germanicus mortifiait Pison, à qui
Vonon s'était rendu agréable par les soins et les présents qu'il pro-
diguait à Plancine.

LIX. Sous le consulat de M. Silanus et de L. Norbanus, Germanicus fit un voyage en Égypte pour en connaître les antiquités, mais il
prit pour prétexte les besoins de la province. Il fit baisser le prix des
grains en ouvrant les greniers publics, et se rendit cher à la multitude, marchant sans gardes, avec la chaussure et l'habit grecs, à
l'exemple de P. Scipion, qui, au plus fort de la guerre punique, avait
agi de même en Sicile. Tibère se borna à de légères critiques sur la
parure et la manière de vivre de Germanicus, mais il lui reprocha
très-durement d'être entré sans ordre à Alexandrie, au mépris du

nuntiis propinquis. »
Germanicus respondit ad ea
de societate Romanorum
Parthorumque
magnifice,
de adventu regis
et cultu sui
cum decore ac modestia.
Vonones amotus est
Pompeiopolim,
urbem maritimam Ciliciæ:
id datum
non modo precibus
Artabani,
sed contumeliæ Pisonis,
cui erat gratissimus,
ob plurima officia et dona,
quibus
devinxerat Plancinam.
   LIX. M. Silano,
L. Norbano consulibus,
Germanicus
proficiscitur Ægyptum,
cognoscendæ antiquitatis;
sed cura provinciæ
prætendebatur;
horreisque apertis,
levavit pretia frugum;
usurpavitque multa
grata in vulgus;
incedere sine milite,
pedibus intectis,
et amictu pari
cum Græcis,
æmulatione P. Scipionis,
quem accepimus
factitavisse
eadem
apud Siciliam,
quamvis bello Pœnorum
flagrante adhuc.
Tiberius,
cultu habituque ejus
præstricto verbis lenibus,
increpuit acerrime
quod,
contra instituta Augusti,

par des émissaires voisins. »
Germanicus répondit à cela
touchant l'alliance des Romains
et des Parthes
magnifiquement,
touchant l'arrivée du roi
et la déférence pour lui-même
avec dignité et modestie.
Vonon fut relégué
à Pompéiopolis,
ville maritime de Cilicie :
cela *fut* donné (accordé)
non-seulement aux prières
d'Artaban,
mais *encore* à un affront de (envers) Pison,
à qui *Vonon* était très-agréable,
à cause de très-nombreux soins et pré-
par lesquels   [sents,
il avait (s'était) attaché Plancine.
   LIX. M. Silanus
et L. Norbanus *étant* consuls,
Germanicus
part pour l'Égypte,
en vue d'en connaître les antiquités;
mais le soin de la province
était mis-en-avant;
et les greniers ayant été ouverts,
il abaissa les prix des grains;
et il prit beaucoup-de *mesures*
agréables à la multitude;
marcher sans soldat,
les pieds non-couverts,
et avec un manteau pareil
avec les (à celui des) Grecs,
par imitation de P. Scipion,
que nous avons appris
avoir eu-l'habitude-de-faire
les mêmes choses
en Sicile,
quoique la guerre des Carthaginois
étant ardente encore.
Tibère,
le costume et l'extérieur de lui
ayant été critiqués en termes doux,
le blâma très-vivement
de ce que,
contre les institutions d'Auguste,

Alexandriam introisset. Nam Augustus, inter alia dominationis arcana, vetitis, nisi permissu, ingredi senatoribus aut
equitibus Romanis illustribus [1], seposuit Ægyptum; ne fame
urgeret Italiam, quisquis eam provinciam, claustraque terræ
ac maris [2], quamvis levi præsidio adversum ingentes exercitus, insedisset.

LX. Sed Germanicus, nondum comperto profectionem eam
incusari, Nilo subvehebatur, orsus oppido a Canopo. Condi
dere id Spartani ob sepultum illic rectorem navis Canopum,
qua tempestate Menelaus, Græciam repetens, diversum ad
mare terramque Libyam dejectus. Inde proximum amnis os
dicatum Herculi, quem indigenæ ortum apud se et antiquissimum perhibent, eosque, qui postea pari virtute fuerint, in
cognomentum ejus adscitos. Mox visit veterum Thebarum
magna vestigia; et manebant structis molibus litteræ Ægyptiæ [3], priorem opulentiam complexæ : jussusque e senioribus

règlement d'Auguste; car ce fut un des secrets de la politique de ce
prince de séquestrer l'Égypte. Il défendit aux sénateurs ou aux chevaliers de marque d'y mettre le pied sans permission, dans la crainte
qu'on n'affamât l'Italie, en s'emparant de cette province au moyen
de quelques places qui sont la clef de la terre et de la mer, et que
peu de troupes peuvent défendre contre de grandes armées.

LX. Cependant Germanicus, qui ne savait point encore qu'on lui
faisait un crime de ce voyage, s'était embarqué sur le Nil à Canope.
Cette ville fut bâtie par les Spartiates, à l'endroit où fut enterré un
de leurs pilotes, nommé Canope, au temps où Ménélas, voulant re-
gagner la Grèce, fut jeté dans une autre mer sur la côte de Libye.
Près de Canope est une embouchure du fleuve consacrée à Hercule;
les Égyptiens prétendent qu'il est né dans leur pays, qu'il est antérieur à tous les autres Hercules, et qu'on a donné son nom dans la
suite aux héros qui l'égalaient en valeur. Germanicus visita ce lieu,
et ensuite les magnifiques ruines de l'ancienne Thèbes. On voyait
sur des monuments d'une structure colossale des caractères égyptiens
qui attestaient sa première opulence. Un vieux prêtre, qu'il pria de

non sponte principis,
introisset Alexandriam.
Nam Augustus,
inter alia arcana
dominationis,
seposuit Ægyptum,
senatoribus
aut equitibus Romanis
illustribus
vetitis ingredi,
nisi permissu ;
ne quisquis insedisset
eam provinciam,
claustraque terræ ac maris,
præsidio quamvis levi [tus,
adversum ingentes exerci-
urgeret Italiam fame.
 LX. Sed Germanicus,
nondum comperto
eam profectionem accusari,
subvehebatur Nilo,
orsus ab oppido Canopo.
Spartani condidere id
ob rectorem navis
Canopum sepultum illic,
tempestate qua Menelaus,
repetens Græciam,
dejectus ad mare diversum
terramque Libyam.
Os amnis
proximum inde
dicatum Herculi,
quem indigenæ perhibent
ortum apud se
et antiquissimum,
eosque qui postea
fuerint virtute pari
adscitos
in cognomentum ejus.
Mox visit magna vestigia
veterum Thebarum ;
et molibus structis
manebant
litteræ Ægyptiæ,
complexæ
priorem opulentiam :
eque senioribus sacerdotum

non avec l'agrément du prince,
il était entré à Alexandrie.
Car Auguste,
entre autres secrets
de domination,
séquestra l'Egypte,
les sénateurs
ou les chevaliers romains
illustres
ayant reçu-défense d'y entrer,
sinon avec une permission ;
de peur que quiconque se serait établi
dans cette province,
et *ces* barrières de la terre et de la mer,
avec une garnison quoique faible
contre de grandes armées,
ne pressât l'Italie par la famine.
 LX. Mais Germanicus,
la nouvelle n'étant pas encore sue
ce départ être accusé,
était porté-sur le Nil,
ayant commencé par la ville *de* Canope.
Les Spartiates fondèrent cette *ville*
à cause du gouverneur de vaisseau (pilote)
Canope enseveli là,
dans le temps où Ménélas,
regagnant la Grèce,
fut poussé vers la mer opposée
et *vers* la terre *de* Libye.
L'embouchure du fleuve
la plus voisine de là
est consacrée à Hercule,
que les indigènes disent
être né chez eux
et le plus ancien,
et ceux qui dans-la-suite
furent d'une valeur semblable
avoir été admis
au surnom de lui.
Puis il visite les grands vestiges
de l'antique Thèbes ;
et sur des masses élevées
subsistaient
des caractères égyptiens,
embrassant (attestant)
sa première opulence :
et *un* des plus vieux des prêtres

sacerdotum patrium sermonem interpretari, referebat « habitasse quondam septingenta millia [1] ætate militari; atque eo [5]
cum exercitu regem Rhamsen [2] Libya, Æthiopia Medisque et [,]
Persis et Bactriano ac Scytha potitum; quasque terras Syrii [']
Armeniique et contigui Cappadoces colunt, inde Bithynum,
hinc Lycium ad mare, imperio tenuisse. » Legebantur et indicta gentibus tributa, pondus argenti et auri, numerus armorum equorumque, et dona templis, ebur atque odores, quasque copias frumenti et omnium utensilium quæque natio
penderet, haud minus magnifica quam nunc vi Parthorum
aut potentia Romana jubentur.

LXI. Ceterum Germanicus aliis quoque miraculis intendit
animum : quorum præcipua fuere Memnonis saxea effigies,
ubi radiis solis icta est, vocalem sonum reddens; disjectasque
inter et vix pervias arenas instar montium eductæ pyramides,
certamine et opibus regum ; lacusque [3], effossa humo, superfluentis Nili receptacula ; atque alibi angustiæ et profunda

les lui expliquer, lui dit « que cette ville avait autrefois contenu
sept cent mille habitants en âge de porter les armes; qu'avec cette
armée, le roi Rhamsès avait conquis la Libye, l'Éthiopie, la Médie, la Perse, la Bactriane, la Scythie, et que tout le pays habité par les Syriens, les Arméniens et les Cappadociens, depuis la
mer de Bithynie jusqu'à celle de Lycie, avait appartenu à son empire. » On lisait aussi dans ces inscriptions le détail des tributs
imposés à ces nations, les sommes d'or et d'argent, le nombre d'armes et de chevaux, les quantités d'ivoire et de parfums pour les
temples, le blé et les autres provisions que payait chaque peuple;
tributs non moins considérables que ceux que lèvent de nos jours
sur leurs sujets les Parthes et les Romains.

LXI. Germanicus observa encore d'autres merveilles, surtout la
statue de pierre de Memnon, qui, lorsqu'elle est frappée des rayons
du soleil, rend le son d'une voix humaine; ces pyramides, semblables
à des montagnes, élevées au milieu de sables mouvants et presque
inaccessibles, monument du faste et de l'émulation des rois égyptiens; ces lacs creusés pour recevoir les débordements du Nil; et,

jussus interpretari
sermonem patrium,
referebat
« septingenta millia
ætate militari
habitasse quondam ;
atque cum eo exercitu
regem Rhamsen
potitum Libya, Æthiopia,
Medisque et Persis,
et Bactriano ac Scytha;
tenuisseque imperio
terras quas colunt Syrii
Armeniique
et Cappadoces contigui,
inde ad mare Bithynum,
hinc ad Lycium. »
Et tributa indicta gentibus
legebantur,
pondus argenti et auri,
numerus armorum
equorumque,
et dona templis,
ebur atque odores,
quasque copias frumenti
et omnium utensilium
quæque natio penderet,
haud minus magnifica
quam nunc jubentur
vi Parthorum,
aut potentia Romana.
LXI. Ceterum
Germanicus
intendit animum
aliis miraculis quoque :
quorum præcipua fuere
effigies saxea Memnonis,
reddens sonum vocalem,
ubi icta est radiis solis;
pyramidesque eductæ
instar montium,
certamine et opibus regum,
inter arenas disjectas
et vix pervias ;
lacusque,
receptacula
Nili superfluentis,

engagé à interpréter
la langue du-pays,
exposait
« sept cent mille *hommes*
de l'âge militaire
avoir habité *là* jadis ;
et avec cette armée
le roi Rhamsès
s'être emparé de la Libye, de l'Éthiopie,
et des Mèdes et des Perses,
et du Bactrien et du Scythe ;
et avoir tenu sous *son* empire
les terres qu'habitent les Syriens
et les Arméniens
et les Cappadociens limitrophes,
d'un côté jusqu'à la mer de-Bithynie,
de l'autre jusqu'à la *mer* de-Lycie. »
Aussi les tributs imposés aux nations
se lisaient (étaient inscrits là),
le poids d'argent et d'or,
le nombre d'armes
et de chevaux,
et les dons *faits* aux temples,
l'ivoire et les parfums,
et quelles quantités de blés
et de toutes les provisions
chaque nation payait,
tributs non moins magnifiques
que *ceux qui* maintenant *sont* ordonnés
par la force des Parthes,
ou la puissance des-Romains.
LXI. Au reste
Germanicus
appliqua *son* esprit
à d'autres merveilles aussi:
dont les principales furent
la statue de-pierre de Memnon,
qui rend le son d'une-voix,   [leil ;
dès qu'elle a été frappée des rayons du so-
et des pyramides élevées
à l'instar de montagnes,
par l'émulation et les richesses des rois,
au milieu de sables dispersés (mouvants)
et à peine praticables ;
et des lacs,
réservoirs
du Nil débordé,

altitudo [1], nullis inquirentium spatiis penetrabilis. Exin ventum Elephantinen ac Syenen [2], claustra olim Romani imperii, quod nunc Rubrum ad mare patescit [3].

LXII. Dum ea æstas Germanico plures per provincias transigitur, haud leve decus Drusus quæsivit, illiciens Germanos
ad discordias, utque fracto jam Maroboduo usque in exitium
insisteretur. Erat inter Gothones [4] nobilis juvenis, nomine
Catualda, profugus olim vi Marobodui, et tunc, dubiis rebus
ejus, ultionem ausus. Is valida manu fines Marcomanorum
ingreditur, corruptisque primoribus ad societatem, lirrumpit
regiam castellumque juxta situm. Veteres illic Suevorum
prædæ, et nostris e provinciis lixæ ac negotiatores reperti ;
quos jus commercii, dein cupido augendi pecuniam, postremum
oblivio patriæ, suis quemque ab sedibus hostilem in agrum
transtulit.

plus loin, ce détroit où le fleuve resserré creuse un abîme dont nul
homme n'a pu sonder la profondeur. De là il se rendit à Éléphantine
et à Syène, alors barrières de l'empire romain, qui s'étend maintenant jusqu'à la mer Rouge.

LXII. Pendant que Germanicus employait l'été à visiter plusieurs
provinces, Drusus ne se fit pas peu d'honneur par son habileté à
semer la division parmi les Germains, et à profiter de l'affaiblisse-
ment de Maroboduus pour lui susciter une guerre qui consommât sa
ruine. Il y avait parmi les Gothons un jeune homme d'une haute
naissance, nommé Catualda, jadis obligé de fuir devant la puissance de Maroboduus, et qui maintenant, enhardi par ses malheurs,
cherchait à se venger. Il entre avec un corps de troupes considérable sur les terres des Marcomans ; et, soutenu des principaux chefs
qu'il avait gagnés, il force la ville royale et le château qui la défendait. Cette place servait depuis longtemps de dépôt au butin des
Suèves. On y trouva des vivandiers et des marchands de nos provinces, que le commerce avait attirés, que l'espoir du gain avait re-
tenus, et qu'enfin l'oubli de la patrie avait fixés, loin de leurs foyers,
sur ces terres ennemies.

humo effossa ;
atque alibi angustiæ,
et altitudo profunda,
penetrabilis
nullis spatiis
inquirentium.
Exin ventum
Elephantinen ac Syenen,
olim claustra
imperii Romani,
quod nunc patescit
ad mare Rubrum.

LXII. Dum ea æstas
transigitur Germanico
per plures provincias,
Drusus quæsivit
decus haud leve,
illiciens Germanos
ad discordias ,
utque insisteretur
Maroboduo jam fracto
usque in exitium.
Inter Gothones
erat juvenis nobilis,
Catualda nomine,
profugus olim
vi Marobodui,
et tunc, rebus ejus dubiis ,
ausus ultionem.
Is manu valida
ingreditur fines
Marcomanorum,
primoribusque corruptis
ad societatem,
irrumpit regiam
castellumque situm juxta.
Illic reperti
veteres prædæ Suevorum ,
et lixæ ac negotiatores
e nostris provinciis ;
quos jus commercii,
dein cupido
augendi pecuniam,
postremum oblivio patriæ
transtulit
quemque ab suis sedibus
in agrum hostilem.

la terre étant creusée ;
et ailleurs des passages-étroits [énorme),
et une hauteur profonde (profondeur
qui-*ne*-peut-être-atteinte
par aucune mesure
de ceux qui *la* recherchent (veulent la
Ensuite on (il) vint   [sonder).
à Éléphantine et à Syène,
jadis barrières
de l'empire romain,
qui maintenant s'étend
jusqu'à la mer Rouge.

LXII. Pendant que cet été
se passe pour Germanicus
à travers plusieurs provinces,
Drusus acquit
un honneur non léger (petit),
en attirant les Germains
aux discordes,   [sent
et à ce qu'on s'acharnât (ils s'acharnas-
contre Maroboduus déjà brisé (épuisé)
jusqu'à *sa* perte.
Parmi les Gothons
était un jeune noble,
Catualda de nom,
fugitif autrefois
par la force de Maroboduus,
et alors, les affaires de lui *étant* critiques ,
ayant osé *sa* vengeance.
Celui-ci avec une troupe forte
entre-sur les frontières
des Marcomans ,
et les principaux ayant été séduits
pour une alliance,
il force la *ville* royale
et le château situé auprès.
Là *furent* trouvés
l'ancien butin des Suèves,
et des vivandiers et des marchands
de nos provinces ;
que le droit du commerce,
puis le désir
d'augmenter *leur* fortune,
enfin l'oubli de *leur* patrie
fit-passer
chacun de ses foyers
dans une terre ennemie.

LXIII. Maroboduo undique deserto non aliud subsidium quam misericordia Cæsaris fuit. Transgressus Danubium, qua Noricam provinciam [1] præfluit, scripsit Tiberio, non ut profugus aut supplex, sed ex memoria prioris fortunæ : « Nam multis nationibus clarissimum quondam regem ad se vocantibus, Romanam amicitiam prætulisse. » Responsum a Cæsare : « Tutam ei honoratamque sedem in Italia fore, si maneret : sin rebus ejus aliud conduceret, abiturum fide qua venisset. » Ceterum apud senatum disseruit : « Non Philippum Atheniensibus, non Pyrrhum aut Antiochum populo Romano perinde metuendos fuisse. » Exstat oratio, qua magnitudinem viri, violentiam subjectarum ei gentium, et quam propinquus Italiæ hostis, suaque in destruendo eo consilia extulit. Et Maroboduus quidem, Ravennæ [2] habitus, si quando insolescerent

LXIII. Maroboduus, abandonné de toutes parts, n'eut de ressource que dans la pitié de Tibère. Ayant passé le Danube, à l'endroit où ce fleuve borde la Norique, il écrivit à ce prince, non comme un fugitif ou un suppliant, mais comme un roi qui se souvenait de sa première fortune : « Appelé autrefois, disait-il, à cause de sa gloire, par une foule de nations, il leur avait préféré l'amitié des Romains. » Tibère répondit que, « tant qu'il voudrait demeurer en Italie, il y trouverait une retraite honorable et sûre, avec la liberté d'en sortir, si son intérêt l'appelait ailleurs. » Cependant il dit dans le sénat « que Philippe n'avait point été si redoutable pour Athènes, ni Pyrrhus ou Antiochus pour Rome. » Nous avons encore le discours dans lequel, après avoir exalté la puissance de ce roi et la valeur des nations qui lui étaient soumises, il fait voir combien eût été dangereux un pareil voisin, et combien étaient sages les mesures qui avaient préparé sa chute. On tint Maroboduus à Ravenne, sous les regards des Suèves, afin que la vue de ce roi, tout prêt à rentrer dans ses États, servît

LXIII. Subsidium
aliud quam misericordia
Cæsaris
non fuit Maroboduo
deserto undique.
Transgressus Danubium,
qua præfluit
provinciam Noricam
scripsit Tiberio,
non ut profugus
aut supplex,
sed ex memoria
prioris fortunæ :
« Nam multis nationibus
vocantibus quondam ad se
regem clarissimum,
prætulisse
amicitiam Romanam. »
Responsum a Cæsare :
« Sedem tutam
honoratamque
fore ei in Italia,
si maneret ;
sin aliud conduceret
rebus ejus,
abiturum
fide
qua venisset. »
Ceterum disseruit
apud senatum :
« Philippum non fuisse
Atheniensibus,
Pyrrhum aut Antiochum
non populo Romano
metuendos perinde. »
Oratio exstat, qua extulit
magnitudinem viri,
violentiam gentium
subjectarum ei,
et quam hostis
propinquus Italiæ,
suaque consilia
in eo destruendo.
Et Maroboduus quidem,
habitus Ravennæ,
ostentabatur
quasi rediturus

LXIII. Une ressource
autre que la pitié
de César
ne fut pas à Maroboduus
abandonné de-toutes-parts.
Ayant passé le Danube,
par où il coule-devant (borde)
la province Norique,
il écrivit à Tibère,
non omme fugitif
ou suppliant,
mais d'après le souvenir
de *sa* première fortune :
« Car beaucoup-de nations
appelant autrefois à elles
un roi très-fameux,
lui avoir préféré
l'amitié des-Romains. »
Il fut répondu par César :
« Une résidence sûre
et honorable
devoir être à lui en Italie,
s'il *y* restait (s'il y voulait rester) ;
mais si autre chose était-utile
aux affaires de lui,
lui pouvoir s'en aller
avec la *même* foi (sauve-garde)
avec laquelle il serait venu. »
Au reste il exposa
devant le sénat :
« Philippe n'avoir pas été
pour les Athéniens,
Pyrrhus ou Antiochus
n'*avoir* pas *été* pour le peuple romain
redoutables à l'égal *de Maroboduus.* »
Ce discours existe , dans lequel il exalta
la grandeur de *cet* homme,
la violence des nations
soumises à lui,
et combien *cet* ennemi
était proche de l'Italie,
et ses mesures
pour le détruire.
Et Maroboduus certes,
tenu à Ravenne,
était montré-sans-cesse
comme devant revenir

Suevi, quasi rediturus in regnum ostentabatur. Sed non excessit Italia per duodeviginti annos; consenuitque, multum
imminuta claritate ob nimiam vivendi cupidinem. Idem Ca-
tualdæ casus, neque aliud perfugium : pulsus haud multo post
Hermundurorum [1] opibus et Vibillio duce, receptusque, Forum Julium, Narbonensis Galliæ coloniam, mittitur. Barbari
utrumque comitati, ne quietas provincias immixti turbarent,
Danubium ultra, inter flumina Marum et Cusum [2], locantur,
dato rege Vannio, gentis Quadorum [3].

LXIV. Simul nuntiato regem Artaxiam Armeniis a Germanico datum, decrevere patres ut Germanicus atque Drusus
ovantes Urbem introirent. Structi et arcus circum latera templi Martis Ultoris [4], cum effigie Cæsarum; lætiore Tiberio,
quia pacem sapientia firmaverat, quam si bellum per acies

à contenir leur insolence. Mais il ne quitta point l'Italie pendant les
dix-huit années qu'il vécut encore, et il perdit, dans sa vieillesse,
beaucoup de sa réputation, par trop d'attachement à la vie. Catualda
eut le même sort et trouva les mêmes ressources. Une armée d'Hermondures, commandée par Vibillius, n'ayant pas tardé à le chasser
à son tour, il fut accueilli dans l'empire et envoyé à Fréjus, colonie
de la Gaule Narbonnaise. Mais comme les barbares qui accompa-
gnaient ces deux rois auraient pu, par leur mélange avec les popu-
lations, troubler la paix de nos provinces, on les établit au delà du
Danube, entre le Mare et le Cuse, après leur avoir donné pour roi
Vannius, de la nation des Quades.

LXIV. Comme on apprit en même temps qu'Artaxias venait d'être
nommé roi d'Arménie par Germanicus, le sénat décerna l'ovation à
Germanicus et à Drusus ; et des deux côtés du temple de Mars Vengeur on éleva des arcs de triomphe, où l'on plaça les statues des
deux Césars. Tibère s'applaudissait d'avoir assuré la paix par sa po-
litique, plus que s'il eût terminé la guerre par des victoires. Aussi

in regnum,	dans *son* royaume,
si quando Suevi	si jamais les Suèves
insolescerent.	devenaient-insolents.
Sed non excessit Italia	Mais il ne sortit pas de l'Italie
per duodeviginti annos ;	pendant dix-huit ans ;
consenuitque,	et il vieillit,
claritate	*son* éclat
multum imminuta	étant beaucoup diminué
ob nimiam cupidinem	à-cause d'un excessif désir
vivendi.	de vivre.
Casus Catualdæ idem,	La chute de Catualda *fut* la même,
neque perfugium aliud :	et *son* refuge ne *fut* pas autre :
pulsus haud multo post	chassé non beaucoup après
opibus Hermundurorum,	par les forces des Hermondures.
et Vibellio duce,	et Vibellius *étant* chef.
receptusque,	et accueilli *dans l'empire,*
mittitur	il est envoyé
Forum Julium,	au Forum de-Jules (à Fréjus),
coloniam	colonie
Galliæ Narbonensis.	de la Gaule Narbonnaise.
Barbari	Les barbares
comitati utrumque	qui accompagnèrent l'un-et-l'autre roi
locantur inter flumina	sont établis entre les fleuves
Marum et Cusum,	le Mare et le Cuse,
Vannio,	Vannius,
gentis Quadorum,	de la nation des Quades,
dato rege,	*leur* ayant été donné *pour* roi,
ne immixti	de peur que mêlés *aux habitants*
turbarent	ils ne troublassent
provincias quietas.	des provinces paisibles.
LXIV. Simul	LXIV. En-même-temps
nuntiato	*ceci* ayant été annoncé,
Artaxiam datum regem	Artaxias *avoir été* donné *pour* roi
Armeniis a Germanico,	aux Arméniens par Germanicus,
patres decrevere	les sénateurs décrétèrent
ut Germanicus	que Germanicus
atque Drusus	et Drusus
introirent Urbem	entreraient-dans la ville (Rome)
ovantes	avec-les-honneurs-de-l'ovation.
Et arcus structi	Et des arcs *de triomphe furent* élevés
circum latera templi	autour des (sur les) côtés du temple
Martis Ultoris,	de Mars Vengeur,
cum effigie Cæsarum ;	avec l'image (les statues) des *deux* Césars ;
Tiberio lætiore	Tibère *étant* plus joyeux
quod firmaverat pacem	de ce qu'il avait assuré la paix
sapientia,	par *sa* sagesse,
quam si confecisset bellum	que s'il avait terminé la guerre

confecisset. Igitur Rhescuporin quoque, Thraciæ regem, astu aggreditur. Omnem eam nationem Rhœmetalces tenuerat : quo defuncto, Augustus partem Thracum Rhescuporidi, fratri ejus, partem filio Cotyi ¹ permisit. In ea divisione arva et urbes, et vicina Græcis, Cotyi ; quod incultum, ferox, adnexum hostibus, Rhescuporidi cessit : ipsorumque regum ingenia, illi mite et amœnum, huic atrox, avidum, et societatis impatiens erat. Sed primo subdola concordia egere : mox Rhescuporis egredi fines, vertere in se Cotyi data, et resistenti vim facere ; cunctanter sub Augusto, quem auctorem utriusque regni , si sperneretur, vindicem metuebat. Enimvero, audita mutatione principis, immittere latronum globos, exscindere castella, causas bello.

LXV. Nihil æque Tiberium anxium habebat, quam ne composita turbarentur. Deligit centurionem qui nuntiaret regi-

n'employa-t-il pas d'autres armes contre Rhescuporis, roi de Thrace. Rhémétalcès avait possédé seul tout ce royaume : après sa mort, Auguste le partagea entre Rhescuporis et Cotys ; l'un frère, et l'autre fils de Rhémétalcès. Cotys eut les plaines, les villes et ce qui touche à la Grèce ; tout ce qui est inculte, sauvage et voisin des barbares échut à Rhescuporis. Les deux princes étaient comme leurs États : Cotys avait de la douceur et de l'aménité dans l'esprit ; l'autre était féroce, plein d'avidité, incapable de souffrir un égal. Ils vécurent néanmoins d'abord avec les apparences de la concorde ; mais Rhescuporis ne tarda point à franchir ses limites, à usurper les possessions de son neveu, employant la force quand on lui résistait. Tant que vécut Auguste, qui avait fait le partage entre les deux rois, et dont il craignait la vengeance, il garda quelques ménagements ; mais, à la nouvelle du changement de prince, il détacha des troupes de brigands, ruina des forteresses, fit tout enfin pour provoquer la guerre.

LXV. Tibère ne craignait rien tant que de voir troubler les arrangements déjà faits. Il chargea un centurion d'aller signifier aux deux

per acies.
par des batailles.

Igitur aggreditur astu
Donc il attaque par la ruse

Rhescuporin quoque,
Rhescuporis aussi,

regem Thraciæ.
roi de Thrace.

Rhœmetalces tenuerat
Rhémétalcès avait tenu *sous lui*

omnem eam nationem :
toute cette nation :

quo defuncto, Augustus
lequel étant mort, Auguste

permisit partem Thracum
remit une partie des Thraces

Rhescuporidi fratri ejus,
à Rhescuporis frère de lui,

partem Cotyi filio.
une *autre* partie à Cotys son fils.

In ea divisione
Dans ce partage

arva et urbes
les champs et les villes

et vicina Græcis
et les *terres* voisines des Grecs

Cotyi ;
échurent à Cotys ;

quod incultum, ferox,
ce qui *était* inculte, sauvage,

adnexum hostibus,
lié aux (voisin des) ennemis,

cessit Rhescuporidi :
échut à Rhescuporis :

ingeniaque
et les esprits

regum ipsorum ,
des rois eux-mêmes *étaient ainsi*,

illi erat mite et amœnum,
à celui-là il était doux et agréable,

huic atrox, avidum,
à celui-ci farouche, ambitieux,

et impatiens societatis.
et ne-pouvant-souffrir d'alliance.

Sed primo
Mais d'abord

egere
ils passèrent *le temps* (vécurent)

concordia subdola :
dans une concorde trompeuse :

mox Rhescuporis
bientôt Rhescuporis

egredi fines,
de sortir de *ses* limites,

vertere in se
de détourner vers lui (usurper)

data Cotyi,
les *États* donnés à Cotys,

et facere vim resistenti ;
et de faire violence à *lui* résistant ;

cunctanter sub Augusto ,
agissant avec-hésitation sous Auguste ;

quem, auctorem
lequel, *comme* fondateur

utriusque regni
de-l'un-et-l'autre royaume,

metuebat vindicem,
il redoutait *pour* vengeur,

si sperneretur.   [cipis
s'il était méprisé.

Enimvero, mutatione prin-
Mais, le changement de prince

audita,
ayant été appris,

immittere globos
il se met à lancer des troupes

latronum,
de brigands,

exscindere castella,
à saper les forteresses,

causas bello.
autant de causes pour une guerre,

LXV. Nihil
LXV. Rien

habebat Tiberium anxium
ne tenait Tibère inquiet

æque quam
autant que *la crainte*

ne composita turbarentur.
que les *pays* pacifiés ne fussent troublés

Deligit centurionem
Il choisit un centurion

qui nuntiaret regibus
qui devait annoncer aux *deux* rois

bus ne armis disceptarent; statimque a Cotye dimissa sunt
quæ paraverat auxilia. Rhescuporis, ficta modestia, postulat
« Eumdem in locum coiretur ; posse de controversiis colloquio
transigi. » Nec diu dubitatum de tempore, loco, dein conditionibus ; quum alter facilitate, alter fraude, cuncta inter se
concederent acciperentque. Rhescuporis sanciendo, ut dictitabat, fœderi convivium adjicit ; tractaque in multam noctem
lætitia per epulas ac vinolentiam, incautum Cotyn, et, postquam dolum intellexerat, sacra regni[1], ejusdem familiæ deos et
hospitales mensas obtestantem, catenis onerat. Thraciaque omni potitus, scripsit ad Tiberium structas sibi insidias, præventum insidiatorem ; simul, bellum adversus Bastarnas[2] Scythasque prætendens, novis peditum et equitum copiis sese firmabat.

LXVI. Molliter rescriptum, « Si fraus abesset, posse eum
innocentiæ fidere : ceterum neque se neque senatum, nisi

---

rois de ne point vider leur différend par les armes, et Cotys à l'instant
congédia ses troupes. Rhescuporis, feignant aussi de la soumission,
demande une entrevue : « Une seule conférence pouvait, disait-il,
lever toutes les difficultés. » On n'eut pas de peine à convenir du lieu,
du temps, et ensuite des conditions, les deux rois accordant et accep-
tant tout, l'un par facilité, l'autre par artifice. Rhescuporis, pour
sanctionner le traité, comme il·le disait, donne un festin, dont la
joie, animée par le vin et la bonne chère, se prolongea fort avant
dans la nuit. Cotys, aveuglément livré aux plaisirs de la table, vit
le piége trop tard. En vain il invoqua le nom sacré de roi, les dieux
de leur famille, les priviléges de l'hospitalité : il fut chargé de fers.
Rhescuporis, maître de toute la Thrace, écrivit à Tibère qu'il n'avait
fait que prévenir les embûches qu'on lui tendait. En même temps,
sous prétexte d'une guerre contre les Bastarnes et les Scythes, il se
renforçait de nouvelles troupes d'infanterie et de cavalerie.

LXVI. On lui répondit avec ménagement que, s'il n'avait point
de torts, il pouvait se fier sur son innocence ; qu'au surplus, ni le

ne disceptarent armis ;
statimque
auxilia quæ paraverat
dimissa sunt a Cotye.
Rhescuporis,
modestia ficta,
postulat « Coiretur
in eumdem locum ;
posse transigi
de controversiis
colloquio. »
Nec dubitatum diu
de tempore, loco,
dein conditionibus ;
quum concederent
acciperentque inter se
cuncta,
alter facilitate, alter fraude.
Rhescuporis
adjicit convivium
sanciendo fœderi,
ut dictitabat ;
lætitiaque tracta
in noctem multam
per epulas et vinolentiam,
onerat catenis
Cotyn incautum,
et obtestantem
sacra regni,
deos ejusdem familiæ,
et mensas hospitales,
postquam
intellexerat dolum.
Potitusque omni Thracia,
scripsit ad Tiberium
insidias structas sibi,
insidiatorem præventum ;
simul prætendens bellum
adversus Bastarnas
Scythasque,
sese firmabat novis copiis
peditum et equitum.
    LXVI. Rescriptum
molliter   [centiæ,
« Eum posse fidere inno
si fraus abesset :
ceterum neque se

qu'ils ne disputassent pas par les armes ;
et aussitôt
les secours qu'il avait préparés
furent congédiés par Cotys.
Rhescuporis,
avec une modération feinte,
demande « Qu'on se réunît
en un même lieu ;   [siger)
pouvoir être transigé (qu'on pouvait tran-
sur ces différends
par une conférence. »
Et on n'hésita pas longtemps
sur le temps, le lieu,
puis sur les conditions ;
puisqu'ils accordaient
et acceptaient entre eux
tous les points,
l'un par facilité, l'autre par perfidie.
Rhescuporis
ajoute un festin
pour sanctionner l'alliance,
comme il le répétait ;
et la joie ayant été prolongee
jusqu'à la nuit avancée
par la bonne-chère et l'ivresse,
il charge de chaînes
Cotys sans-défiance,
et qui invoquait
les droits sacrés de la royauté,
les dieux de la même famille,
et les tables hospitalières,
après que
il eut compris la ruse.
Et s'étant emparé de toute la Thrace,
il (Rhescuporis) écrivit à Tibère
des embûches avoir été dressées à lui,
le traître avoir été prévenu ;
en-même-temps alléguant une guerre
contre les Bastarnes
et les Scythes,
il se fortifiait par de nouvelles troupes
de fantassins et de cavaliers.
    LXVI. Il fut répondu
doucement   [innocence,
« Lui (Rhescuporis) pouvoir se fier à son
si la fraude était-absente :
au reste ni lui (Tibère)

cognita causa, jus et injuriam discreturos; proinde, tradito Cotye, veniret, transferretque invidiam criminis. » Eas litteras Latinius Pandus, propraetor Moesiae[1], cum militibus quis Cotys traderetur, in Thraciam misit. Rhescuporis, inter metum et iram cunctatus, maluit patrati quam incepti facinoris reus esse : occidi Cotyn jubet, mortemque sponte sumptam ementitur. Nec tamen Caesar placitas semel artes mutavit; sed, defuncto Pando, quem sibi infensum Rhescuporis arguebat, Pomponium Flaccum[2], veterem stipendiis et arcta cum rege amicitia, eoque accommodatiorem ad fallendum, ob id maxime Moesiae praefecit.

LXVII. Flaccus, in Thraciam transgressus, per ingentia promissa, quamvis ambiguum et scelera sua reputantem, perpulit ut praesidia Romana intraret. Circumdata hinc regi, specie honoris, valida manus; tribunique et centuriones, monendo,

prince ni le sénat ne prononceraient qu'après un mûr examen; qu'il n'avait qu'à livrer Cotys et à venir lui-même, pour rejeter l'odieux du crime sur son véritable auteur. Latinius Pandus, propréteur de Mésie, envoya cette lettre en Thrace, avec des soldats chargés d'emmener Cotys. Rhescuporis, flottant entre la crainte et la colère, trouva moins de risques à consommer son crime qu'à le laisser inachevé. Il fit tuer Cotys, et publia ensuite que c'était lui-même qui s'était donné la mort. Cependant Tibère ne renonça pas pour cela à son plan de dissimulation ; mais Latinius, que Rhescuporis regardait comme son plus cruel ennemi, étant venu à mourir, César mit à sa place Pomponius Flaccus, homme éprouvé par de longs services, et que ses liaisons étroites avec le roi rendaient plus propre à le tromper : ce fut cette dernière raison surtout qui le fit choisir.

LXVII. Flaccus passe dans la Thrace, et, calmant à force de promesses la défiance qu'inspirait à Rhescuporis une conscience criminelle, il le détermine à venir au milieu des postes romains. Là, sous prétexte de lui faire honneur, on lui donna une forte garde. Les tribuns, les centurions lui conseillent, lui persuadent d'aller plus loin.

neque senatum,
discreturos jus et injuriam,
nisi causa cognita ;
proinde, Cotye tradito,
veniret, transferretque
invidiam criminis. »
Latinius Pandus,
propraetor Moesiae,
misit in Thraciam
eas litteras,
cum militibus
quis Cotys traderetur.
Rhescuporis, cruciatus
inter metum et iram,
maluit esse reus
facinoris patrati
quam incepti :
jubet Cotyn occidi,
ementiturque
mortem sumptam
libenter.
Nec tamen Caesar
mutavit artes
placitas semel ;
sed, Pando defuncto,
quem Rhescuporis
arguebat infensum sibi,
praefecit Moesiae
Pomponium Flaccum,
veterem stipendiis,
et amicitia arta cum rege,
eoque accommodatiorem
ad fallendum,
ob id maxime.
    LXVII. Flaccus,
transgressus in Thraciam,
perpulit
per ingentia promissa,
quamvis ambiguum
et reputantem
sua scelera,
ut intraret
praesidia Romana.
Hinc valida manus
circumdata regi,
specie honoris ;
tribunique et centuriones,

ni le sénat,
ne devoir discerner le droit et le tort, ·
sinon la cause connue ;
donc, Cotys étant livré,
qu'il vînt, et qu'il transportât *sur Cotys*
l'odieux du crime. »
Latinius Pandus,
propréteur de Mésie,
envoya en Thrace
cette lettre,
avec des soldats
auxquels Cotys devait être livré.
Rhescuporis, tourmenté
entre la crainte et la colère,
aima-mieux être accusé
d'un crime consommé
que *d'un crime* commencé :
il ordonne Cotys être tué,
et dit-mensongèrement
la mort *avoir été* prise (que Cotys s'est tué)
volontairement.
Et cependant César
ne changea pas les mesures
qui *lui* avaient plu une-fois :
mais, Pandus étant mort,
lequel Rhescuporis
accusait *d'être* ennemi à lui,
il mit-à-la-tête-de la Mésie
Pomponius Flaccus,
ancien par les soldes (services),
et d'une amitié étroite avec le roi,
et par cela plus propre
à *le* tromper,
le choisissant pour cela surtout.
    LXVII. Flaccus,
ayant passé en Thrace,
décida *le roi*
par de grandes promesses,
quoique incertain
et songeant
à ses crimes,
à ce qu'il entrât
dans les postes romains.
De là une forte troupe
fut mise-autour du roi,
sous apparence (prétexte) d'honneur ;
et les tribuns et les centurions,

suadendo, et, quanto longius abscedebatur, apertiore custodia,
postremo gnarum necessitatis in Urbem traxere. Accusatus
in senatu ab uxore Cotyis, damnatur ut procul regno teneretur. Thracia in Rhœmetalcen filium, quem paternis consiliis
adversatum constabat, inque liberos Cotyis dividitur; iisque
nondum adultis Trebellienus Rufus, prætura functus, datur,
qui regnum interim tractaret, exemplo quo majores Marcum
Lepidum Ptolemæi liberis tutorem [1] in Ægyptum miserant.
Rhescuporis Alexandriam devectus, atque illic fugam tentans,
an ficto crimine, interficitur.

LXVIII. Per idem tempus Vonones, quem amotum in Ciliciam memoravi [2], corruptis custodibus effugere ad Armenios,
inde in Albanos Heniochosque [3], et consanguineum sibi regem Scytharum, conatus est. Specie venandi, omissis maritimis locis, avia saltuum petiit : mox pernicitate equi ad am-

A mesure qu'il s'éloigne, on déguise moins sa captivité ; comprenant
enfin qu'il ne peut plus reculer, il se laisse traîner à Rome. Il fut
accusé dans le sénat par la veuve de Cotys, et condamné à vivre loin
de son royaume. La Thrace fut partagée entre Rhémétalcès, fils de
Rhescuporis, qu'on savait avoir combattu les projets de son père, et
les enfants de Cotys. Mais, ceux-ci étant trop jeunes, Trébelliénus
Rufus, ancien préteur, fut chargé d'administrer leurs États, comme
autrefois on avait envoyé Marcus Lépidus en Égypte, pour être tuteur
des enfants de Ptolémée. Rhescuporis fut conduit à Alexandrie ; il y
forma ou on lui supposa le projet de s'enfuir, et l'on s'en défit.

LXVIII. Dans le même temps, Vonon, qui avait été relégué en
Cilicie, comme je l'ai rapporté, ayant gagné ses gardes, entreprit de
se sauver par l'Arménie dans le pays des Albaniens et des Hénioques,
et de là chez le roi des Scythes, son parent. Sous prétexte d'une partie de chasse, il s'éloigna du rivage de la mer, et s'enfonça dans les
bois, d'où il gagna, de toute la vitesse de son cheval, les bords du

monendo, suadendo,
et custodia apertiore,
quanto abscedebatur
longius,
traxere postremo
in Urbem,
gnarum necessitatis.
Accusatus in senatu
ab uxore Cotyis,
damnatur ut teneretur
procul regno.
Thracia dividitur
in filium Rhœmetalcen,
quem constabat
adversatum
consiliis paternis,
inque liberos Cotyis ;
Trebellienusque Rufus,
functus prætura,
datur iis,
nondum adultis,
qui tractaret
regnum interim,
exemplo quo majores
miserant in Ægyptum
Marcum Lepidum,   '
tutorem liberis Ptolemæi.
Rhescuporis,
devectus Alexandriam,
atque illic tentans fugam,
an crimine ficto,
interficitur.   [pus

en *l'*avertissant, en *le* conseillant,
et par une garde *d'autant* plus manifeste,
que l'on s'écartait   .
plus loin,
*l'*entraînèrent enfin
jusqu'à la ville (jusqu'à Rome).
éclairé sur la nécessité où *il était*.
Accusé dans le sénat
par la *femme* de Cotys,
il est condamné à ce qu'il fût retenu
loin de *son* royaume.
La Thrace est divisée
entre *son* fils Rhémétalcès,
lequel il était-constant
s'être opposé
aux desseins de-*son*-père,
et entre les enfants de Cotys ;
et Trébelliénus Rufus,
sorti de préture,
est donné à ceux-ci,
qui n'étaient pas encore grands,
qui administrât (pour qu'il administrât)
le royaume par intérim,
suivant l'exemple d'après lequel *nos* an-
avaient envoyé en Égypte   [cêtres
Marcus Lépidus,   [mée.
comme tuteur aux (des) enfants de Ptolé-
Rhescuporis,
déporté à Alexandrie,
et là essayant une fuite,
ou *ce* grief étant feint,
est mis-à-mort.

LXVIII. Per idem tem-
Vonones, quem memoravi
amotum in Ciliciam,
custodibus corruptis ,
conatus est effugere
ad Armenios,
inde in Albanos
Heniochosque,
et regem Scytharum
consanguineum sibi.
Specie venandi,
locis maritimis omissis ,
petiit avia saltuum :
mox, pernicitate equi,
contendit

LXVIII. Pendant le même temps
Vonon, que j'ai rapporté
avoir-été relégué en Cilicie,
ses gardes ayant été corrompus,
s'efforça de s'enfuir
chez les Arméniens,
de là chez les Albaniens
et les Hénioques,
et *chez* le roi des Scythes
parent à lui.
Sous apparence (prétexte) de chasser,
les lieux maritimes étant laissés-de-côté,
il gagna les *chemins* détournés des bois:
puis, par la vitesse de *son* cheval,
il poussa

nem Pyramum [1] contendit, cujus pontes accolæ ruperant,
audita regis fuga; neque vado penetrari poterat. Igitur, in
ripa fluminis, a Vibio Frontone, præfecto equitum [2], vincitur.
Mox Remmius evocatus [3], priori custodiæ regis appositus,
quasi per iram, gladio eum transigit : unde major fides, conscientia sceleris et metu indicii, mortem Vononi illatam.

LXIX. At Germanicus, Ægypto remeans, cuncta, quæ apud
legiones aut urbes jusserat, abolita vel in contrarium versa
cognoscit. Hinc graves in Pisonem contumeliæ, nec minus
acerba quæ ab illo in Cæsarem tentabantur. Dein Piso abire
Syria statuit; mox, adversa Germanici valetudine detentus,
ubi recreatum accepit, votaque pro incolumitate solvebantur,
admotas hostias, sacrificalem apparatum, festam Antiochensium plebem, per lictores proturbat. Tum Seleuciam [4] digre-
ditur, opperiens ægritudinem quæ rursum Germanico ac-

---

fleuve Pyrame. Les habitants, avertis de sa fuite, avaient rompu les
ponts, et le fleuve n'était pas guéable. Vonon fut donc arrêté sur la
rive par Vibius Fronton, préfet de cavalerie, qui le mit aux fers.
Aussitôt Remmius, un *évocat*, qui gardait le roi avant son évasion,
lui passa, comme par colère, son épée au travers du corps. On n'en
fut que mieux persuadé qu'il était son complice, et que c'était pour
n'être point décelé qu'il avait donné la mort à Vonon.

LXIX. Cependant Germanicus, à son retour d'Égypte, trouva
tous les règlements qu'il avait établis dans les légions ou dans les
villes abolis ou entièrement changés. De là des reproches sanglants
contre Pison, qui s'en vengeait par des offenses non moins cruelles.
Enfin Pison résolut de quitter la Syrie. Retenu par une maladie de
Germanicus, lorsqu'il le vit rétabli, pendant qu'on acquittait à Antioche les vœux formés pour sa convalescence, il fit renverser par ses
licteurs l'appareil des sacrifices, enlever les victimes du pied des au-
tels, et repousser le peuple qui était en habits de fête. Puis il se retira
à Séleucie pour y attendre l'événement; car Germanicus venait de

ad amnem Pyramum, | vers le fleuve Pyrame,
cujus accolæ | dont les riverains
ruperant pontes, | avaient rompu les ponts,
fuga regis audita ; | la fuite du roi étant apprise ;
neque poterat penetrari | et il ne pouvait être pénétré (on ne pou-
vado. | à gué.   [vait le passer)
Igitur vincitur, | Donc il est enchaîné,
in ripa fluminis, | sur la rive du fleuve,
a Vibio Frontone, | par Vibius Fronton,
præfecto equitum. | préfet des cavaliers.
Mox Remmius, evocatus, | Bientôt Remmius, évocat,
appositus | préposé
priori custodiæ regis, | à la première garde du roi,
transigit eum gladio | perce lui de *son* épée
quasi per iram : | comme par colère :
unde fides major | d'où la persuasion *fut* plus grande
mortem illatam Vononi | la mort *avoir été* donnée à Vonon
conscientia sceleris | par complicité de crime
et metu indicii. | et par crainte d'une révélation.
   LXIX. At Germanicus, | LXIX. Mais Germanicus,
remeans Ægypto, | revenant d'Égypte,
cognoscit | connaît
cuncta quæ jusserat | tout ce qu'il avait ordonné
apud legiones aut urbes | dans les légions ou les villes
abolita | *avoir été* aboli
vel versa in contrarium. | ou tourné en *sens* contraire.
Hinc graves contumeliæ | De là de graves reproches
in Pisonem, | contre Pison,
nec quæ tentabantur | et les *offenses* qui étaient tentées
ab illo in Cæsarem | par celui-ci contre César
minus acerba. | n'*étaient* pas moins cruelles.
Dein Piso statuit | Ensuite Pison résolut
abire Syria ; | de s'en aller de la Syrie ;
mox, detentus | bientôt, retenu
valetudine adversa | par la santé contraire (mauvaise)
Germanici, | de Germanicus,
ubi accepit recreatum , | dès qu'il eut appris *lui être* rétabli,
votaque solvebantur | et *comme* des vœux étaient acquittés
pro incolumitate, | pour *son* rétablissement ,
proturbat per lictores | il dissipe par *ses* licteurs
hostias admotas, | les victimes approchées *de l'autel*,
apparatum sacrificalem, | l'appareil du-sacrifice,
plebem Antiochiensium | le peuple des Antiochiens
festam. | en-fête.
Tum digreditur Seleuciam, | Puis il se retire à Séleucie,
opperiens ægritudinem | attendant *l'issue* d'une maladie
quæ acciderat rursum | qui était arrivée de nouveau

ciderat. Sævam vim morbi augebat persuasio veneni a
. Pisone accepti ; et reperiebantur solo ac parietibus erutæ
humanorum corporum reliquiæ, carmina et devotiones , et
nomen Germanici plumbeis tabulis insculptum, semiusti cineres ac tabo obliti, aliaque maleficia, quis creditur animas numinibus infernis sacrari. Simul missi a Pisone incusabantur ,
ut valetudinis adversa rimantes.

LXX. Ea Germanico haud minus ira quam per metum accepta : « Si limen obsideretur , si effundendus spiritus sub
oculis inimicorum foret, quid deinde miserrimæ conjugi, quid
infantibus liberis eventurum ? Lenta videri veneficia : festinare et urgere, ut provinciam, ut legiones solus habeat. Sed
non usque eo defectum Germanicum , neque præmia cædis
apud interfectorem mansura. » Componit epistolas quis ami-

retomber. L'idée que Pison l'avait empoisonné redoublait la violence
du mal. En effet , on avait trouvé sur le sol et autour des murs du
palais des lambeaux de cadavres humains arrachés des sépultures,
des formules d'enchantements et d'imprécations , le nom de Germanicus gravé sur des tablettes de plomb, des cendres à demi brûlées et
trempées d'un sang noir, et d'autres maléfices par lesquels on croit
que les âmes sont dévouées aux divinités infernales. Enfin , les émissaires de Pison étaient accusés de venir épier les progrès de la
maladie.

LXX. Tout cela ne donnait pas moins de colère que d'alarmes à
Germanicus : « Si l'on en venait à assiéger sa porte, s'il fallait qu'il
expirât sous les yeux de ses ennemis, que deviendrait sa malheureuse
femme? que deviendraient ses enfants au berceau ? On trouvait le
poison trop lent ; on se hâtait, on était impatient de jouir seul de la
province et des légions. Mais Germanicus n'était pas encore à ce point
délaissé, et le prix du meurtre ne resterait pas à son assassin. » Il

Germanico.

Persuasio veneni
accepti a Pisone
augebat vim sævam
morbi ;
et solo ac parietibus
reliquiæ erutæ
corporum humanorum
carmina
et devotiones,
et nomen Germanici
insculptum tabulis
plumbeis,
cineres semiusti
ac obliti tabo,
aliaque maleficia,
quis creditur animas
sacrari numinibus infernis,
reperiebantur.
Simul
missi a Pisone
incusabantur, ut rimantes
adversa
valetudinis.

LXX. Ea
accepta Germanico
haud minus ira
quam per metum :
« Si limen obsideretur,
si spiritus
effundendus foret
sub oculis inimicorum,
quid deinde eventurum
conjugi miserrimæ,
quid liberis
iufantibus ?
Veneficia videri lenta :
festinare et urgere,
ut habeat solus provinciam,
ut legiones.
Sed Germanicum
non defectum usque eo,
neque præmia cædis
mansura
apud interfectorem. »
Componit epistolas
quis

à Germanicus.

La persuasion d'un poison
reçu de Pison
augmentait la violence cruelle
de la maladie ;
et sur le sol et sur les murs
des restes déterrés
de corps humains ,
des formules-magiques
et des imprécations,
et le nom de Germanicus
gravé-sur des tablettes
de-plomb,
des cendres à-demi-brûlées
et souillées d'un sang-noir,
et autres maléfices,
par lesquels il est cru les âmes
être vouées aux divinités infernales.
étaient trouvés.
En-même-temps
les *gens* envoyés par Pison
étaient accusés, comme épiant
les *moments* contraires (crises)
de la maladie.

LXX. Ces *bruits*
furent accueillis par Germanicus
non moins avec colère
que par crainte :
« Si *son* seuil était assiégé,
si *son* souffle
devait être exhalé
sous les yeux de *ses* ennemis,
quoi ensuite devoir arriver
à *son* épouse très-malheureuse,
quoi à *ses* enfants
ne-parlant-pas *encore* (en bas âge) ?
Les poisons paraître lents :
Pison se hâter et presser *ses desseins*,
pour qu'il ait seul la province ,
pour qu'*il ait seul* les légions.
Mais Germanicus
n'*être* pas délaissé jusque là (à ce point),
et les prix du meurtre
ne devoir pas rester
au meurtrier. »
Il compose des lettres
par lesquelles

citiam ei renuntiabat. Addunt plerique jussum provincia decedere : nec Piso moratus ultra naves solvit; moderabaturque cursui, quo propius regrederetur, si mors Germanici
Syriam aperuisset.

LXXI. Cæsar, paulisper ad spem erectus, dein fesso corpore, ubi finis aderat, assistentes amicos in hunc modum alloquitur : « Si fato concederem, justus mihi dolor etiam adversus deos esset, quod me parentibus [1], liberis, patriæ, intra
juventam, præmaturo exitu raperent : nunc, scelere Pisonis
et Plancinæ interceptus, ultimas preces pectoribus vestris
relinquo. Referatis patri ac fratri [2] quibus acerbitatibus
dilaceratus, quibus insidiis circumventus, miserrimam vitam
pessima morte finierim. Si quos spes meæ, si quos propinquus sanguis, etiam quos invidia erga viventem movebat,
illacrimabunt quondam florentem et tot bellorum superstitem
muliebri fraude cecidisse. Erit vobis locus querendi apud sena-

écrivit à Pison pour rompre sans retour avec lui. Plusieurs ajoutent
qu'il lui ordonna de sortir de la province. Pison, sans tarder davantage, mit à la voile, ralentissant toutefois sa course pour être plus à
portée de la Syrie, si la mort de Germanicus lui en ouvrait l'entrée.

LXXI. César eut encore un rayon d'espérance ; mais, bientôt averti
par sa faiblesse de sa fin prochaine, il parla en ces termes à ses amis
rassemblés près de lui : « Quand ma mort serait naturelle, j'aurais
un juste sujet de plainte, même contre les dieux, dont la rigueur
m'enlèverait si jeune à mes parents, à mes enfants, à ma patrie;
mais, puisque je péris par le crime de Pison et de Plancine, je dépose
dans vos cœurs mes dernières prières. Racontez à mon père et à mon
frère toutes les amertumes qui ont empoisonné mes jours, tous les
piéges qui ont environné mes pas, toutes les horreurs de la mort qui
termine les malheurs de ma vie. Ni ceux que mes espérances, ni ceux
que les liens du sang intéressent à mon sort, ni ceux même que l'envie eût armés contre Germanicus vivant, ne pourront refuser des
larmes à la mort d'un homme qui, après avoir acquis quelque gloire,
après avoir survécu à tant de batailles, expire victime de la perfidie
d'une femme. Vous pourrez porter vos plaintes devant le sénat, in-

renuntiabat ei
amicitiam.

il rendait à lui (rompait avec Pison)
son amitié.

Plerique addunt
jussum
decedere provincia :
nec Piso moratus ultra
solvit naves ;
moderabaturque cursui,
quo regrederetur propius,
si mors Germanici
aperuisset Syriam.

La plupart ajoutent
Pison avoir reçu-l'ordre
de sortir de la province :
et Pison n'ayant pas tardé davantage
détacha *ses* vaisseaux *du rivage;*
et il ralentissait *sa* course,
afin qu'il revînt de plus près,
si la mort de Germanicus
lui avait ouvert la Syrie.

LXXI. Cæsar,
erectus paulisper ad spem,
dein corpore fesso,
ubi finis aderat,
alloquitur in hunc modum
amicos assistentes :
« Si concederem fato,
dolor esset justus mihi
etiam adversus deos,
quod me raperent
intra juventam,
exitu præmaturo
parentibus, liberis,
patriæ :
nunc, interceptus
scelere Pisonis
et Plancinæ,
relinquo ultimas preces
vestris pectoribus.
Referatis patri ac fratri
quibus acerbitatibus
dilaceratus,
quibus insidiis
circumventus,
finierim vitam miserrimam
pessima morte.
Si quos meæ spes,
si quos
sanguis propinquus,
etiam quos invidia
movebat erga viventem,
illacrimabunt,
florentem quondam,
et superstitem
tot bellorum,
cecidisse fraude muliebri.

LXXI. César,
excité un peu à l'espérance,
puis le corps fatigué,
comme *sa* fin approchait,
parle de cette manière
à *ses* amis qui se tenaient-auprès *de lui :*
« Si je cédais au destin,
la douleur serait juste à moi
même contre les dieux,
de ce qu'ils me raviraient
au-milieu-de la jeunesse,
par une fin prématurée,
à *mes* parents, à *mes* enfants,
à *ma* patrie :   [*rière*
maintenant, enlevé-au-milieu *de ma car-*
par le crime de Pison
et de Plancine,
je laisse *mes* dernières prières
à vos cœurs.
Rapportez à *mon* père et à *mon* frère
par quelles amertumes
déchiré,
de quels piéges
environné,
j'ai fini la vie la plus malheureuse
par la pire mort.
S'*il en est* que mes espérances,
s'*il en est* que
un sang proche (les liens du sang),
ou même que l'envie
affectait à-l'égard-de *moi* vivant,
ils pleureront,
un homme florissant naguère,
et survivant
à tant-de guerres,
être tombé par la perfidie d'une-femme.

7.

tum, invocandi leges. Non hoc præcipuum amicorum munus
est, prosequi defunctum ignavo questu, sed quæ voluerit meminisse, quæ mandaverit exsequi. Flebunt Germanicum etiam
ignoti; vindicabitis vos, si me potius quam fortunam meam
fovebatis. Ostendite populo Romano divi Augusti neptem,
eamdemque conjugem meam ; numerate sex liberos. Misericordia cum accusantibus erit [1] ; fingentibusque scelesta màn-
data [2] aut non credent homines, aut non ignoscent. » Juravere
amici, dextram morientis contingentes, spiritum ante quam
ultionem amissuros.

LXXII. Tum, ad uxorem versus, « per memoriam sui, per
communes liberos oravit, exueret ferociam, sævienti fortunæ
submitteret animum; neu, regressa in Urbem, æmulatione
potentiæ validiores irritaret. » Hæc palam, et alia secreto,
per quæ ostendere credebatur metum ex Tiberio. Neque

voquer les lois. Le premier devoir de l'amitié n'est pas de verser des
larmes stériles sur celui qui n'est plus ; c'est de garder le souvenir
de ce qu'il a voulu, d'exécuter ce qu'il a commandé. Les inconnus
même pleureront Germanicus : vous le vengerez, vous, si c'était lui
que vous aimiez, et non sa fortune. Montrez au peuple romain la
petite-fille du divin Auguste, celle qui fut mon épouse ; comptez
devant lui mes six enfants. La pitié sera pour les accusateurs ; et, si
la calomnie allègue des ordres impies, ou l'on ne croira pas, ou l'on
ne pardonnera pas. » Ses amis lui jurèrent, en serrant sa main mou-
rante, qu'ils perdraient la vie avant d'oublier le soin de le venger.

LXXII. Alors, se tournant vers sa femme, il la conjura, au nom
de leurs enfants, par le souvenir de son époux, de dépouiller sa
fierté, d'abaisser son orgueil sous les rigueurs de la fortune, et de se
garder, à son retour à Rome, de ces prétentions rivales qui aigrissent
les puissants. Voilà ce qu'il dit tout haut. Il eut ensuite avec elle
un entretien secret, où l'on croit qu'il lui fit entrevoir ses soupçons

Locus erit vobis
querendi apud senatum,
invocandi leges.
Hoc non est
munus præcipuum
amicorum
prosequi defunctum
fletu ignavo,
sed meminisse
quæ voluerit,
exsequi quæ mandaverit.
Etiam ignoti
flebunt Germanicum ;
vos vindicabitis,
si fovebatis me   [nam.
potius quam meam fortu-
Ostendite populo Romano
neptem divi Augusti,
eamdemque
meam conjugem ;
numerate sex liberos.
Misericordia erit
cum accusantibus ;
hominesque
aut non credent
aut non ignoscent
fingentibus
mandata scelesta. »
Amici juravere,
contingentes dextram
morientis,
amissuros spiritum
ante quam ultionem.
    LXXII. Tum, versus
ad uxorem,
oravit « per memoriam sui,
per liberos communes,
exueret ferociam,
submitteret animum
fortunæ sævienti ;
neu, regressa in Urbem,
irritaret validiores
æmulatione potentiæ. »
Hæc palam,
et alia secreto,
per quæ credebatur
ostendere metum

Lieu sera à vous
de vous plaindre devant le sénat,
d'invoquer les lois.
Ce n'est pas
le devoir principal
des amis
d'accompaguer un mort
de pleurs lâches,
mais de se souvenir
de ce qu'il a voulu ,
d'exécuter ce qu'il a commandé.
Même les inconnus
pleureront Germanicus ;
vous, vous *le* vengerez,
si vous caressiez (aimiez) moi
plutôt que ma fortune.
Montrez au peuple romain
la petite-fille du divin Auguste,
et la même (qui est en même temps)
mon épouse ;
comptez-*lui mes* six enfants.
La pitié sera
avec ceux qui accusent ;
et les hommes
ou ne croiront pas
ou ne pardonneront pas
à ceux feignant
des ordres criminels. »
Les amis *de César* jurèrent,
en touchant la droite
de *lui* mourant,
eux devoir perdre le souffle
avant qu'*ils abandonnassent* la vengeance.
    LXXII. Alors, s'étant tourné
vers *sa* femme,
il *la* pria « par la mémoire de lui,
par *leurs* enfants communs,
qu'elle dépouillât *sa* fierté,
qu'elle pliât *son* âme
sous la fortune qui sévissait ;
et que, revenue à la ville (Rome),
elle n'irritât pas ceux plus forts *qu'elle*
par une rivalité de puissance. »
Il dit ces *mots* ouvertement,
et d'autres en secret,
par lesquels il était cru
montrer de la crainte

multo post exstinguitur, ingenti luctu provinciæ [1] et circum-
jacentium populorum. Indoluere exteræ nationes regesque :
tanta illi comitas in socios, mansuetudo in hostes ; visuque et
auditu juxta venerabilis, quum magnitudinem et gravitatem
summæ fortunæ retineret, invidiam et arrogantiam effu-
gerat.

LXXIII. Funus, sine imaginibus et pompa, per laudes ac
memoriam virtutum ejus celebre fuit. Et erant qui formam,
ætatem, genus mortis, ob propinquitatem etiam locorum in
quibus interiit, Magni Alexandri fatis adæquarent. « Nam
utrumque corpore decoro, genere insigni, haud multum triginta annos egressum [2], suorum insidiis externas inter gentes occidisse · sed hunc mitem erga amicos, modicum volup-
tatum, uno matrimonio, certis liberis egisse ; neque minus
prœliatorem, etiamsi temeritas abfuerit, præpeditusque sit
perculsas tot victoriis Germanias servitio premere. Quod si

sur Tibère. Peu de temps après il expira, laissant dans un deuil universel la province et les peuples voisins. Les nations étrangères et
les rois barbares pleurèrent ce grand homme si affable pour les alliés, si doux pour les ennemis, dont la figure et les discours impri-
maient une égale vénération, et qui, bannissant de la grandeur
suprême l'arrogance qui la fait haïr, n'en avait conservé que la dignité qui la rend imposante.

LXXIII. Nulle image de ses aïeux n'orna ses funérailles. Sa
gloire et le souvenir de ses vertus en firent toute la pompe. Plusieurs, frappés de quelques rapports entre la figure, l'âge des deux
héros, le genre et le théâtre de leur mort, comparaient ses destinées
à celles du grand Alexandre. « Tous deux, avec les avantages de la
beauté, d'une naissance illustre, dépassant à peine leur trentième
année, avaient succombé sous la perfidie d'ennemis domestiques,
parmi des nations étrangères : mais Germanicus avait été doux envers ses amis, modéré dans les plaisirs, asservi aux lois d'un seul
et chaste hymen ; il n'avait pas été moins grand capitaine, sans
jamais être téméraire, et quoiqu'on l'eût empêché de subjugu r

ex Tiberio.	de (du côté de) Tibère.
Neque multo post	Et non beaucoup après
exstinguitur,	il s'éteint,
ingenti luctu provinciæ	avec un grand deuil de la province
et populorum	et des peuples
circumjacentium.	environnants.
Nationes exteræ regesque	Les nations étrangères et les rois
indoluere :	s'affligèrent :
tanta comitas illi	si-grande *était* l'affabilité à lui
in socios,	envers les alliés,
mansuetudo in hostes ;	*si grande sa* douceur envers les ennemis ;
venerabilisque juxta	vénérable aussi également
visu et auditu,	à voir et à entendre,
quum retineret	tandis qu'il conservait
magnitudinem	la grandeur
et gravitatem	et la dignité
summæ fortunæ,	de la plus haute fortune,
effugerat invidiam	il avait fui l'envie
et arrogantiam.	et l'arrogance.
LXXIII. Funus,	LXXII. *Ses* funérailles,
sine imaginibus et pompa,	sans images et *sans* pompe,
fuit celebre per laudes	furent célèbres par les louanges
ac memoriam	et *par* le souvenir
virtutum ejus.	des vertus de lui.
Et erant qui adæquarent	Et *plusieurs* étaient qui égalaient
fatis Alexandri Magni	aux destins d'Alexandre le Grand
famam, ætatem,	la renommée *du prince*, *son* âge,
genus mortis,	*son* genre de mort,
etiam ob propinquitatem	aussi à cause de la proximité
locorum in quibus interiit.	des lieux dans lesquels il mourut.
« Nam utrumque,	« Car l'un-et-l'autre,
corpore decoro,	d'un corps bien-fait,
genere insigni,	d'une naissance illustre,
haud egressum multum	n'ayant pas dépassé beaucoup
triginta annos,	trente ans,
occidisse insidiis suorum,	avoir péri par les embûches des leurs,
inter gentes externas :	parmi des nations étrangères :
sed hunc mitem	mais celui-ci doux
erga amicos,	envers ses amis,
modicum voluptatum,	modéré dans les plaisirs,
egisse uno matrimonio,	avoir passé *sa vie* avec un seul mariage,
liberis certis ;	*et* des enfants légitimes ;
neque minus prœliatorem,	non moins guerrier aussi,
etiamsi temeritas abfuerit,	quoique la témérité *lui* ait manqué,
præpeditusque sit	et qu'il ait été empêché
premere servitio	d'accabler par (de réduire à) l'esclavage
Germanias	les Germanies

solus arbiter rerum [1], si jure et nomine regio fuisset, tanto
promptius assecuturum gloriam militiæ, quantum clementia,
temperantia, ceteris bonis artibus præstitisset. » Corpus, antequam cremaretur, nudatum in foro Antiochensium, qui locus
sepulturæ [2] destinabatur, prætuleritne veneficii signa [3], parum constitit : nam, ut quis misericordia in Germanicum et
præsumpta suspicione, aut favore in Pisonem pronior, diversi
interpretabantur.

LXXIV. Consultatum inde inter legatos, quique alii senatorum aderant, quisnam Syriæ præficeretur : et, ceteris modice nisis, inter Vibium Marsum et Cn. Sentium diu quæsitum ; dein Marsus seniori et acrius tendenti Sentio concessit.
Isque infamem veneficiis ea in provincia, et Plancinæ percaram, nomine Martinam, in Urbem misit, postulantibus

la Germanie accablée par tant de défaites. Que s'il eût été le maître,
s'il eût eu le titre et les droits d'un souverain, il eût égalé bientôt
par la gloire des armes le Macédonien, qu'il surpassait déjà par sa
modération, sa clémence et ses autres vertus. » Avant de brûler
son corps, on l'exposa nu dans le forum d'Antioche, lieu destiné
à la cérémonie funèbre. Y parut-il quelque trace de poison? c'est ce
qui ne fut point constaté ; car la pitié pour Germanicus et les pré-
ventions pour ou contre Pison donnaient lieu à des interprétations
différentes.

LXXIV. Les lieutenants et les sénateurs qui se trouvaient en Syrie
tinrent conseil pour la nomination d'un gouverneur. Chacun fit valoir modestement ses prétentions, mais les suffrages se partagèrent
longtemps entre Vibius Marsus et Cn. Sentius. Enfin, l'ancienneté
de Sentius et l'ardeur de ses sollicitations l'emportèrent. Son premier soin fut de faire arrêter une femme, nommée Martine, décriée
dans la province par ses empoisonnements, et fort aimée de Plancine.
Il l'envoya à Rome, à la réquisition de Vitellius, de Véranius et des

perculsas tot victoriis.
Quod si fuisset
solus arbiter rerum,
si jure et nomine regio,
assecuturum.
gloriam militiæ
tanto promptius,
quantum præstitisset
clementia, temperantia,
ceteris bonis artibus. »
Constitit parum
corpusne,
nudatum,
antequam cremaretur,
in foro Antiochensium,
qui locus destinabatur
sepulturæ,
prætulerit signa veneficii:
nam interpretabantur
diversi,
ut quis pronior
in Germanicum
misericordia
et suspicione præsumpta,
aut in Pisonem favore.
LXXIV. Inde
consultatum
inter legatos,
quique alii senatorum
aderant,
quisnam præficeretur
Syriæ:
et, ceteris
nisis modice,
quæsitum diu
inter Vibium Marsum
et Cn. Sentium ;
dein Marsus concessit
Sentio seniori
et tendenti acrius.
Isque misit in Urbem
Martinam nomine,
infamem veneficiis
in ea provincia,
et percaram Plancinæ,
Vitellio ac Veranio
postulantibus,

ébranlées par tant de victoires.
Que s'il eût été
seul arbitre des affaires,
s'*il eût agi* avec le droit et le nom de-roi,
lui avoir dû acquérir
la gloire de la guerre
d'autant plus promptement,
qu'il l'avait emporté
par la clémence, la tempérance,
et les autres bonnes qualités. »
Il fut établi peu (mal constaté)
si *son* corps,
mis-à-nu,
avant qu'il fût brûlé,
dans le forum des Antiochiens,
lequel lieu était réservé
à la cérémonie-funèbre,
présenta des marques de poison :
car on interprétait
en-divers-sens,
selon que quelqu'un *était* plus porté
vers Germanicus
par la pitié
et par un soupçon préconçu,
ou vers Pison par la faveur.
LXXIV. Ensuite
il fut délibéré
entre les lieutenants.
et les autres d'entre les sénateurs
qui étaient-présents,
qui serait préposé
à la Syrie :
et, les autres
s'étant efforcés médiocrement,
il fut examiné (hésité) longtemps
entre Vibius Marsus
et Cn. Sentius ;
ensuite Marsus céda
à Sentius plus âgé *que lui*
et qui luttait plus ardemment.
Et celui-ci envoya à la ville (à Rome)
une femme, Martine de nom,
fameuse par *ses* empoisonnements
dans cette province,
et très-chère à Plancine,
Vitellius et Véranius
la demandant,

Vitellio ac Veranio ceterisque, qui crimina et accusationem,
tanquam adversus receptos jam reos, instruebant.

LXXV. At Agrippina, quanquam defessa luctu, et corpore
ægro, omnium tamen quæ ultionem morarentur intolerans,
ascendit classem cum cineribus Germanici et liberis; miserantibus cunctis, « Quod femina nobilitate princeps, pulcherrimo
modo matrimonio, inter venerantes gratantesque adspici
solita, tunc ferales reliquias sinu ferret, incerta ultionis, anxia
sui, et infelici fecunditate fortunæ toties obnoxia. » Pisonem
interim apud Coum [1] insulam nuntius assequitur, excessisse
Germanicum. Quo intemperanter accepto, cædit victimas,
adit templa ; neque ipse gaudium moderans, et magis insolescente Plancina, quæ luctum amissæ sororis tum primum
læto cultu mutavit.

LXXVI. Affluebant centuriones monebantque : « Prompta
illi legionum studia ; repeteret provinciam non jure ablatam

autres accusateurs, qui préparaient déjà leurs moyens, comme si
l'accusation eût été autorisée.

LXXV. Agrippine, accablée par la douleur et la maladie, mais
ne pouvant supporter l'idée de retarder d'un instant sa vengeance,
s'embarque avec les cendres de Germanicus et avec ses enfants ; spec
tacle bien digne de pitié que celui d'une femme de cette naissance, qui,
naguère environnée de respects et d'adorations, grâce à l'union la
plus fortunée, portait maintenant sur son sein ces lugubres restes,
incertaine de sa vengeance, alarmée pour elle-même, en butte à la
fortune dans chacun des fruits de sa malheureuse fécondité. Pison
reçut dans l'île de Cos la nouvelle de la mort de Germanicus. Aussitôt il laisse éclater ses transports, immole des victimes, visite les
temples; il ne peut contenir sa joie, et Plancine, plus indécente
encore, quitte ce jour-là même le deuil d'une sœur qu'elle venait de
perdre, et prend des habits de fête.

LXXVI. Les centurions arrivaient en foule et assuraient Pison du
zèle ardent des légions, le pressant de reprendre un gouvernement

ceterisque qui instruebant
crimina et accusationem,
tanquam adversus
jam receptos reos.

LXXV. At Agrippina,
quanquam defessa luctu,
et corpore ægro,
tamen intolerans omnium
quæ morarentur ultionem,
ascendit classem
cum cineribus Germanici
et liberis;
cunctis miserantibus,
« Quod femina,
princeps nobilitate,
modo
matrimonio pulcherrimo,
solita adspici
inter venerantes
gratantesque,
ferret tunc sinu
reliquias ferales,
incerta ultionis,
anxia sui,
et toties obnoxia fortunæ
infelici fecunditate. »
Interim nuntius
Germanicum excessisse
assequitur Pisonem
apud insulam Coum.
Quo accepto
intemperanter,
cædit victimas,
adit templa;
neque moderans ipse
gaudium,
et Plancina
insolescente magis,
quæ tum primum
mutavit
cultu læto
luctum sororis amissæ.

LXXVI. Centuriones
affluebant,
monebantque :
« Studia legionum
prompta illi;

et les autres qui préparaient
les griefs et l'accusation,
comme contre des *gens*
déjà reçus *par le préteur comme* accusés.

LXXV. Mais Agrippine,
quoique fatiguée de douleur,
et d'un corps malade,   [les choses
cependant ne-pouvant-supporter toutes
qui retardaient *sa* vengeance,
monta sur une flotte
avec les cendres de Germanicus
et *ses* enfants;
tous s'apitoyant,
« De ce que *cette* femme,
du-premier-rang par la noblesse,
naguère *parée*
du mariage le plus beau,
habituée à se voir
au-milieu-de *gens lui* rendant-hommage
et *la* félicitant,
portait alors sur *son* sein
des restes funèbres,
incertaine de *sa* vengeance,
inquiète d'elle-même,
et tant de fois exposée à la fortune
par *sa* malheureuse fécondité. »
Cependant la nouvelle
Germanicus être mort
atteint Pison
dans l'île *de* Cos.
Laquelle *nouvelle* ayant été reçue
sans-modération,
il immole des victimes,
se rend dans les temples;
et ne modérant pas lui-même
sa joie,
et Plancine
devenant-insolente davantage,
elle qui alors pour-la-première-fois
changea (quitta)
pour une toilette de-joie (de fête)
le deuil d'une sœur perdue.

LXXVI. Les centurions
affluaient,
et avertissaient *Pison* :
« Le dévouement des légions
être prêt pour lui;

et vacuam. » Igitur, quid agendum consultanti, M. Piso filius
properandum in Urbem censebat : « Nihil adhuc inexpiabile
admissum, neque suspiciones imbecillas aut inania famæ pertimescenda : discordiam erga Germanicum odio fortasse dignam, non pœna; et, ademptione provinciæ, satisfactum
inimicis. Quod si regrederetur, obsistente Sentio, civile bellum incipi ; nec duraturos in partibus centuriones militesque,
apud quos recens imperatoris sui memoria, et penitus infixus
in Cæsares amor prævaleret. »

LXXVII. Contra Domitius Celer, ex intima ejus amicitia,
disseruit : « Utendum eventu. Pisonem, non Sentium, Syriæ
præpositum ; huic fasces et jus prætoris, huic legiones datas ;
si quid hostile ingruat, quem justius arma oppositurum, qui
legati auctoritatem et propria mandata acceperit? Relinquendum etiam rumoribus tempus quo senescant ; plerumque in-

qu'on n'avait pas eu le droit de lui ôter, et qui était vacant. Il mit
donc en délibération ce qu'il devait faire. Son fils, M. Pison, opi-
nait pour qu'il se hâtât de retourner à Rome : « Ses torts jusqu'ici
n'étaient pas irréparables ; des soupçons chimériques, de vains
bruits ne devaient point l'alarmer. Ses démêlés avec Germanicus,
faits pour lui susciter peut-être des ennemis, n'étaient point un délit
punissable ; et, en perdant son gouvernement, il avait satisfait à
l'envie. Que s'il entrait en Syrie malgré l'opposition de Sentius, il
allumait une guerre civile ; et il ne devait pas se flatter de conserver
longtemps l'affection des centurions et des soldats, chez qui prévau-
draient la mémoire récente de leur général et cet attachement pour
les Césars, profondément enraciné dans leurs cœurs. »

LXXVII. Domitius Céler, un des intimes amis de Pison, soutint
au contraire, « qu'il fallait profiter de l'événement ; que Pison, et
non Sentius, avait été préposé au gouvernement de la Syrie ; que
c'était à lui qu'on avait donné les faisceaux et l'autorité de préteur,
à lui qu'on avait confié les légions. Si quelque hostilité éclatait, qui
donc s'armerait plus justement pour la repousser, que celui qui avait
reçu tout le pouvoir d'un lieutenant et des instructions personnelles ?
D'ailleurs, il fallait donner aux rumeurs le temps de se dissiper :

repeteret provinciam
ablatam non jure
et vacuam. »
Igitur consultanti
quid agendum,
M. Piso, filius, censebat
properandum in Urbem :
« Nihil adhuc inexpiabile
admissum,   [las
neque suspiciones imbecil-
aut inania famæ
pertimescenda :
discordiam
erga Germanicum
dignam fortasse odio,
non pœna ;
et satisfactum inimicis,
ademptione provinciæ.
Quod si regrederetur,
Sentio obsistente,
bellum civile incipi ;
nec centuriones militesque
duraturos in partibus,
apud quos prævaleret
memoria receus
sui imperatoris,
et amor in Cæsares
infixus penitus. »
   LXXVII. Contra
Domitius Celer,
ex amicitia intima ejus,
disseruit :
« Utendum eventu.
Pisonem, non Sentium,
præpositum Syriæ ;
huic fasces
et jus prætoris,
huic legiones datas ;
si quid hostile
ingruat,
quem oppositurum arma
justius qui acceperit
auctoritatem legati
et mandata propria ?
Etiam tempus
relinquendum rumoribus,
quo senescant ;

qu'il regagnât une province
enlevée non avec droit
et vacante. »
Donc *à lui* délibérant
sur ce qui *était* devant être fait,
M. Pison, *son* fils, était-d'avis
de se hâter vers la ville (Rome) :
« Rien encore d'inexpiable
n'*avoir été* commis,
et des soupçons sans-force
ou les vains *bruits* de la renommée
n'*être* pas à-craindre :
sa mésintelligence
avec Germanicus
avoir été digne peut-être de haine,
mais non de châtiment ;   [nemis
et satisfaction *avoir été* donnée à *ses* en-
par l'enlèvement(la perte) de *sa* province.
Que s'il y retournait,
Sentius s'*y* opposant,
la guerre civile être commencée ;
et les centurions et les soldats
ne devoir pas persister dans *son* parti,
eux chez qui prévaudrait
la mémoire récente
de leur général,
et *leur* amour pour les Césars
enraciné profondément.
   LXXVII. Au contraire
Domitius Céler,
de l'amitié intime de lui,
exposa :   [ment.
« Falloir (qu'il fallait) user de l'événe-
Pison, non Sentius,
avoir été préposé à la Syrie ;
à celui-ci (à Pison) les faisceaux
et le droit de préteur,
à celui-ci les légions *avoir été* données
si quelque chose d'hostile
fondait-sur *la province*,
qui devoir opposer *ses* armes
plus justement *que celui* qui avait reçu
l'autorité de lieutenant
et des instructions personnelles ?
Du temps aussi
devoir être laissé aux rumeurs,
par lequel elles puissent vieillir ;

nocentes recenti invidiæ impares. At, si teneat exercitum, augeat vires, multa, quæ provideri non possint, fortuito in melius casura. An festinamus cum Germanici cineribus appellere, ut te inauditum et indefensum planctus Agrippinæ ac vulgus imperitum primo rumore rapiant? Est tibi Augustæ conscientia, est Cæsaris favor, sed in occulto; et periisse Germanicum nulli jactantius mœrent, quam qui maxime lætantur. »

LXXVIII. Haud magna mole Piso, promptus ferocibus, in sententiam trahitur; missisque ad Tiberium epistolis, incusat Germanicum luxus et superbiæ; « seque, pulsum ut locus rebus novis patefieret, curam exercitus, eadem fide qua tenuerit, repetivisse. » Simul Domitium, impositum triremi, vitare littorum oram, præterque insulas, lato mari [1], pergere in Syriam jubet. Concurrentes desertores per manipulos com-

souvent l'innocence avait succombé sous des haines récentes ; au lieu que, si Pison gardait une armée, s'il augmentait ses forces, le hasard seul amènerait des circonstances plus heureuses, mais impossibles à prévoir. Nous hâterons-nous donc d'arriver avec les cendres de Germanicus, afin que, sans qu'on daigne écouter ta défense, une multitude imbécile, sur la foi des lamentations d'Agrippine, t'immole à son premier ressentiment? Augusta t'approuve, Tibère te favorise, mais en secret; et personne ne met plus d'affectation à pleurer Germanicus que ceux qui se réjouissent le plus de sa mort. »

LXXVIII. Pison, porté de lui-même aux partis violents, se laisse entraîner sans peine à cet avis. Il écrit à Tibère une lettre où il accuse Germanicus de faste et d'arrogance, et le prévient que, n'ayant été chassé que pour que le champ fût libre à d'ambitieux desseins, la même fidélité qu'il avait montrée dans le commandement de l'armée l'avait décidé à le reprendre. En même temps il fait partir Domitius sur une trirème pour la Syrie, avec l'ordre d'éviter les côtes et de se maintenir en pleine mer en passant devant les îles. Il forme en compagnies les déserteurs qui se présentent en foule, arme les vivandiers,

plerumque innocentes	le plus souvent les innocents
impares invidiæ recenti.	être impuissants contre une haine récente.
At, si teneat exercitum,	Mais, s'il tenait une armée,
augeat vires,	s'il augmentait *ses* forces,
multa	bien des choses
quæ non possint provideri	qui ne pouvaient être prévues
casura fortuito	devoir tomber (tourner) par hasard
in melius.	à mieux.
An festinamus appellere	Nous hâtons-nous d'aborder *en Italie*
cum cineribus Germanici,	avec les cendres de Germanicus,
ut planctus Agrippinæ	pour que les sanglots d'Agrippine
ac vulgus imperitum	et une multitude ignorante
rapiant primo rumore	emportent par une première rumeur
te inauditum	toi non-entendu
et indefensum ?	et non-défendu ?
Conscientia Augustæ	La complicité d'Augusta
est tibi,	est pour toi,
favor Cæsaris est,	la faveur de César est *pour toi aussi*,
sed in occulto ;	mais en secret ;
et nulli mœrent	et nuls ne pleurent
jactantius	avec-plus-d'ostentation
Germanicum periisse,	Germanicus avoir péri,
quam qui lætantur	que *ceux* qui s'*en* réjouissent
maxime. »	le plus. »
LXXVIII. Piso,	LXXVIII. Pison,
promptus ferocibus,	prompt aux *partis* violents,
trahitur mole haud magna	est entraîné par un effort non grand
in sententiam ;	à *cet* avis ;
epistolisque	et des lettres
missis ad Tiberium,	ayant été envoyées à Tibère,
incusat Germanicum	il accuse Germanicus
luxus et superbiæ ;	de luxe et d'orgueil ;
« seque, pulsum	et *dit* « lui-même, chassé
ut locus patefieret	pour que le champ fût-ouvert
rebus novis,	à des choses nouvelles,
repetivisse curam exercitus	avoir repris le soin de l'armée
eadem fide	avec la même fidélité
qua tenuerit. »	avec laquelle il *l'*avait tenu (exercé). »
Simul jubet Domitium,	En-même-temps il ordonne Domitius,
impositum triremi,	monté-sur une trirème,
vitare oram littorum,	éviter le bord des rivages,
pergereque in Syriam	et pousser jusqu'en Syrie
lato mari,	par la large (haute) mer,
præter insulas.	*en passant* devant les îles.
Componit per manipulos	Il range par compagnies
desertores concurrentes,	les déserteurs qui accouraient,
armat lixas,	arme les vivandiers,

ponit, armat lixas, trajectisque in continentem navibus, vexillum tironum in Syriam euntium intercipit. Regulis Cilicum ut se auxiliis juvarent scribit; haud ignavo ad ministeria belli juvene Pisone, quanquam suscipiendum bellum abnuisset.

LXXIX. Igitur oram Lyciæ ac Pamphyliæ prælegentes, obviis navibus quæ Agrippinam vehebant, utrinque infensi, arma primo expediere : dein, mutua formidine, non ultra jurgium processum est; Marsusque Vibius nuntiavit Pisoni, Romam ad dicendam causam veniret. Ille eludens respondit « adfuturum, ubi prætor qui de veneficiis quæreret reo atque accusatoribus diem prædixisset. » Interim Domitius Laodiceam, urbem Syriæ, appulsus, quum hiberna sextæ legionis peteret, quod eam maxime novis consiliis idoneam rebatur, a Pacuvio legato prævenitur. Id Sentius Pisoni per litteras aperit, monetque ne castra corruptoribus, ne provinciam bello

et, à son arrivée sur le continent, intercepte un corps de nouvelles recrues qui se rendaient en Syrie. Il écrit aux petits rois de Cilicie de lui envoyer leurs auxiliaires. Le jeune Pison ne laissait pas de s'employer activement aux préparatifs de cette guerre, quoiqu'il n'eût point été d'avis de l'entreprendre.

LXXIX. A la hauteur des côtes de Lycie et de Pamphylie, les vaisseaux de Pison rencontrèrent ceux qui ramenaient Agrippine. Les deux partis, n'écoutant d'abord que leur animosité, se préparèrent au combat; puis, par une crainte mutuelle, ils se bornèrent aux injures. Vibius Marsus signifia à Pison de se trouver à Rome pour l'instruction de son procès. Pison répondit d'un ton moqueur « qu'il s'y présenterait, dès que le magistrat chargé d'informer sur les empoisonnements aurait ajourné l'accusateur et l'accusé. » Cependant Domitius avait débarqué à Laodicée, ville de Syrie; comme il se rendait au quartier d'hiver de la sixième légion, dont il croyait les esprits plus disposés à un soulèvement, il fut prévenu par le lieutenant Pacuvius. C'est ce que Sentius annonça à Pison dans une lettre où il l'avertissait de ne pas chercher à troubler le camp par ses émissaires ni la province par ses armes. Puis il rassemble tous

navibusque trajectis
in continentem,
intercipit vexillum
tironum
euntium in Syriam.
Scribit regulis Cilicum
ut juvarent se auxiliis ;
juvene Pisone haud ignavo
ad ministeria belli,
quanquam abnuisset
bellum suscipiendum.
  LXXIX. Igitur
prælegens oram
Lyciæ ac Pamphyliæ,
navibus
quæ vehebant Agrippinam
obviis,
infensi utrinque,
expediere primo arma ;
dein, formidine mutua,
non processum est
ultra jurgium ;
Marsusque Vibius
nuntiavit Pisoni
veniret Romam
ad dicendam causam.
Ille eludens respondit
« adfuturum,
ubi prætor,
qui quæreret de veneficiis,
prædixisset diem
reo atque accusatoribus. »
Interim Domitius,
appulsus Laodiceam,
urbem Syriæ,
quum peteret hiberna
sextæ legionis,
quod rebatur eam
idoneam maxime
novis consiliis,
prævenitur
a legato Pacuvio.
Sensius aperit id Pisoni
per litteras,
monetque ne tentet castra
corruptoribus,
ne tentet provinciam

et des vaisseaux ayant été envoyés
vers le continent,
il intercepte un étendard (une compagnie)
de recrues
qui allaient en Syrie.
Il écrit aux petits-rois des Ciliciens
pour qu'ils aidassent lui de secours ;
le jeune Pison n'*étant* pas inactif
pour les services de guerre,
quoiqu'il eût nié
la guerre devoir être entreprise.
  LXXIX. Donc
côtoyant le rivage
de Lycie et de Pamphylie,
les vaisseaux
qui portaient Agrippine
s'étant rencontrés,
hostiles de part-et-d'autre,   [armes:
ils dégagèrent (préparèrent) d'abord *leurs*
puis, par une crainte mutuelle,
on ne s'avança pas
au delà de l'injure ;
et Marsus Vibius
annonça à Pison
qu'il vînt à Rome
pour plaider *sa* cause.
Celui-ci usant-d'ironie répondit
« *lui* devoir se présenter,
dès que le préteur,
qui connaissait des empoisonnements,
aurait assigné un jour
à l'accusé et aux accusateurs. »
Cependant Domitius,
ayant abordé à Laodicée,
ville de Syrie,
comme il gagnait les quartiers-d'hiver
de la sixième légion,
parce qu'il croyait cette *légion*
disposée le plus
à de nouveaux desseins,
est prévenu
par le lieutenant Pacuvius.
Sentius découvre cela à Pison
par une lettre,
et *l*'avertit qu'il n'attaque pas le camp
par des suborneurs,
qu'il n'attaque pas la province

tentet : quosque Germanici memores aut inimicis ejus adversos cognoverat, contrahit, magnitudinem imperatoris identidem ingerens, et rempublicam armis peti; ducitque validam manum et prœlio paratam.

LXXX. Nec Piso, quanquam cœpta secus cadebant, omisit tutissima e præsentibus, sed castellum Ciliciæ munitum admodum, cui nomen Celenderis, occupat. Nam, admixtis desertoribus et tirone nuper intercepto, suisque et Plancinæ servitiis, auxilia Cilicum, quæ reguli miserant, in numerum legionis composuerat : « Cæsarisque se legatum testabatur, provincia, quam is dedisset, arceri, non a legionibus (earum quippe accitu venire), sed a Sentio, privatum odium falsis criminibus tegente. Consisterent in acie, non pugnaturis militibus, ubi Pisonem ab ipsis parentem quondam appellatum, si jure age-

ceux qui étaient attachés à la mémoire de Germanicus ou ennemis de Pison, leur représentant que c'est à la majesté du prince, à la république elle-même que l'on s'attaque; et bientôt il se met en marche avec une·troupe nombreuse et déterminée à combattre.

LXXX. Pison, trompé dans ses espérances, ne néglige cependant aucune de ses ressources. Il s'empare d'un château très-fort de la Cilicie, nommé Célendéris. Mêlant les déserteurs, les recrues qu'il venait d'intercepter, ses esclaves et ceux de Plancine aux auxiliaires que les petits rois de la Cilicie lui avaient envoyés, il en avait formé une légion, au moins pour le nombre. Il leur représentait « qu'il était le lieutenant de César ; qu'il tenait du prince son gouvernement, que lui disputaient, non les légions, puisqu'elles-mêmes l'avaient appelé, mais Sentius, qui déguisait ses haines personnelles sous des accusations calomnieuses. Ils n'avaient qu'à se montrer en bataille, et il n'y aurait pas de combat; les légions mettraient bas les armes, en voyant celui qu'elles avaient autrefois nommé leur père, fort de son droit, si l'on consultait la justice, non moins fort de ses armes, s'il

bello :
contrahitque
quos cognoverat
memores Germanici,
aut adversos inimicis ejus,
ingerens identidem
magnitudinem imperatoris
et rempublicam peti armis ;
ducitque manum validam
et paratam proelio.

LXXX. Nec Piso,
quanquam coepta
cadebant secus,
omisit tutissima
ex praesentibus,
sed occupat castellum
Ciliciae
admodum munitum,
cui nomen Celenderis.
Nam, desertoribus
admixtis
et tirone nuper intercepto,
suisque servitiis
et Plancinae,
composuerat
in numerum legionis
auxilia quae miserant
reguli Cilicum.
Testabaturque
« Se legatum Caesaris
arceri provincia,
quam is dedisset,
non a legionibus
(quippe venire
accitu earum),
sed a Sentio,
tegente odium privatum
falsis criminibus.
Consisterent in acie,
militibus
non pugnaturis,
ubi vidissent Pisonem,
quondam
appellatum parentem
ab ipsis,
potiorem,
si ageretur jure,

par la guerre :
et il rassemble
ceux qu'il connaissait
se-souvenant de Germanicus,
ou opposés aux ennemis de lui,
leur représentant à-plusieurs-reprises
la grandeur de l'empereur   [armes ;
et la république être attaquée par les
et il conduit une troupe forte
et prête au combat.

LXXX. Pison aussi,
quoique *ses* entreprises   [*n'eût voulu,*
tombassent (réussissent) autrement *qu'il*
n'omit pas *les mesures* les plus sûres
d'entre les présentes,
mais il s'empare d'un château
de Cilicie
grandement fortifié,
auquel le nom *était* Célendéris.
Car, avec les déserteurs
mêlés
et le conscrit naguère intercepté,
et ses esclaves
et *ceux* de Plancine,
il avait rangé
en nombre de légion
les secours que *lui* avaient envoyés
les petits-rois des Ciliciens.
Et il attestait
« Lui-même lieutenant de César
être repoussé d'une province,
que celui-ci *lui* avait donnée,
non par les légions
(car *lui* venir
sur l'appel d'elles),
mais par Sentius,
qui couvrait *sa* haine privée
de fausses imputations.
Qu'ils se tinssent en ligne-de-bataille,
les soldats *de Sentius*
ne devant pas combattre,
dès qu'ils auraient vu Pison,
naguère
appelé père
par eux-mêmes,
préférable *à Sentius*,
si *la chose* se traitait par le droit,

retur, potiorem, si armis, non invalidum, vidissent. » Tum pro
munimentis castelli manipulos explicat, colle arduo et derupto;
nam cetera mari cinguntur. Contra veterani ordinibus ac subsidiis instructi : hinc militum, inde locorum asperitas; sed
non animus, non spes, ne tela quidem, nisi agrestia, ad subitum usum properata. Ut venere in manus, non ultra dubitatum quam dum Romanæ cohortes in æquum [1] eniterentur :
vertunt terga Cilices, seque castello claudunt.

LXXXI. Interim Piso classem, haud procul opperientem,
appugnare frustra tentavit; regressusque, et pro muris, modo
semet afflictando, modo singulos nomine ciens, præmiis vocans, seditionem cœptabat; adeoque commoverat, ut signifer
legionis sextæ signum ad eum transtulerit. Tum Sentius occanere cornua tubasque, et peti aggerem, erigi scalas jussit, ac
promptissimum quemque succedere; alios tormentis hastas,
saxa et faces ingerere. Tandem, victa pertinacia, Piso oravit

faillit recourir au fer. » Il range alors sa troupe sur le sommet d'une
colline escarpée, qui bordait les fortifications du château; car le
reste était baigné par la mer. De leur côté, les vétérans s'avancent sur
plusieurs lignes, soutenus par des corps de réserve. Ici de braves
soldats, là un poste excellent, mais nul courage, nulle confiance, pas
même d'armes que des instruments rustiques saisis à la hâte. Aussi
l'affaire ne fut-elle indécise que le temps qu'il fallut aux Romains
pour gravir la hauteur : les Ciliciens prennent la fuite et s'enferment dans le château.

LXXXI. Pison tenta vainement de surprendre la flotte, qui était
mouillée à peu de distance. Rentré dans la place, il monta sur le
rempart, et de là, tantôt par les démonstrations de la douleur la plus
violente, tantôt en appelant chaque soldat par son nom, en les invi-
tant par des récompenses, il cherchait à exciter parmi eux une sédition. Il avait déjà tellement ému les esprits, que le porte-enseigne de
la sixième légion passa avec son drapeau dans la place. Mais Sentius
fait sonner les clairons et les trompettes, ordonne qu'on marche au
rempart, qu'on dresse les échelles, que les plus braves y montent,
que les autres, avec les machines, lancent des traits, des pierres et
des torches. Enfin l'orgueil de Pison est contraint de fléchir. Il se

non invalidum,
si armis. »

et non sans-force,
si *elle se traitait* par les armes. »

Tum explicat manipulos
pro munimentis castelli,
colle arduo et derupto ;
nam cetera
cinguntur mari.

Alors il déploie *ses* compagnies
devant les remparts du château,
sur une colline haute et escarpée ;
car les autres *côtés*
sont entourés par la mer.

Contra veterani instructi
ordinibus ac subsidiis :
hinc asperitas militum,
inde locorum ;
sed non animus,
non spes, ne tela quidem,
nisi agrestia,
properata
ad usum subitum.

D'autre-part les vétérans *étaient* rangés
en lignes et avec des réserves :
ici la rudesse des soldats,
là , *celle* des lieux ;
mais ni courage,
ni espérance, ni armes même,
sinon agrestes,
façonnées-à-la-hâte
pour un usage subit.

Ut venere ad manus,
non dubitatum
ultra quam dum
cohortes Romanæ
eniterentur in æquum :
Cilices vertunt terga,
seque claudunt castello.

Dès qu'ils *en* furent venus aux mains,
le succès ne *fut* pas balancé
plus loin que jusqu'à ce que
les cohortes romaines
parvinssent sur *un terrain* uni :
les Ciliciens tournent le dos,
et s'enferment dans le château.

LXXXI. Interim Piso
tentavit frustra
appugnare classem,
opperientem haud procul ;
regressusque, et pro muris,
modo semet afflictando,
modo ciens singulos
nomine,
vocans præmiis,
cœptabat seditionem ;
commoveratque adeo,
ut signifer sextæ legionis
transtulerit ad eum
signum.

LXXXI. Cependant Pison
essaya vainement
d'assaillir la flotte,
qui attendait non loin ;
et étant revenu, et sur les murs,
tantôt *en* se désespérant,
tantôt appelant chacun
par *son* nom,
les engageant par des récompenses,
il tentait-de-commencer une sédition ;
et il *les* avait remués tellement,
qu'un porte-enseigne de la sixième légion
transporta vers lui
son enseigne.

Tum Sentius jussit
cornua tubasque occanere,
et aggerem peti,
scalas erigi,   [mum
ac quemque promptissi-
succedere ;
alios ingerere
tormentis
hastas, saxa et faces.
Tandem Piso,

Alors Sentius ordonna
les clairons et les trompettes sonner,
et le rempart être attaqué,
les échelles être dressées,
et chaque *soldat* très-résolu
monter à *l'assaut* ;
les autres accumuler (lancer sans relâche)
avec les machines
traits, pierres et torches.
Enfin Pison,

uti, traditis armis, maneret in castello, dum Cæsar, cui Syriam permitteret, consulitur. Non receptæ conditiones ; nec aliud quam naves et tutum in Urbem iter concessum est.

LXXXII. At Romæ, postquam Germanici valetudo percrebuit, cunctaque, ut ex longinquo, aucta in deterius afferebantur, dolor, ira. Et erumpebant questus : « Ideo nimirum in extremas terras relegatum; ideo Pisoni permissam provinciam ; hoc egisse secretos Augustæ cum Plancina sermones : vera prorsus de Druso [1] seniores locutos, displicere regnantibus civilia filiorum ingenia ; neque ob aliud interceptos, quam quia populum Romanum æquo jure complecti, reddita libertate, agitaverint. » Hos vulgi sermones audita mors adeo incendit, ut, ante edictum magistratuum, ante senatusconsultum, sumpto justitio, desererentur fora, clauderentur domus :

soumet à rendre ses armes, demandant, pour toute grâce, à rester dans le fort jusqu'à ce que l'empereur eût décidé à qui serait confié le gouvernement de la Syrie. Ces conditions sont rejetées ; on ne lui accorde que des vaisseaux et un sauf-conduit pour son retour en Italie.

LXXXII. Cependant, lorsque le bruit de la maladie de Germanicus se fut répandu à Rome, avec les exagérations sinistres qu'apporte la renommée des événements lointains, il s'éleva un cri de douleur et d'indignation : « Voilà donc pourquoi on l'a relégué au bout de l'univers; voilà pourquoi on a confié la province à Pison; voilà le but de ces conférences secrètes de Plancine et d'Augusta. Les vieillards avaient dit vrai en parlant de Drusus : les souverains ne pardonnent point à leurs fils d'être plus populaires qu'eux; et Germanicus a été victime, comme son père, de ses projets pour le rétablissement de la liberté du peuple romain. » Aussitôt, sans attendre ni édit des magistrats ni sénatus-consulte, on abandonne les tribunaux, on ferme les maisons; partout le silence et des gémisse-

pertinacia victa,	son opiniâtreté étant vaincue,
oravit uti, armis traditis,	pria que, *ses* armes étant livrées,
maneret in castello,	il restât dans le château,
dum Cæsar consulitur,	pendant que César est (serait) consulté,
cui permitteret Syriam.	*pour savoir* à qui il remettait la Syrie.
Conditiones non receptæ;	*Ces* conditions ne *furent* pas acceptées;
nec aliud concessum est	et *nulle* autre chose ne fut accordée
quam naves	que des vaisseaux
et iter tutum	et la route sauve (un sauf-conduit)
in Urbem.	jusqu'à la ville (Rome).
LXXXII. At Romæ,	LXXXII. Mais à Rome,
postquam valetudo	après que la maladie
Germanici	de Germanicus
percrebuit, cunctaque	se fut ébruitée, et que tous *les détail*
aucta, ut ex longinquo,	augmentés, comme *venant* de loin,
afferebantur,	étaient apportés,
dolor, ira.	*il y eut* de la douleur, de la colère.
Et questus erumpebant :	Et les plaintes éclataient :
« Ideo nimirum relegatum	« Pour cela sans doute *lui avoir été* relegué
in terras extremas ;	dans des terres situées-à-l'extrémité :
ideo provinciam	pour cela la province
permissam Pisoni ;	*avoir été* livrée à Pison ;
sermones secretos	les entretiens secrets
Augustæ cum Plancina	d'Augusta avec Plancine
egisse hoc ;	avoir fait cela ;
seniores	les vieillards
locutos prorsus vera	avoir dit tout-à-fait vrai
de Druso,	sur Drusus,
ingenia civilia filiorum	les caractères populaires de *leurs* fils
displicere regnantibus ;	déplaire à ceux qui régnaient :
neque	et *eux* (Drusus et Germanicus)
interceptos	n'*avoir pas été* enlevés *prématurément*
ob aliud	pour une autre chose
quam quia agitaverint	que parce qu'ils avaient médité
complecti	d'embrasser (de gouverner)
populum Romanum	le peuple romain
jure æquo,	par un droit égal,
libertate reddita. »	la liberté *lui* étant rendue. »
Mors audita	La mort *de Germanicus* apprise
incendit adeo	enflamma tellement
hos sermones vulgi,	ces propos de la multitude,
ut, ante edictum	que, avant un édit
magistratuum,	des magistrats,
ante senatusconsultum,	avant un sénatus-consulte,
justitio sumpto,	des vacances étant prises,
fora desererentur,	les tribunaux étaient abandonnés,
domus clauderentur ;	les maisons étaient fermées :

passim silentia et gemitus, nihil compositum in ostentatio-
nem ; et, quanquam neque insignibus lugentium [1] abstinerent,
altius animis mœrebant. Forte negotiatores, vivente adhuc
Germanico Syria egressi, lætiora de valetudine ejus attulere :
statim credita, statim vulgata sunt ; ut quisque obvius, quamvis leviter audita, in alios, atque illi in plures, cumulata
gaudio transferunt. Cursant per urbem, moliuntur templorum fores [2]. Juvit credulitatem nox, et promptior inter tene-
bras affirmatio. Nec obstitit falsis Tiberius, donec tempore ac
spatio [3] vanescerent. Et populus quasi rursum ereptum acrius
doluit.

LXXXIII. Honores, ut quis amore in Germanicum aut ingenio
validus [4], reperti decretique : ut nomen ejus Saliari carmine [5]
caneretur ; sedes curules [6] sacerdotum Augustalium locis, super-
que eas querceæ coronæ statuerentur ; ludos circenses eburna

ments ; et rien pour l'ostentation : quoique la douleur ne néglige pas
les signes extérieurs du deuil, elle est surtout au fond des cœurs.
Par hasard quelques marchands, partis de Syrie pendant que Ger
manicus vivait encore, annoncèrent sa convalescence. La nouvelle
est aussitôt crue, aussitôt divulguée ; on n'a fait que l'entendre, on
la transmet aux premiers qu'on rencontre, ceux-ci à d'autres ; la joie
l'exagère de bouche en bouche ; on court par toute la ville, on enfonce les portes des temples ; la nuit favorise la crédulité, et l'on af-
firme plus hardiment dans les ténèbres. Tibère ne combattit point
ces faux bruits, attendant que le temps les dissipât de lui-même.
Quant au peuple, il crut perdre une seconde fois Germanicus, et le
pleura plus amèrement encore.

LXXXIII. Chaque sénateur, suivant son amour pour ce grand
homme ou la fécondité de son imagination, inventa des honneurs
nouveaux. On arrêta que son nom serait chanté dans les hymnes
des Saliens ; qu'il aurait sa chaise curule à la place réservée pour
les prêtres d'Auguste, et qu'au-dessus de cette chaise on placerait
des couronnes de chêne ; qu'à l'ouverture des jeux du cirque, sa sta-

passim silentia et gemitus;	çà et là des silences et des gémissements;
nihil compositum	rien d'arrangé
in ostentationem ;	pour l'ostentation ;
et, quanquam	et, bien que
neque abstinerent	on ne s'abstînt pas non plus
insignibus lugentium,	des insignes de ceux qui sont-en-deuil,
mœrebant altius	on était-affligé plus profondément
animis.	dans les cœurs.
Forte negotiatores,	Par hasard des marchands,
egressi Syria,	sortis de la Syrie,
Germanico vivente adhuc,	Germanicus vivant encore,
attulere lætiora	apportèrent des *nouvelles* plus heureuses
de valetudine ejus :	sur la santé de lui :
statim credita sunt,	aussitôt elles furent crues,
statim vulgata ;	aussitôt *elles furent* divulguées ;
ut quisque	selon que chacun
obvius,	*se trouvait* sur-le-passage,
transferunt in alios,	on communique à d'autres *ces nouvelles,*
quanquam audita leviter,	quoique apprises légèrement,
atque illi	et ceux-là *communiquent*
in plures,	à un plus grand nombre
cumulata gaudio.	*ces mêmes nouvelles,* exagérées par la joie
Cursant per urbem,	On court par la ville,
moliuntur	on force
fores templorum.	les portes des temples.
Nox, et affirmatio	La nuit, et l'affirmation
promptior inter tenebras,	plus hardie au-milieu-des ténèbres,
juvit credulitatem.	aida la crédulité.
Nec Tiberius obstitit	Et Tibère ne s'opposa pas
falsis,	à *ces* faux *bruits,*
donec vanescerent	*attendant* qu'ils s'évanouissent
tempore ac spatio.	par le temps et l'espace (la durée).
Et populus doluit	Et le peuple pleura *Germanicus*
acrius	plus amèrement
quasi ereptum rursum.	comme étant ravi une-seconde-fois.
LXXXIII. Honores	LXXXIII. Des honneurs
reperti decretique,	*furent* trouvés et décrétés,
ut quis validus amore	selon que chacun *était* fort en affection
in Germanicum	pour Germanicus
aut ingenio :	ou en imagination :
ut nomen ejus caneretur	*par exemple* que le nom de lui serait chanté
carmine Saliari ;	dans les hymnes des-Saliens ;
sedes curules statuerentur	que des chaises curules seraient mises
locis	aux places
sacerdotum Augustalium	des prêtres d'-Auguste,
superque eas	et au-dessus-de ces *chaises*
coronæ querceæ ;	des couronnes de-chêne ;

effigies præiret [1] ; neve quis flamen aut augur in locum Germanici, nisi gentis Juliæ, crearetur. Arcus additi Romæ, et apud ripam Rheni, et in monte Syriæ Amano, cum inscriptione rerum
gestarum, ac mortem ob rempublicam obiisse; sepulcrum Antiochiæ [2], ubi crematus ; tribunal Epidaphnæ [3], quo in loco vitam
finierat. Statuarum, locorumve in quis coleretur, haud facile quis numerum inierit. Quum censeretur clypeus [4], auro et
magnitudine insignis, inter auctores eloquentiæ [5], asseveravit
Tiberius, « solitum paremque ceteris dicaturum : neque enim
eloquentiam fortuna discerni; et satis illustre, si veteres inter
scriptores haberetur. » Equester ordo cuneum Germanici appellavit, qui Juniorum [6] dicebatur; instituitque uti turmæ
idibus juliis [7] imaginem ejus sequerentur. Pleraque manent;
quædam statim omissa sunt, aut vetustas oblitteravit.

LXXXIV. Ceterum, recenti adhuc mœstitia, soror Germa-

---

tue en ivoire serait portée en tête de la pompe sacrée ; que les fla-
mines et les augures qui lui succéderaient ne seraient jamais pris
que dans la maison des Jules. On lui fit élever à Rome, sur les bords
du Rhin et sur le mont Amanus, des arcs de triomphe, avec une
inscription portant, outre le détail de ses exploits, qu'il était mort
pour la république ; un tombeau à Antioche, où son corps avait été
brûlé ; un tribunal à Épidaphne, où il avait terminé ses jours. Il
serait difficile de compter toutes les statues qu'on lui érigea, tous les
lieux où on lui rendit un culte. On voulait encore le représenter parmi les orateurs célèbres, sur un écusson en or, d'une grandeur
plus qu'ordinaire. Tibère déclara « qu'il lui en consacrerait un tout
pareil aux autres ; que l'éloquence ne se réglait pas sur le rang, et
qu'il suffisait à la gloire de Germanicus d'avoir une place parmi les
anciens écrivains. » L'ordre des chevaliers appela du nom de Germanicus l'escadron de la jeunesse, et voulut que sa statue fût portée
en tête de la cavalcade solennelle qui se fait aux ides de juillet. La
plupart de ces distinctions subsistent encore ; quelques-unes furent
négligées presque aussitôt, ou abolies avec le temps.

LXXXIV. On pleurait encore Germanicus, lorsque sa sœur Li-

effigies eburna
præiret ludos circenses :
neve quis flamen
aut augur
crearetur
in locum Germanici,
nisi gentis Juliæ.
Arcus additi
Romæ,
et apud ripam Rheni,
et in monte Syriæ Amano,
cum inscriptione
rerum gestarum,
ac obiisse mortem
ob rempublicam ;
sepulcrum Antiochiæ,
ubi crematus ;
tribunal Epidaphnæ,
in quo loco finierat vitam.
Haud facile quis
inierit numerum
statuarum, locorumve
in quis coleretur.
Quum clypeus censeretur,
insignis auro
et magnitudine,
inter auctores eloquentiæ,
Tiberius asseveravit
« dicaturum solitum
paremque ceteris :
neque enim eloquentiam
discerni fortuna ;
et satis illustre,
si haberetur
inter veteres scriptores. »
Ordo equester appellavit
cuneum Germanici
qui dicebatur Juniorum ;
instituitque uti turmæ
sequerentur imaginem ejus
idibus juliis.
Pleraque manent ;
quædam
omissa sunt statim,
aut vetustas oblitteravit.
LXXXIV. Ceterum,
mœstitia adhuc recenti,

que *son* image en-ivoire. [cirque ;
précéderait les (la pompe des) jeux du-
et que nul flamine
ou augure
ne serait nommé
à la place de Germanicus,
sinon de la famille Julia.
Des arcs *de triomphe furent* ajoutés
dans Rome,
et sur la rive du Rhin,
et sur la montagne de Syrie Amanus,
avec l'inscription
de *ses* actions accomplies,
et *portant lui* avoir subi la mort
pour la république ;
un tombeau *lui fut élevé* à Antioche,
où *il fut* brûlé ;
un tribunal à Épidaphne,
dans lequel lieu il avait fini *sa* vie.
Non facilement quelqu'un
entreprendrait (calculerait) le nombre
de *ses* statues, ou des lieux
dans lesquels il était honoré.
Comme un écusson était proposé *pour lui*,
remarquable par l'or
et par la grandeur,
parmi les pères de l'éloquence,
Tibère déclara [(ordinaire)
«*lui* devoir *lui en* consacrer un accoutumé
et pareil aux autres :
et en effet l'éloquence
n'être point jugée par la fortune ;
et *ceci être* assez illustre,
s'il était tenu (compté)
parmi les anciens écrivains. »
L'ordre équestre appela
coin (escadron) de Germanicus
celui qui était dit *coin* des Jeunes-gens ;
et il établit que des cavalcades
suivraient l'image de lui
aux ides de-juillet.
La plupart *de ces règlements* subsistent ;
quelques-uns
furent négligés aussitôt,
ou le temps *les* a effacés.
LXXXIV. Au reste,
la tristesse *étant* encore récente,

nici Livia, nupta Druso, duos virilis sexus simul enixa est.
Quod, rarum lætumque etiam modicis penatibus, tanto gaudio principem affecit, ut non temperaverit quin jactaret[1] apud
patres, « Nulli ante Romanorum ejusdem fastigii viro gemi-
nam stirpem editam. » Nam cuncta, etiam fortuita, ad gloriam vertebat. Sed populo, tali in tempore, id quoque dolo-
rem tulit ; tanquam auctus liberis Drusus domum Germanici
magis urgeret.

LXXXV. Eodem anno gravibus senatus decretis libido feminarum coercita[2] ; cautumque ne quæstum corpore faceret, cui
avus, aut pater, aut maritus eques Romanus fuisset. Nam Vistilia, prætoria familia genita, licentiam stupri apud ædiles
vulgaverat ; more inter veteres recepto, qui satis pœnarum
adversum impudicas in ipsa professione flagitii credebant.
Exactum et a Titidio Labeone, Vistiliæ marito, cur in uxore
delicti manifesta ultionem legis[3] omisisset ; atque, illo præten-

vie, mariée à Drusus, accoucha de deux fils jumeaux. Cette fécondité peu commune, et qui est un sujet de satisfaction même dans les
familles ordinaires, causa au prince une telle joie, qu'il ne put s'empêcher de se glorifier devant le sénat d'une faveur que les dieux n'a-
vaient encore, selon lui, accordée à aucun Romain de ce rang.
Car Tibère tournait tout à sa gloire, les choses même les plus
fortuites. Mais dans ce moment ce fut un chagrin nouveau pour le
peuple : plus la famille de Drusus se multipliait, plus elle semblait écraser celle de Germanicus.

LXXXV. La même année, le sénat rendit plusieurs décrets sévères contre la dissolution des femmes. On interdit la profession
de courtisane à celles qui auraient un aïeul, un père ou un mari
chevalier romain ; car Vistilia, d'une famille prétorienne, venait de
se faire inscrire chez les édiles sur le rôle des prostituées, d'après
un ancien usage de nos pères, qui pensaient qu'une femme serait
assez punie par la seule déclaration de son impudicité. Titidius
Labéon, mari de Vistilia, fut aussi recherché, pour n'avoir point
sollicité les rigueurs de la loi contre une femme si manifestement

Livia, soror Germanici, | Livie, sœur de Germanicus,
nupta Druso, enixa est | mariée à Drusus, accoucha
duos sexus virilis simul. | de deux *enfants* du sexe mâle à-la-fois.
Quod, rarum lætumque | Ce *fait*, rare et joyeux
etiam modicis penatibus, | même pour d'humbles pénates,
affecit principem | affecta le prince
tanto gaudio, | d'une si-grande joie,
ut non temperaverit | qu'il ne se maîtrisa pas
quin jactaret | *au point* qu'il ne se vantât pas
apud patres, | devant les sénateurs,
« Nulli Romanorum ante, | « A nul des Romains auparavant,
viro ejusdem fastigii, | *étant* homme du même faîte (haut rang),
geminam stirpem | une double progéniture
editam. » | *avoir été* mise-au-jour *à la fois.*
Nam vertebat ad gloriam | Car il tournait à *sa* gloire
cuncta, etiam fortuita. | tout, même les choses fortuites.
Sed id quoque | Mais cela aussi
tulit dolorem populo, | apporta de la douleur au peuple,
in tali tempore; | en une telle circonstance;
tanquam Drusus | comme si Drusus
auctus liberis | accru de *nouveaux* enfants
urgeret magis | pesait davantage
domum Germanici. | sur la famille de Germanicus.

LXXXV. Eodem anno, | LXXXV. La même année,
libido feminarum coercita | le libertinage des femmes *fut* réprimé
gravibus decretis senatus; | par de sévères décrets du sénat;
cautumque | et l'on pourvut,
ne cui avus, | à ce qu'*une femme* à qui l'aïeul,
aut pater, aut maritus | ou le père, ou le mari
fuisset eques Romanus | aurait été chevalier romain
faceret quæstum corpore. | ne fît pas gain de *son* corps.
Nam Vistilia, | Car Vistilia,
genita familia prætoria, | née de famille prétorienne,
vulgaverat apud ædiles | avait déclaré auprès des édiles
licentiam stupri; | *demander* une licence de prostitution :
more recepto inter veteres, | par une coutume reçue parmi les anciens,
qui credebant | qui croyaient
satis pœnarum | assez de châtiment
adversum impudicas | *être* contre les *femmes* impudiques
in professione ipsa flagitii. | dans l'aveu même de *leur* honte.
Exactum et | On interrogea aussi
a Titidio Laboone | Titidius Labéon,
marito Vistiliæ, | mari de Vistilia,
cur omisisset | pourquoi il avait omis
ultionem legis | la vengeance de la loi
in uxore | contre *son* épouse
manifesta delicti; | manifestement-coupable d'adultère;

dente sexaginta dies ad consultandum datos necdum præterisse,
satis visum de Vistilia statuere , eaque in insulam Seriphon [1]
abdita est. Actum et de sacris Ægyptiis Judaïcisque pellendis :
factumque patrum consultum , ut quatuor millia libertini
generis, ea superstitione infecta, quis idonea ætas, in insulam Sardiniam veherentur, coercendis illic latrociniis; et, si
ob gravitatem cœli interissent, vile damnum ; ceteri cederent
Italia, nisi certam ante diem profanos ritus exuissent.

LXXXVI. Post quæ retulit Cæsar capiendam virginem [2] in
locum Occiæ, quæ septem et quinquaginta per annos [3], summa sanctimonia, Vestalibus sacris præsederat; egitque grates
Fonteio Agrippæ et Domitio Pollioni, « quod, offerendo filias,
de officio in rempublicam certarent. » Prælata est Pollionis
filia, non ob aliud quam quod mater ejus in eodem conjugio

coupable. Comme il allégua que les soixante jours de délai n'étaient
point encore expirés, on se conteuta de punir Vistilia, qui fut con-
finée dans l'île de Sériphe. On s'occupa aussi de purger l'Italie des
superstitions égyptiennes et judaïques. Quatre mille hommes de la
classe des affranchis, infectés de ces superstitions étrangères, et en
âge de servir, furent envoyés par un décret du sénat en Sardaigne,
pour y être employés contre les brigands de cette île ; si l'insalubrité
du climat abrégeait leurs jours , ce serait une perte légère. On fixa
aux autres un terme pour quitter l'Italie ou abjurer leurs rites profanes.

LXXXVI. Tibère proposa ensuite de remplacer Occie, qui avait
présidé pendant cinquante-sept ans le collége des Vestales avec une
pureté irréprochable ; et il remercia Fontéius Agrippa et Domitius
Pollion du zèle qu'ils montraient pour l'État en offrant leurs filles.
Celle de Pollion fut préférée, uniquement parce que sa mère·n'avait
pas eu d'autre époux, au lieu qu'Agrippa avait fait quelque tort à

atque, illo prætendente / et, celui-là prétendant
sexaginta dies / les soixante jours
datos ad consultandum / accordés pour se consulter
necdum præteriisse, / n'être point encore passés
visum satis statuere / il parut assez de statuer
de Vistilia, / sur Vistilia,
eaque abdita est / et celle-ci fut reléguée
in insulam Seriphon / dans l'île de Sériphe.
Actum et de pellendis / On s'occupa aussi de bannir
sacris Ægyptiis / les rites égyptiens
Judaïcisque : / et judaïques :
consultumque patrum / et un décret des sénateurs
factum, / fut fait,
ut quatuor millia / portant que quatre milliers d'hommes
generis libertini, / de la classe des-affranchis,
infecta ea superstitione, / infectés de cette superstition,
quis ætas idonea, / auxquels l'âge était propre aux armes,
veherentur / fussent déportés
in insulam Sardiniam, / dans l'île de Sardaigne,
coercendis illic latrociniis ; / pour réprimer là les brigandages ;
et, si interissent / et, s'il avaient péri
ob gravitatem cœli, / à cause de la rigueur du climat.
damnum vile ; / c'était une perte de-peu-de-prix ;
ceteri cederent Italia, / que les autres se retirassent de l'Italie
nisi exuissent / s'ils n'avaient dépouillé (abjuré)
ritus profanos / leurs rites profanes
ante diem certam. / avant un jour déterminé.

LXXXVI. Post quæ / LXXXVI. Après quoi
Cæsar retulit / César proposa
virginem capiendam / une vierge à-choisir
in locum Occiæ, / à la place d'Occia,
quæ per quinquaginta / qui, pendant cinquante
et septem annos / et sept ans
præsederat / avait présidé
sacris Vestalibus / au culte des-Vestales
summa sanctimonia ; / avec une extrême sainteté ;
egitque grates / et il rendit grâces
Fonteio Agrippæ / à Fontéius Agrippa
et Domitio Pollioni, / et à Domitius Pollion,
« quod, offerendo filias, / « de ce que, en offrant leurs filles,
certarent de officio / ils rivalisaient de dévouement
in rempublicam. » / envers la république. »
Filia Pollionis prælata est, / La fille de Pollion fut préférée,
non ob aliud / non pour une autre chose
quam quod mater ejus / que parce que la mère d'elle
manebat / persévérait
in eodem conjugio ; / dans le même mariage ;

manebat ; nam Agrippa discidio domum imminuerat. Et Cæsar, quamvis posthabitam, decies sestertii dote solatus est.

LXXXVII. Sævitiam annonæ incusante plebe, statuit frumento pretium quod emptor penderet, binosque nummos [1] se
additurum negotiatoribus in singulos modios [2]. Neque tamen
ob ea Parentis patriæ, delatum et antea, vocabulum assumpsit ; acerbeque increpuit eos qui divinas occupationes ipsumque dominum [3] dixerant : unde angusta et lubrica oratio sub
principe qui libertatem metuebat, adulationem oderat [4].

LXXXVIII. Reperio apud scriptores senatoresque eorumdem temporum, Adgandestrii, principis Cattorum, lectas in
senatu litteras, quibus mortem Arminii promittebat, si patrandæ neci venenum mitteretur ; responsumque esse « Non
fraude neque occultis, sed palam et armatum populum Romanum hostes suos ulcisci ; » qua gloria æquabat se [5] Tiberius

sa maison par un divorce. Mais le prince consola par une dot d'un
million de sesterces celle qui n'avait pas été choisie.

LXXXVII. Le peuple se plaignait de la cherté des grains ; Tibère en fit baisser le prix pour l'acheteur, et promit au vendeur
un dédommagement de deux sesterces par boisseau. Il n'en refusa
pas moins le titre de Père de la patrie, qui lui fut offert pour la
seconde fois, et fit de sévères réprimandes à ceux qui, en parlant
de ses occupations, les avaient appelées *divines*, et qui lui avaient
donné le titre de *seigneur*. Aussi le chemin était-il étroit et glissant
pour l'orateur, sous un prince qui craignait la liberté et haïssait
l'adulation.

LXXXVIII. Je trouve dans les mémoires de quelques sénateurs
et historiens de ce temps qu'on lut dans le sénat une lettre d'Adgandestrius, chef des Cattes, qui promettait la mort d'Arminius, si
l'on voulait lui fournir le poison nécessaire : à quoi il fut répondu
« que ce n'était point par la fraude et par des complots, mais
ouvertement et par les armes, que le peuple romain se vengeait
de ses ennemis ; » réponse glorieuse par laquelle Tibère s'égalait à

nam Agrippa

car Agrippa

imminuerat domum

avait amoindri *sa* famille

discidio.

par un divorce.

Et Cæsar solatus est

Et César *la* consola

dote decies sestertii,

par une dot d'un million de sesterces

quamvis posthabitam.

quoique placée-après (non préférée).

LXXXVII. Plebe

LXXXVII. Le peuple

incusante sævitiam

accusant la rigueur (cherté)

annonæ,

des vivres,

statuit pretium

il fixa le prix

quod emptor penderet

que l'acheteur payerait

frumento,

pour le blé,

seque additurum

et *dit* lui-même devoir ajouter

binos nummos

deux sesterces

negotiatoribus

aux marchands

in singulos modios.

pour chaque boisseau.

Neque tamen, ob ea,

Et cependant, à cause de ces *mesures,*

assumpsit vocabulum,

il ne prit pas le nom,

delatum et antea,

offert aussi auparavant,

Parentis patriæ;

de Père de la patrie ;

increpuitque acerbe

et il réprimanda sévèrement

eos qui dixerant

ceux qui avaient dit (appelé)

occupationes divinas,

ses occupations divines,

ipsumque dominum:

et lui-même maître:

unde oratio

d'où le discours

angusta et lubrica

était étroit et glissant

sub principe

sous un prince

qui metuebat libertatem,

qui craignait la liberté,

oderat adulationem.

et haïssait l'adulation.

LXXXVIII. Reperio

LXXXVIII. Je trouve

apud scriptores

chez des écrivains

senatoresque

et des sénateurs

eorumdem temporum

des mêmes temps

litteras Adgandestrii,

une lettre d'Adgandestrius

principis Cattorum,

chef des Cattes,

lectas in senatu,

avoir été lue dans le sénat,

quibus promittebat

par laquelle il promettait

mortem Arminii,

la mort d'Arminius,

si venenum mitteretur

si du poison était envoyé

patrandæ neci ;

pour exécuter *ce* meurtre ;

responsumque esse

et avoir été répondu

«Populum Romanum

« Le peuple romain

ulcisci suos hostes

se venger de ses ennemis

non fraude, neque occultis,

non par la fraude, ni par des *voies* occultes,

sed palam et armatum ; »

mais ouvertement et armé ;»

qua gloria Tiberius

par laquelle gloire Tibère

se æquabat

s'égalait

priscis imperatoribus, qui venenum in Pyrrhum regem vetue-
rant prodiderantque. Ceterum Arminius, abscedentibus Romanis et pulso Maroboduo, regnum affectans, libertatem popularium adversam habuit ; petitusque armis, quum varia
fortuna certaret, dolo propinquorum cecidit : liberator haud
dubie Germaniæ, et qui non primordia populi Romani, sicut
alii reges ducesque, sed florentissimum imperium lacessierit,
prœliis ambiguus, bello non victus. Septem et triginta annos
vitæ, duodecim potentiæ explevit : caniturque adhuc barbaras
apud gentes ; Græcorum annalibus ignotus, qui sua tantum
mirantur ; Romanis haud perinde celebris, dum vetera extolli-
mus, recentium incuriosi.

ces anciens généraux qui refusèrent l'empoisonnement de Pyrrhus et
dénoncèrent le traître. Au reste Arminius, après la retraite des Romains et l'expulsion de Maroboduus, voulut régner, et souleva contre
lui ses concitoyens, jaloux de leur liberté. Il les combattit avec des
succès divers, et périt enfin par la trahison de ses proches. Il avait
été, sans contredit, le libérateur de la Germanie, et il n'eut pas,
comme tant de rois et tant de généraux, à lutter contre Rome nais-
sante, mais contre un empire arrivé à l'apogée de sa puissance.
Battu quelquefois, il ne fut point vaincu. Il vécut trente-sept ans, et
garda douze ans le pouvoir. Il est encore chanté par les nations barbares, inconnu aux Grecs, qui n'admirent que leur histoire, et trop
peu célèbre chez les Romains, qui ne vantent que ce qui est ancien
et négligent ce qui est moderne.

priscis imperatoribus,	aux anciens généraux,
qui vetuerant	qui avaient empêché
prodiderantque	et avaient révélé
venenum	l'empoisonnement *projeté*
in regem Pyrrhum.	contre le roi Pyrrhus.
Ceterum,	Au reste,
Romanis abscedentibus	les Romains se retirant
et Maroboduo pulso,	et Maroboduus ayant été chassé,
Arminius,	Arminius
affectans regnum,	aspirant-à la royauté,
habuit adversam	eut contraire (souleva contre lui)
libertatem popularium ;	la liberté de *ses* concitoyens ;
petitusque armis,	et attaqué par les armes,
quum certaret	comme il combattait
fortuna varia,	avec des chances diverses,
cecidit dolo propinquorum :	il succomba par la ruse de ses proche-
haud dubie	non douteusement (incontestablement)
liberator Germaniæ,	libérateur de la Germanie,
et qui non lacessierit	et qui n'attaqua pas
primordia populi Romani,	les commencements du peuple romain,
sicut alii reges ducesque,	comme d'autres rois et capitaines.
sed imperium	mais l'empire
florentissimum,	le plus florissant,
ambiguus	ayant-eu-des-chances-diverses
prœliis,	dans les combats,
non victus bello.	non vaincu par la guerre
Explevit	Il accomplit
triginta et septem annos	trente et sept années
vitæ,	de vie,
duodecim potentiæ :	douze de puissance :
caniturque adhuc	et il est chanté encore
apud gentes barbaras ;	chez les nations barbares ;
ignotus	inconnu
annalibus Græcorum,	aux annales des Grecs, [*exploits ;*
qui mirantur tantum sua ;	qui admirent seulement leurs *propres*
haud perinde celebris	pas aussi célèbre *qu'il devrait l'être*
Romanis,	pour les Romains, [ciennes,
dum extollimus vetera,	pendant que nous exaltons les choses an-
incuriosi recentium.	indifférents pour les modernes.

NOTES

DU DEUXIÈME LIVRE DES ANNALES.

Page 4 : 1. *Initio apud Parthos orto.* Les Parthes étaient un petit peuple indépendant, enclavé dans le vaste empire des Perses. Ils tiraient leur nom de la Parthiène, province où ils étaient cantonnes. Un de leurs chefs, nommé Arsace, profitant des divisions des successeurs d'Alexandre, envahit la Perse et fonda un nouvel empire. C'est de son nom que tous les rois Parthes se sont appelés Arsacides.

— 2. *Vonones.* Vonon Ier, dix-huitième roi des Parthes.

— 3. *Phraates.* Phraate IV, quinzième roi des Parthes, monté sur le trône l'an 717 de Rome, 37 av. J. C. ; il mourut par le poison, l'an 9 ap. J. C., après avoir signalé son règne par les meurtres les plus odieux.

— 4. *Quanquam depulisset.* Allusion à la fuite d'Antoine (718 de Rome) devant les armées de Phraate, et au massacre de son lieutenant Oppius Statianus et de deux légions.

— 5. *Cuncta venerantium officia.* Phraate rendit à Auguste, en 734, les enseignes prises sur Crassus et sur Antoine, avec tous les prisonniers romains qu'il put retrouver dans ses États.

— 6. *Partem prolis.* Craignant des complots domestiques, il avait envoyé à Rome quatre de ses fils avec autant de ses petits-fils.

— 7. *Sequentium regum.* Phraatacès et Orodès, ce dernier, de la famille des Arsacides ; ils furent tous deux massacrés, l'un avec sa mère, l'autre à cause de son caractère cruel, par les Parthes révoltés.

Page 6 : 1. *Opibus.* Il ne s'agit pas seulement ici d'argent, mais de tout ce qui constitue la magnificence d'un cortége royal.

— 2. *Raro venatu, segni equorum cura.* La chasse et l'équitation étaient les goûts de prédilection des anciens Perses.

— 3. *Patrias epulas.* Allusion aux repas du pays, qui étaient d'une grande simplicité, ou peut-être aux repas publics institués par Cyrus, et maintenus sous ses successeurs.

— 4. *Vilissima utensilium.* Les Romains étaient dans l'usage e sceller de leur cachet, non-seulement leurs effets les plus précieux, mais jusqu'aux choses les plus communes, telles que le pain, le vin, la viande.

— 5. *Arsacidarum e sanguine.* Par les femmes, comme on le voit au livre VI, chap. XLII.

— 6. *Dahas*, les Dahes, peuple scythe, au sud-est de la mer Caspienne, dont le nom est resté au Daghistan.

Page 8 : 1. *Ob scelus Antonii.* Pour se venger de sa déroute et du massacre de son lieutenant, qu'il attribuait à l'inaction volontaire d'Artavasde, Antoine l'attira dans son camp de Nicopolis, le fit charger de chaînes d'argent, et l'emmena à Alexandrie pour servir d'ornement à son triomphe. Après la bataille d'Actium, Cléopâtre lui fit trancher la tête, qu'elle envoya au roi des Mèdes, ennemi d'Artavasde, dont elle voulait obtenir des secours.

— 2. *Artaxias.* Appelé à remplacer sur le trône d'Arménie son père prisonnier d'Antoine, il fut chassé et dépossédé par le triumvir, qui partagea son royaume entre Polémon, roi de Pont, et Artabaze, roi des Mèdes. Artaxias profita de la guerre d'Antoine et d'Octave pour reconquérir ses États.

— 3. *Datus.... Tigranes.* Suétone (*Vie de Tibère,* IX) est d'accord avec Tacite. Mais Velléius (II, XCIV) nomme Artavasde, au lieu de Tigrane. Enfin Tacite lui-même donne trois lignes plus loin Artavasde pour successeur à Tigrane. Ces contradictions viennent peut-être de l'inattention des copistes.

— 4. *C. Cæsar.* C'était le fils d'Agrippa; il mourut en revenant de cette province, des suites d'une blessure reçue dans une conférence avec le commandant d'une ville ennemie. Voy. *Annales,* I, III.

Page 10 : 1. *In loco reddemus.* Voy. chap. LXVIII.

— 2. *Novis provinciis.* Le pluriel est ici convenable; en effet Germanicus n'eut pas seulement le commandement d'une province, mais de tout l'Orient. Voy. ci-dessous, ch. XLIII.

— 3. *Prœliorum vias*, les moyens de faire la guerre aux Germains avec succès. D'autres entendent comme s'il y avait *prœliorum dubia, incerta;* ce qui explique la correction *vices*, admise par un commentateur.

— 4. *Tertium jam annum.* Tacite ne compte ici les années du commandement de Germanicus qu'à partir de sa dernière commission, qui date de l'expiration de son consulat, à l'époque de la mort d'Auguste. Mais il avait conduit les opérations militaires en Germanie depuis la défaite de Varus, sans autre interruption que celle de l'année où il fut consul.

Page 12 : 1. *Maturius*, plus tôt, à cause de la facilité de s'approvisionner par mer, sans attendre le moment de la moisson, toujours assez tardif en Germanie, et sans avoir à subir les lenteurs d'un transport par terre, une fois les moissons faites.

— 2. *P. Vitellio*. L'oncle de l'empereur Vitellius.

— 3. *C. Antio*. D'autres préféreraient *Sentio*, Sentius figurant au chap. LXXIV, comme un des lieutenants de Germanicus.

Page 14 : 1. *Appositis utrinque gubernaculis*. On a quelque peine à se représenter aujourd'hui des vaisseaux munis d'un double gouvernail. Il est encore question de vaisseaux de cette forme dans les *Histoires*, III, XLVII. Enfin Suidas cite ces mots d'un ancien écrivain, qui semblent désigner des navires semblables : Τινὰ δὲ καὶ (πλοῖα) ἐκ τῆς πρύμνης καὶ ἐκ τῆς πρώρας ἑκατέρωθεν πηδαλίοις ἤσκηντο....

— 2. *Insula Batavorum*. Tacite parle de cette île au chap. XII du livre III des *Histoires* : *Insulam inter vada sitam occupavere* (Batavi), *quam mare Oceanus a fronte, Rhenus amnis tergum ac latera circumluit*. Voy. aussi César, *Guerre des Gaules*, IV, X; Pline, V, XXIX.

— 3. *Vahalem.... Mosa*. « Autrefois, dit Grotius, le bras gauche du Rhin ou le Vahal, s'étant jeté dans la Meuse, coulait avec elle dans un même lit jusqu'à l'Océan. Mais aujourd'hui, avant d'y arriver, il arrose plusieurs îles formées par ses fréquentes inondations. Alors il paraît plutôt une mer que l'embouchure d'un fleuve. »

Page 16 : 1. *Cattos*. Le pays des Cattes forme aujourd'hui la Hesse électorale, une partie du duché de Nassau et de la Westphalie.

— 2. *Castellum Luppiæ flumini appositum*. Ce fort avait été construit par Drusus, père de Germanicus, à l'endroit où la rivière d'Alise se jette dans la Lippe, rivière de la Westphalie, qui se mêle au Rhin près de Wésel.

— 3. *Fossam, cui Drusianæ nomen*. Le nouvel Yssel, qui se joint à l'Yssel, près de Doësburg. Suétone (*Vie de Claude*, I) parle de ce canal, construit par Drusus; seulement il dit *fossas* au lieu de *fossam*, non qu'il ait voulu parler de plusieurs canaux (il est certain qu'il n'y avait qu'un canal de ce nom), mais ce pluriel était d'usage en latin pour marquer l'importance de la construction. C'est ainsi que pour désigner le *canal de Marius* en Gaule, les Latins disaient indifféremment *fossam Marianam* ou *fossas Marianas*.

— 4. *Precatusque patrem*. Ainsi Alexandre, avant la bataille d'Issus, invoquait Philippe son père (Quinte Curce, III, X): *Victor*

Atheniensium Philippus pater invocabatur. Silius Italicus (XV, 203) prête une prière semblable à Scipion l'Africain en Espagne :

> Ac supplex patrios compellat nomine manes :
> Este duces bello et monstratam ducite ad urbem.

Page 18 : 1. *Amisiam.* L'Ems, fleuve du Hanovre, qui se jette dans la mer du Nord.

— 2. *Amisiæ.* Il n'est pas question ici du fleuve *Amisia* (l'Ems), mais d'une bourgade du même nom, située sur la rive gauche, *lævo amne,* vis-à-vis de la ville actuelle d'Embden.

— 3. *Subvexit.... transposuit.* La faute que reproche ici Tacite à Germanicus consiste à n'avoir pas remonté le fleuve assez haut pour débarquer ses troupes sur la rive droite; aussi fut-il obligé de les y faire passer (*transposuit*) sur des ponts.

— 4. *Pontibus.* Ce n'est point ici un pluriel emphatique, comme celui que nous avons signalé plus haut dans Suétone. L'Ems ayant plusieurs bras, il fallait plusieurs ponts pour le traverser.

— 5. *Batavique in parte ea.* les Bataves qui en faisaient partie (des auxiliaires). D'autres expliquent : *in ea parte,* « dans cette partie du fleuve. » — Les Bataves étaient une tribu des Cattes.

— 6. *Angrivariorum.* Les Angrivariens habitaient alors entre l'Ems et le Véser.

— 7. *Visurgis,* le Véser, fleuve du Hanovre. C'est sur les bords de ce fleuve, dans le monastère de Corbie, que furent trouvés les cinq premiers livres des Annales de Tacite, par un légat de Léon X, qui reçut de ce pontife cinq cents écus d'or pour cette découverte.

Page 20 : 1. *Cognomento Flavius.* Il avait reçu le droit de cité romaine, et avait dû, par conséquent, prendre un nom romain.

— 2. *Magnitudinem.* Cet accusatif, comme les suivants, est régi par *memorat* ou tout autre verbe semblable, implicitement compris dans *ordiuntur.*

— 3. *In deditionem venienti.* Nous prenons ces mots en général avec Brotier, la Bléterie et Burnouf, au lieu de les rapporter à Arminius, comme Dureau de Lamalle.

— 4. *Penetrales* a le même sens que *penates.* Les dieux pénates étaient censés habiter la partie la plus reculée et en quelque sorte la plus intime d'une maison ou d'un pays; de là leur nom.

Page 22 : 1. *E numero primipilarium.* Le primipilaire était le centurion de la première cohorte de la première légion. L'aigle de la légion lui était confiée.

Page 24 : 1. *Sævitia* équivaut à peu près à *impetu*. Salluste, *Jugurtha*, VII : *Sperans hostium sævitia facile oxasurum*.

— 2. *Herculi sacram*. Sur le culte d'Hercule chez les Germains, voy. la *Germanie*, chap. II et IX.

— 3. *Tribunos*. Ils étaient au nombre de six par légion, et commandaient l'infanterie.

Page 26 : 1. *Augurali*. L'augural (*augurale*, *auguraculum*, *auguratorium*) était proprement une espèce de temple où l'on prenait les augures, et qui, dans les camps romains, se trouvait à droite du pavillon du général. Voy. *Annales*, XV, XXX.

— 2. *Contectus humeros ferina pelle*. Sous ce déguisement, Germanicus pouvait être pris pour un des Germains auxiliaires faisant partie de sa garde.

— 3. *Reddendamque gratiam in acie*. La même pensée est exprimée par Diodore à propos des soldats de Marius : Πάντες γὰρ, τῆς εὐεργεσίας χάριν ἀποδιδόντες, ἐν ταῖς κατὰ τούτου μάχαις φιλοτιμότερον ἠγωνίζοντο, συναύξοντες αὐτοῦ τὴν ἡγεμονίαν.

— 4. *Sestertios centenos*. Dix-neuf francs quarante-huit centimes.

Page 28 : 1. *Tracturum*. Expression plus forte que *rapturum*. Elle ne marque pas seulement le rapt, mais la résistance de la victime.

— 2. *Tertia vigilia*. La troisième veille commençait à minuit. Les Romains partageaient la nuit en quatre veilles, de trois heures chacune, à partir du coucher du soleil jusqu'à son lever.

— 3. *Operatum*. Ce verbe est souvent pris dans ce sens. Ainsi, dans Tibulle (II, v) : *Tunc pubes operata deo*, et dans Quinte Curce (VIII, x) : *Per dies decem Libero patri operatum habuit exercitum*.

— 4. *Pila*. Arme de trait fort pesante qu'on ne lançait que de près. Suivant Polybe, le *pilum* avait quatre coudées et demie de longueur, environ 2ᵐ,20. Le fer, terminé par une pointe triangulaire, avait environ un mètre. — *Gladios*. L'épée romaine n'avait guère que vingt pouces de long, mais elle était fort pesante, tranchante des deux côtés, et assez bien trempée pour déchirer un bouclier et entamer des portes.

Page 30 : 1. *Non loricam.... non galeam*. Voy. la *Germanie*, ch. VI.

— 2. *Viminum textus*. Salluste (*Fragments*, IV) dit la même chose des Lucaniens : *Soliti nectere ex viminibus vasa agrestia, ibi tum quod inopia scutorum fuerat, ad eam artem se quisque in formam parmæ equestris armabat*. Virgile, *Énéide*, VII, 633 : *Flectuntque salignas Umbonum crates*.

— 3. *Nulla vulnerum patientia.* Ce passage semble imité de Thucydide (IV, CXXVI), qui met dans la bouche de Brasidas, exhortant les siens au combat, les mêmes reproches à l'adresse des Illyriens.

— 4. *Albim.* Fleuve qui prend sa source en Bohême, et se jette dans la mer du Nord.

— 5. *Patris patruique.* Drusus et Tibère. Ce dernier était aussi, par adoption, le père de Germanicus.

Page 32 : 1. *Onusta vulneribus tergum.* On lit généralement *terga.* Nous rapportons *onusta* à *pars*, et faisons dépendre *tergum* de *onusta*, hellénisme familier à Tacite, au lieu d'en faire le régime de *objiciant.* Mais la construction de la phrase est légèrement irrégulière : on attendrait deux régimes à *objiciant*, et il n'y en a qu'un d'exprimé ; l'autre est sous-entendu, par exemple, *se.*

— 2. *Idistaviso.* On varie sur la situation de ce champ de bataille, qu'il ne faut pas du reste chercher ailleurs que sur la rive droite du Véser. Brotier le place près de Hameln, non loin du lieu où le maréchal d'Estrées remporta, en 1757, la victoire d'Hastembeck.

Page 34 : 1. *Cum duabus prætoriis cohortibus.* Il s'agit ici de ces cohortes d'élite qui servaient de garde particulière au général. Voy. Salluste, *Catilina*, LX ; César, *Guerre des Gaules*, I, XL.

— 2. *Intentus paratusque.* Tite Live et Salluste unissent volontiers ces deux mots. *Hortari ut semper intenti paratique essent* (Salluste, *Catilina*, XXVII).

— 3. *Romanas aves.* L'aigle était l'emblème militaire des Romains depuis Marius.

Page 36 : 1. *Illa rupturus. Rupturus* a ici le même sens que *erupturus.* — *Illa*, adverbe, synonyme de *illac.*

— 2. *Rhætorum Vindelicorumque.* Aujourd'hui le pays des Grisons, une partie de la Valteline, du Tyrol et de la Bavière.

— 3. *Chaucis.* Entre l'Ems et l'Elbe, sur les rivages de la mer du Nord.

Page 38 : 1. *Quinta ab hora diei.* C'est-à-dire depuis onze heures du matin.

— 2. *Decem millia passuum*, dix milles, plus de quatorze kilomètres.

Page 40 : 1. *Libratores.* Ce mot n'a pas d'équivalent en français. Il désigne les hommes qui lançaient des traits et des pierres à l'aide de machines.

Page 42 : 1. *Nuda ora.* On lit dans la *Germanie*, chap. VI : *Vix uni alterive cassis aut galea.*

Page 42 : 2. *Detraxerat tegimen capiti.* Cyrus le jeune fit de même dans ce dernier combat qui lui coûta la vie. (Voy. Xénophon, *Anabase*, I, VIII. 4.)

Page 44 : 1. *Conscientiam facti satis esse.* Cicéron, *Philippiques*, II, XLIV : *Satis in ipsa conscientia facti pulcherrimi fructus erat.*

— 2. *Mandat, ni deditionem properavissent.* Cette phrase renferme une ellipse : Germanicus ordonne à Stertinius de faire la guerre aux Angrivariens, *et celui-ci les eût réduits par la force*, s'ils ne s'étaient hâtés de se soumettre.

Page 46 : 1. *Dum turbat nautas.* Quinte Curce, VII, IX : *Vacillantesque milites, et, ne excuterentur, solliciti, nautarum ministeria turbant.*

— 2. *Tumidis Germaniæ terris.* Tumidis est poétique pour *montosis*. On lit dans la *Vie d'Agricola*, ch. X : *Terræque montesque causa ac materia tempestatum.* S'il n'y a pas de montagnes dans la Frise, on en trouve en avançant dans l'intérieur des terres. Quelques-uns proposent de lire *humidis*, se fondant sur ce passage de la *Germanie* (chap. V): *Humidior qua Gallias adspicit.* D'autres, sans changer le mot, l'expliquent dans le sens de *terres grasses, gonflées par l'humidité ;* et c'est ainsi que Virgile dit (*Géorgiques*, II, 234): *Vere tument terræ.*

— 3. *Manantes.* Expression hardie, mais qui n'est pas sans exemple. Tite Live, I, LIX : *Manantem cruore cultrum ;* Ovide, *Métamorphoses*, VI, 312, et Sénèque, *Hercule furieux*, 391 : *Marmora manantia lacrimas ;* enfin Pline, XIV, XX : *Arbores succo manantes.*

Page 48 : 1. *Vasto et profundo.* Sous-entendu *mari*, qui est implicitement compris dans *novissimum ac sine terris mare.* D'autres proposent de lire : *Ita vasto et profundo, ut credatur novissimum ac sine terris, mari ;* correction ingénieuse, mais inutile.

— 2. *Insulas longius sitas.* Selon Walther, les Orcades, les îles Sethland et celles qui bordent la Norvége. Selon M. Burnouf, celles qui se trouvent au delà de l'Elbe, le long des côtes du Holstein et du Jutland.

— 3. *Toleraverant* a le même sens que *sustentaverant*. Virgile, *Énéide*, VIII, 409 : *Tolerare colo vitam tenuique Minerva.*

— 4. *Claudæ naves.* Ainsi Tite Live (XXXVII, XXIV): *Contemplatus Eudamus hostes claudas mutilasque naves apertis navibus remulco trahentes.*

Page 50 : 1. *Marsos.* Les Marses habitaient sur les deux rives de la Lippe.

— 2. *Varianæ legionis aquilam.* C'était la dernière, si l'on en croit Florus, que les Germains eussent encore en leur possession, une autre ayant été déjà retrouvée (*Annales*, I, LX), et la troisième ayant été sauvée par le porte-enseigne, qui l'avait arrachée de sa pique au moment du désastre. Selon Dion (LX, VIII), cette dernière était restée entre les mains des barbares, et fut reconquise sous Claude (794).

Page 52 : 1. *Sugambros*. Suétone (*Vie de Tibère*, ch. IX) porte à quarante mille le nombre des Sicambres établis en deçà du Rhin par Tibère. Ils habitaient auparavant la rive droite, depuis Cologne jusqu'aux sources de la Lippe.

Page 54 : 1. *Suevos*. Voy. le récit de cette expédition et du traité de paix qui la termina, dans Velléius, II, CVIII. Les Suèves ne forment un peuple en Germanie qu'à dater du IV° siècle.

— 2. *Quia tum primum reperta*, etc. En effet, il ne s'agit pas ici seulement de ces délations déjà flétries par Tacite (*Annales*, I, LXXII), mais de pratiques plus infâmes encore, celles des agents provocateurs.

Page 56 : 1. *Chaldæorum*, des Chaldéens, autrement dit, des astrologues, parce que l'astrologie judiciaire prit naissance en Chaldée.

— 2. *Proavum Pompeium*. Suivant Juste-Lipse, un Scribonius Libon avait épousé la petite fille du grand Pompée, fille elle-même d'une Scribonie et de Sextus Pompée; d'où il s'ensuivait que Drusus Libon appartenait des deux côtés à la maison Scribonia.

— 3. *Amitam Scriboniam*. Cette Scribonie était la grand'tante paternelle de Drusus Libon.

— 4. *Necessitatum*, liaisons d'amitié. Tel est le sens fréquent de *necessitates*, *necessitudines*. D'autres au contraire l'expliquent par *engagements onéreux*.

— 5. *Et qui servi* équivaut à *et servos qui*.

— 6. *Flaccum Vescularium*. Tacite le nomme ailleurs Vescularius Atticus (*Annales*, VI, X). C'était un des fidèles amis de Tibère, qu'il avait suivi à Rhodes et à Caprée.

Page 58 : 1. *Vocantur patres*. Il s'agit ici d'une convocation extraordinaire du sénat. Le nombre des sénateurs était de six cents, depuis la réforme d'Auguste : leurs noms étaient inscrits sur un tableau public.

— 2. *Simulato morbo*. Selon Dion (LVII, XV), Libon venait d'être fort dangereusement malade, et Tibère ne l'avait pas mis en jugement, tant qu'il s'était bien porté. Voy. un portrait de ce Libon dans le traité *De la Clémence* de Sénèque.

Page 60 : 1. *C. Vibius*. C'est le Vibius Sérénus qui figure au IV° livre des *Annales* (ch. XIII, XXVIII et suiv.)

Page 60 : 2. *Certabant cui jus*, etc. Comme autrefois Cicéron et Cécilius dans l'affaire de Verrès.

— 3. *Ut consultaverit*. Ellipse, comme s'il y avait : *Adeo vecordes, ut in iis scriptum fuerit consultavisse Libonem*.

— 4. *Vetere senatusconsulto*. Il est question de ce sénatus-consulte dans Cicéron (*Plaidoyer pour Milon*, ch. XXII; *Plaidoyer pour le roi Déjotarus*, ch. I); mais on en ignore la date.

— 5. *Novi juris repertor*. Dion (LV, v) fait remonter à Auguste (746 de Rome) cette manière d'éluder la loi. Mais il est probable que sous le règne doux et paisible d'Auguste, elle était tombée en désuétude. De là ce désaccord apparent entre Tacite et Dion.

Page 62 : 1. *Præturæ extra ordinem*. Des prétures extraordinaires, c'est-à-dire en sus du nombre ordinaire, qui était de douze sous Auguste. Voy. *Annales*, I, XIV.

Page 64 : 1. *Cotta Messalinus*. Fils de l'orateur M. Valérius Messala Corvinus, chanté par Horace et Tibulle.

— 2. *Mathematicis*. Ce sont les mêmes que Tacite a nommés plus haut Chaldéens.

Page 66 : 1. *Vestis serica*. Les uns veulent que ce mot *serica* désigne du coton, les autres, la laine dont on fait le cachemire. L'opinion la plus fondée est qu'il s'agit des étoffes de soie, que les Sères, peuple du nord de l'Inde, fabriquèrent les premiers.

— 2. *Distinctos senatus et equitum census*. Le cens des chevaliers était de quatre cent mille sesterces, et celui des sénateurs, de un million deux cent mille. Voy. Cicéron, *Plaidoyer pour A. Cluentius*, ch. LVI.

Page 68 : 1. *L. Piso*. Le même dont le procès et la mort sont racontés au livre IV des *Annales*, ch. XXI. — *Ambitum fori*. Il s'agit de brigues dans les jugements, et non sur le forum, les élections se faisant alors au sénat.

Page 70 : 1. *Palatio* désigne le palais bâti par Auguste sur le mont Palatin.

— 2. *Missus est prætor*. On faisait l'honneur d'un interrogatoire à domicile aux personnes de marque et à celles que leur état de santé empêchait de comparaître.

Page 72 : 1. *Senatum et equites*. Les chevaliers siégeaient comme juges dans les tribunaux.

— 2. *In quinquennium*. En faisant cette proposition, Gallus pouvait s'autoriser de César, dont Suétone dit (*Vie de César*, ch. LXXVI): *Magistratus in plures annos ordinavit*.

— 3. *Legionum legati*. Il y avait deux sortes de *legati* dans l'armée romaine : *legati consulares* et *legati prætorii*. Le *lieutenant consulaire* commandait toute l'armée, le *lieutenant prétorien* ne commandait qu'une légion. Comme il y avait beaucoup plus de légions, et par suite, plus de *lieutenants prétoriens* que de préteurs, Gallus demande que quiconque a été mis à la tête d'une légion avant d'avoir été préteur, soit désigné pour être préteur par le droit même de sa lieutenance.

— 4. *Duodecim candidatos....* On nommait annuellement douze préteurs : Tibère aurait donc eu à nommer pour cinq ans soixante candidats, d'après la proposition de Gallus, et même beaucoup plus, si l'on ajoutait les lieutenants des vingt-cinq ou vingt-six légions.

— 5. *Arcana imperii tentari*. En effet, par cet arrangement, les lieutenants de légion seraient devenus moins dépendants du prince, puisque, sans sa faveur et par le droit même de leur lieutenance, ils auraient été assurés de devenir préteurs. Puis, ces magistrats, nommés si longtemps d'avance, n'auraient plus eu le même intérêt à ménager le prince, qui se serait ôté la facilité de s'attacher de nouvelles créatures.

— 6. *Moderatiomi suæ*. Tibère ne nommait auparavant que quatre candidats ; Gallus proposait qu'il en nommât douze.

Page 74 : 1. *Dœcies* (sous-entendu *centena millia*) *sestertii*. Cent quatre-vingt dix-huit mille sept cent quatre-vingt dix-huit francs de notre monnaie. *Sestertii* est le génitif de *sestertium*.

Page 76 : 1. *Tot consulum , tot dictatorum*. On ne trouve qu'un dictateur et deux consuls dans la maison Hortensia. Mais Hortalus appartenait sans doute du côté maternel à des familles honorées de la dictature et du consulat.

— 2. *Inclinatio senatus*. Il semble au premier aperçu que ces bonnes dispositions du sénat à l'égard d'Hortalus devaient être pour Tibère un motif de se montrer bienveillant, puisqu'il se piqua toujours de témoigner au sénat une extrême déférence. Mais Hortalus avait eu le tort de ne pas s'adresser directement au prince. Tibère s'empressa de répondre, aimant mieux prévenir les votes favorables des sénateurs que de les combattre.

Page 78 : 1. *Ambitione*, par complaisance, c'est-à-dire en cédant aux sollicitations et aux instances du premier venu.

Page 80 : 1. *Ducena sestertia*. Quarante mille francs environ.

— 2. *Nobilitatis retinens*. On trouve encore, livre V, ch. XI:

Modestiæ retinens, et dans Cicéron, *Lettres à son frère Quintus*, I, II : *Sui juris dignitatisque retinens. Servans, observans, amans*, etc., se trouvent employés de même dans une foule de passages.

Page 80 : 3. *Postumi Agrippæ*. Fils de Julie et de M. Vipsanius Agrippa.

Page 82 : 1. *Cosam*. Ville et promontoire d'Étrurie, aujourd'hui *Monte Argentaro*.

Page 80 : 2. *Relinquebat famam aut præveniebat*. Il quittait une ville dès que le bruit de sa présence s'y était répandu, *relinquebat famam*, et il arrivait dans une autre avant d'y être annoncé, *aut præveniebat*. Tacite emploie plus bas (ch. LV) ces deux verbes dans le même sens : *relinquit Germanicum prævenitque*, Pison laisse Germanicus derrière lui et le devance en Syrie.

Page 84 : 1. *Jamque Ostiam invectum.... celebrabant*. Il n'y a aucun doute sur cette signification du verbe *celebrare*. On lit dans Cicéron, *Plaidoyer pour Sextius*, ch. LXIII : *Viæ multitudine legatorum undique missorum celebrabantur*; et *Lettres à Atticus*, IV, I : *Similis frequentia me usque ad Capitolium celebravit*. Dureau de Lamalle a donc eu tort de traduire comme il l'a fait : « Une multitude immense *parlait* d'un débarquement à Ostie, et à Rome *on l'annonçait tout bas* dans les cercles. » Ostie, ville du Latium, à l'embouchure du Tibre.

— 2. *Servum suum*. C'était en effet l'esclave de Tibère, puisque Tibère avait hérité d'Agrippa.

Page 86 : 1. *Apud Bovillas*. Petite ville, sur la voie Appienne, à peu de distance de Rome. Les habitants des municipes et des colonies y avaient conduit le corps d'Auguste, et les chevaliers romains étaient venus l'y prendre pour le porter à Rome sur leurs épaules. Voy. Suétone, *Vie d'Auguste*, ch. C.

— 2. *Triumphavit*. A ce triomphe se rapporte une médaille assez commune où Germanicus est représenté sur un quadrige triomphal, en habit militaire, avec ces mots : *Signis recept. devictis Germ. S. C.*

— 3. *Quinque liberis*. Ces cinq enfants étaient Néron et Drusus, qui moururent misérablement, Caïus, successeur de Tibère, Agrippine, mère de l'empereur Néron, et Drusille.

— 4. *Avunculum*. Marcellus était frère d'Antonia, mère de Germanicus.

Page 88 : 1. *Breves.... amores*. Ces mots s'appliquent à la fois à Drusus et à Marcellus.

— 2. *Trecenos sestertios*. Environ soixante francs.

— 3. *Archelaüs*. Descendant d'Archélaüs, général de Mithridate. Il ne faut pas le confondre, comme l'a fait un commentateur, avec Archélaüs, tétrarque de Judée, et fils d'Hérode.

— 4. *Quinquagesimum annum*. En effet, il reçut ce royaume des mains d'Antoine, l'an 718 de Rome. Voy. Dion, XLIX, XXXII.

— *Cappadocia*. Contrée de l'Asie mineure, entre la Cilicie, l'Arménie et le Pont-Euxin.

— 5. *Rhodi*. Ile de la Méditerranée, au sud-ouest de l'Asie mineure. — *Nullo officio coluisset*. Tibère devait être doublement piqué de la conduite d'Archélaüs, qu'il avait défendu autrefois devant le tribunal d'Auguste, et qui se trouvait alors à Éleuse, à quinze milles de Rhodes.

— 6. *C. Cæsare*. Fils de Julie et d'Agrippa.

Page 90 : 1. *Regnum in provinciam redactum est*. Cette réduction en province romaine n'eut pas lieu tout de suite, mais quelque temps après, lorsque Germanicus fut envoyé en Orient.

— 2. *Centesimæ vectigal*. C'était un impôt sur les marchandises vendues à l'encan, établi par Auguste après la guerre civile (759 de Rome), au moment même où l'on créait le trésor militaire. V. Dion, LV, XXV.

— 3. *Commagenorvm*. La Comagène se trouvait au nord de la Syrie; sa capitale était Samosate, patrie de Lucien.

— 4. *Drusi*. Fils de Tibère et de Vipsania Agrippina, fille d'Agrippa.

— 5. *Sorte*. Les gouverneurs des provinces sénatoriales étaient désignés par le sort.

Page 92 : 1. *Delatum ab Augusto consulatum*. Pison fut collègue d'Auguste dans son onzième consulat (731 de Rome).

— 2. *Plancinæ*. Fille ou petite-fille de Munatius Plancus, fondateur de Lyon, qui, dans la guerre civile de Modène, se joignit à Antoine avec quatre légions.

Page 94 : 1. *Monuit.... insectandi*. *Insectandi* dépend de *monuit*, construction assez rare. Tacite traite *insectandi* comme un génitif ordinaire. D'autres font dépendre *insectandi* de *æmulatione*, ce qui n'est pas admissible.

— 2. *Avum Antonium, avunculum Augustum*. Il avait pour aïeul Antoine par Antonia, sa mère, fille d'Antoine et d'Octavie, sœur d'Auguste; ce dernier était son grand-oncle maternel, comme frère d'Octavie. C'est donc par extension que Tacite emploie le mot *avunculum*.

·Page 94 : 3. *Liviam, uxorem Drusi.* Livie était la sœur de Germanicus et de Claude.

— Page 96 : 1. *Discessu Romanorum.* Il s'agit de la retraite de Germanicus et de son armée.

— 2. *Semnones ac Langobardi.* Ils habitaient entre l'Elbe et l'Oder. Voy. *Germanie*, chap. XXXIX et XL.

Page 98 : 1. *Fugacem Maroboduum*, etc. Velléius (III, CIX) rend plus de justice à Maroboduus ; et, à propos de ses négociations avec Rome, il dit : *Interdum ut pro pari loqueiatur*

— 2. *Hercyniæ.* ·Immense forêt qui couvrait presque toute la Germanie, du Rhin à l'Erzgebirge et au Bœhmerwald. Il n'y en a plus que des restes aujourd'hui.

Page 100 : 1. *Pro antiquo decore aut rucenti libertate.* Allusion aux Chérusques, vainqueurs de Varus, et aux Lombards récemment échappés à la domination de Maroboduus

— 2. *Majore mole*, avec plus de violence, et non avec de plus grandes forces. Voy. *Annales*, I, LXXVIII.

Page 102 : 1. *Nocturno motu terræ.* Voy. Pline l'Ancien, II, LXXXVI.

— 2. Sardes , capitale de la Lydie. — Magnésie, au pied du Sipyle, à la gauche de l'Hermus (aujourd'hui *Magnisa*). — Éges, Temnos, cités éoliques de l'Asie ; Philadelphie, ville à l'orient de Sardes, auprès du Tmolus. — Apollonis, ville à moitié chemin de Sardes et de Pergame. — Mostène et Hiérocésarée, villes de Lydie. — Myrine ou Sébastopolis, ville maritime de l'Éolide. — Cymé, sur la même côte, à neuf milles de Myrine. — Tmolus , ville au pied de la montagne du même nom, d'où sort le Pactole.

— Page 106 : 1. *Q. Vitellium.* Frère du lieutenant de Germanicus dont il a été question plus haut (chap. VI).

— 2. *A. Postumius.* Il avait voué ce temple l'an de Rome 257, avant la bataille du lac Régille.

— 3. *L. et M. Publiciis.* L'an de Rome 513

— 4. *Qui primus.... meruit.* En 494, pendant la première guerre Punique.

— 5. *Atilius* Atilius Calatinus , et non Atilius Régulus.

Page 108 : 1. *Adulterii graviorem pœnam.* Quelle était cette peine? C'est ce que l'on ignore, car elle est omise dans le Digeste, où la loi *Julia* est rapportée

Page 110 : 1. *Haterium Agrippam.* C'est celui dont il est question au Iᵉʳ livre, chap. LXXVII.

— 2. *Lex.* La loi Papia , qui donnait la préférence pour les magistratures et la distribution des provinces à ceux qui avaient des enfants sur ceux qui n'en avaient pas. Voy. *Annales*, XV, XIX; et Pline le jeune, *Lettres*, VII, XVI.

— 3. *Numida.* La Numidie comprenait ce qui forme aujourd'hui l'Algérie, Tunis, et en partie Tripoli.

— 4. *Musulanorum.* Les Musulans habitaient au sud des Maures et des Numides.

Page 112 : 1. *Disciplina et imperiis suesceret.* L'ablatif est justifié par un exemple de Cicéron : *Homines labore assiduo et quotidiano assueti* (*De l'Orateur*, III, XV). — Quant au verbe, on le trouve également pris au sens actif dans Horace (*Satires*, I, IV, 105) : *Insuevit pater optimus hoc me.*

— 2. *Cinithios.* A l'est des Musulans, près de la petite Syrte.

— 3. *Penes alias familias imperatoria laus fuerat.* Ceci n'est point exact. On trouve dans l'histoire deux autres Furius qui triomphèrent des Gaulois cisalpins : Publius Furius, l'an de Rome 530, et L. Furius Purpureo, l'an 553.

Page 114 : 1. *Urbem Achaiæ Nicopolim.* Nicopolis fut fondée en Épire par Auguste, en mémoire de la victoire d'Actium. Le mot *Achaia* a donc ici plus d'extension que d'habitude.

Page 116 : 1. *Perinthum.* Ville de Thrace, sur la Propontide ou mer de Marmara, appelée plus tard *Héraclée*, et aujourd'hui *Érékli.*

— 2. *Propontidis angustias.* Aujourd'hui le détroit de Constantinople.

— 3. *Sacra Samothracum.* La Samothrace, île de la mer Égée, à la hauteur de la Chersonèse de Thrace, était célèbre par ses mystères, plus anciens que ceux d'Éleusis, qui passaient pour être venus de là.

— 4. *Clarii Apollinis oraculo.* Strabon, qui était pourtant de ce temps-là, parle de cet oracle comme ayant cessé d'exister depuis longtemps : Κολοφῶν πόλις Ἰωνικὴ, καὶ πρὸ αὐτῆς ἄλσος τοῦ Κλαρίου Ἀπόλλωνος, ἐν ᾧ καὶ μαντεῖον ἦν ποτε παλαιόν.

— 5. *Mileto.* Milet était située au nord-ouest de la Carie.

Page 118 : 1. *Tot cladibus exstinctos.* Voy. Justin, liv. V, ch. VI.

— 2. *Colluviem illam nationum.* Allusion à la facilité avec laquelle les Athéniens prodiguaient le droit de cité.

— 3. *Areo.* De Ἄρης, Mars. Adjectif qui ne se trouve que dans Tacite.

Page 122 : 1. *Discordes.* M. Burnouf entend ce mot autrement, et traduit ainsi : « Les Arméniens sont presque toujours en querelle, avec les Romains par haine, par jalousie avec les Parthes. »

Page 124 : 1. *Ad jus prætoris.* *Proprætoris* serait plus exact; mais il n'est pas rare de trouver dans Tacite les mots *prætor, proprætor, legatus*, pour désigner une même fonction.

Page 124 : 2. *Cyrrhi* Ville de Syrie, dans la Cyrrhestique, à deux journées d'Antioche. On l'a désignée plus tard sous le nom de Cyr.

Page 126 : 1. *Nabatæorum*. Les Nabatéens habitaient au nord de l'Arabie Pétrée.

— 2. *Renovari dextras*. Expression poétique, comme on en trouve tant dans Tacite.

— 3. *Proceres gentium*. Les grands des nations soumises aux Parthes.

Page 128 : 1. *Cognoscendæ antiquitatis*. Sous-entendu *causa*.

— 2. *Pedibus intectis*. Avec de simples sandales, à la manière des Égyptiens et des Grecs.

— 3. *P. Scipionis æmulatione*. Voy. Tite Live, XXIX, xix.

Page 130 : 1. *Illustribus*. Tacite applique cette épithète à ceux des chevaliers qui avaient le cens nécessaire pour devenir séna-teurs et le droit de porter le laticlave. Voy. liv. XIII, ch. xxv, et liv. XVI, ch. xvii

— 2. *Claustraque terræ ac maris*. Péluse, Parétonium et Alexandrie.

— 3. *Structis molibus litteræ Ægyptiæ*. Les hiéroglyphes gravés sur les obélisques.

Page 132 : 1. *Septingenta millia*. M. Letronne, dans ses *Éclaircis-sements sur l'histoire ancienne de Rollin*, n° 2, a établi d'une manière incontestable que, dans les plus anciens auteurs, Thèbes a été le nom d'abord de la Haute-Égypte, puis de l'Égypte entière, et par là tombe toute l'exagération de la fameuse Thèbes aux cent portes.

— 2. *Regem Rhamsen*. Le même que Sésostris, chef de la dix-neu-vième dynastie égyptienne d'après Manéthon : il régna vers le milieu du xv° siècle avant J. C.

— 3. *Lacus*. Le lac Mœris, aujourd'hui *Birket-el-Kéroun*. Voy. Hé-rodote, II, cxlix.

Page 134 : 1. *Angustiæ et profunda altitudo*. Nous adoptons le sens généralement admis. Selon quelques personnes ces expressions désignent le fameux labyrinthe

— 2. *Elephantinen*. Ile du Nil dans la Haute-Égypte. — *Syenen*. En face d'Éléphantine.

— 3. *Quod nunc.... patescit*. Louange indirecte de Trajan, sous qui Tacite écrivait, et qui porta les armes romaines plus loin que n'avait fait aucun de ses prédécesseurs.

— 4. *Gothones*. Peuple voisin de la mer Baltique et des embou-chures de la Vistule. Voy. *Germanie*, ch. xliii.

Page 136 : 1. *Noricam provinciam*. La Norique comprenait une partie de la Bavière, de l'Autriche et de la Styrie.

— 2. *Ravennæ*. Près de l'Adriatique, dans la Gaule cispadane.

Page 138 : 1. *Hermundurorum*. Les Hermondures habitaient une partie de la Bavière. Voy. *Germanie*, ch. XLI, et *Annales*, XII, XXIX.

— 2. *Marum et Cusum*. La *Morava* ou *March*, en Moravie, et le *Waag*, en Hongrie.

— 3. *Gentis Quadorum*. Les Quades habitaient une partie de la Moravie et de l'Autriche. Voy. *Germanie*, ch. XLIII.

— 4. *Templi Martis Ultoris*. Ce temple avait été bâti par Auguste, par suite d'un vœu qu'il avait formé pendant qu'il combattait contre Brutus et Cassius pour venger la mort de César. Voy. Suétone, *Vie d'Auguste*, ch. XXIX.

Page 140 : 1. *Cotyi*. Il paraît que ce prince avait du goût et un certain talent pour la poésie. C'est à lui qu'Ovide exilé adresse la neuvième élégie du livre II des *Pontiques*.

Page 142 : 1. *Sacra regni* équivaut à *sanctitatem regum*, qu'on trouve dans Suétone (*Vie de César*, ch. VI), la sainteté du nom royal.

— 2. *Adversus Bastarnas*. Les Bastarnes habitaient au nord du Danube, et s'étendaient jusqu'à l'embouchure de ce fleuve. Voy. *Germanie*, ch. XLVI.

Page 144 : 1. *Mœsiæ*. Partie de la Servie, de la Bosnie et de la Bulgarie.

— 2. *Pomponium Flaccum*. Il fut plus tard gouverneur de Syrie. Voy. *Annales*, VI, XXVII. Ovide parle de lui dans le IVᵉ livre des *Pontiques*, IX, 75 et suiv.

Page 146 : 1. *M. Lepidum, Ptolemæi liberis tutorem*. Le pluriel *liberis* ne doit pas être pris à la lettre. Il s'agit de Ptolémée Épiphane, qui n'avait que cinq ans à la mort de son père Ptolémée Philopator. Voy. Valère-Maxime, VI, VI, et Justin, XXX, III.

— 2. *Quem amotum in Ciliciam memoravi*. Voy. ch. LVIII.

— 3. *Albanos Heniochosque*. Les Albaniens habitaient la partie orientale du Caucase, le long de la mer Caspienne. Les Hénioques étaient plus voisins du Pont-Euxin.

Page 148 : 1. *Amnem Pyramum*. Un des principaux fleuves de la *Cilicia campestris*, aujourd'hui le *Geioun* ou *Djihoun*.

— 2. *Præfecto equitum*. Le préfet de la cavalerie commandait une aile de cavalerie; son grade correspondait à celui de tribun dans une légion.

— 3. *Evocatus*. On appelait ainsi les vétérans qui, après avoir achevé leur temps, rentraient au service : ils avaient le même grade que les centurions et portaient, comme eux , le cep de vigne.

Page 148 : 4. *Seleuciam*. Il y avait treize villes de ce nom. Celle-ci était à quelques milles d'Antioche, près de l'embouchure de l'Oronte.

Page 152 : 1. *Parentibus*. Sa mère Antonia, et Tibère, son père adoptif.

— 2. *Fratri*. Drusus, son frère par adoption. Claude, son frère par la nature, ne comptait pas à cause de sa nullité.

Page 154 : 1. *Misericordia cum accusantibus erit*. C'est ordinairement le contraire qui a lieu.

— 2. *Fingentibus scelesta mandata*. *Fingentibus* se rapporte à Pison et à Plancine; *scelesta mandata*, à Tibère.

Page 156 : 1. *Ingenti luctu provinciæ*. Voy. Suétone, *Vie de Caligula*, ch. v.

— 2. *Haud multum triginta annos egressum*. Germanicus avait trente-quatre ans.

Page 158 : 1. *Solus arbiter rerum*. La même pensée est développée par Tite Live, IX, xviii, dans un parallèle des généraux romains avec Alexandre.

— 2. *Sepulturæ*. Il n'est ici question que du bûcher funèbre où furent consumés les restes de Germanicus, puisque ses cendres furent transportées à Rome. Voy. *Annales*, III, i et iv.

— 3. *Prætuleritne veneficii signa*. Pline, XI, lxxi : *Cor negatur cremari posse in iis qui cardiaco morbo obierint, aut veneno interemptis. Certe exstat oratio Vitellii, qua reum Pisonem ejus sceleris coarguit, hoc usus argumento, palamque testatus non potuisse ob venenum cor Germanici Cæsaris cremari*. Voy. aussi Suétone, *Vie de Caligula*, ch. i.

Page 160 : 1. *Coum*. Ile de la mer Égée, en face de la Carie, patrie d'Hippocrate et d'Apelle.

Page 162 : 1. *Quem justius.... qui*. Ellipse assez forte pour *quem iustius.... quam qui*, ou , *quem justius.... Pisone qui....*

Page 164 : 1. *Lato mari* a le même sens que *alto mari*. On trouve de même *latum æquor* dans Horace, *Épîtres*, I, ii, 20.

Page 170 : 1. *Æquum*. Le plateau de la colline.

Page 172 : 1. *Druso*. Père de Germanicus ; mort en 745. Voy. *Annales*, I, xxxiii, et Suétone, *Vie de Claude*, ch. i.

Page 174 : 1. *Insignibus lugentium*. Sur ces marques extérieures d'un deuil public, voy. Lucain, II, xviii :

....Nullos comitata est purpura fasces ;

et Juvénal, III, 213 :

> Pullati proceres, differt vadimonia prætor.

— 2. *Moliuntur templorum fores.* Suétone *Vie de Caligula*, ch. VI, dit la même chose plus longuement et moins bien : *Repente jam vesperi, quum incertis auctoribus convaluisse percrebuisset, passim cum luminibus et victimis in Capitolium concursum est, ac pæne revulsæ templi fores, ne quid gestientes vota reddere moraretur.*

— 3. *Tempore ac spatio* équivaut à *spatio temporis.*

— 4. *Amore aut ingenio validus.* Syllepse fréquente dans Tacite ; *validus* va bien avec *ingenio*, *amore* demanderait un autre mot.

— 5. *Saliari carmine.* Les Saliens ne chantaient que les dieux. Voy. Denys d'Halicarnasse *Antiquités romaines*, l. II, p. 129.

— 6. *Sedes curules.* Cet honneur insigne fut accordé pour la première fois au dictateur Valérius (voy. Tite Live, II, XXXI), puis à César pendant sa vie, et au jeune Marcellus après sa mort.

Page 176 : 1. *Eburna effigies præiret.* Les autres statues, que l'on portait en pompe dans le cortége qui se rendait au grand Cirque étaient celles des héros et des dieux.

— 2. *Sepulcrum Antiochiæ.* Il ne s'agit ici que d'un cénotaphe ; le véritable tombeau de Germanicus était à Rome.

— 3. *Epidaphnæ.* Faubourg d'Antioche, ou plutôt village célèbre, à quelque distance de cette ville, avec un bois très-vaste d'oliviers et de cyprès consacré à Apollon.

— 4. *Clypeus.* Écusson de métal, sur lequel était sculpté le buste d'un homme illustre, et que l'on suspendait dans la salle du sénat.

— 5. *Inter auctores eloquentiæ.* Germanicus n'eut pas seulement le don de l'éloquence, mais encore celui de la poésie. Il avait laissé des comédies grecques, et on trouve dans la collection des *Poetæ latini minores* quelques fragments de sa traduction des *Phénomènes* d'Aratus.

— 6. *Juniorum.* De *juniores*, et non de *Junii.* Il y avait les *centuriæ juniorum* et les *centuriæ seniorum.*

—7. *Idibus juliis.* Le 15 juillet de chaque année, il y avait une cavalcade solennelle, dans laquelle les chevaliers romains, divisés en plusieurs escadrons, se rendaient du temple de Mars ou de celui de l'Honneur au Capitole.

Page 178 : 1. *Non temperaverit quin jactaret.* Suétone a reproduit les mêmes mots (*Vie de César*, ch. XXII) : *Quo gaudio elatus, non temperavit quin jactaret...*

Page 178 : 2. *Libido feminarum coercita.* Voy. Suétone, *Vie de Ti-bère,* chapitre XXXV.

— 3. *Legis.* La loi Julia.

Page 180 : 1. *Insulam Seriphon.* Aujourd'hui *Serfo* ou *Serfanto,* petite île de l'Archipel, une des Cyclades.

— 2. *Capiendam virginem.* Voy. *Annales,* IV, XVI.

— 3. *Septem et quinquaginta annos.* Aux termes de la loi, les ves-tales étaient libres de quitter leur ministère sacré au bout de trente années.

Page 182 : 1. *Binos nummos.* Environ quarante centimes.

— 2. *Modios.* Cette mesure équivalait à peu près à un décalitre.

— 3. *Divinas occupationes.* Suétone, *Vie de Tibère,* ch. XXVII : *Alium dicentem sacras ejus occupationes, et rursum alium, auctore eo se senatum adisse, verba mutare, et pro auctore suasorem, pro sacris laboriosas dicere coegit.* — *Ipsumque dominum.* Ce nom de *dominus,* appliqué d'abord uniquement aux maîtres par les esclaves, finit par faire partie de l'étiquette de la cour et passa jusque sur les monu-ments publics.

— 4. *Qui libertatem metuebat, adulationem oderat.* « Il ne paraît pour-tant point que Tibère voulût avilir le sénat : il ne se plaignait de rien tant que du penchant qui entraînait ce corps à la servitude ; toute sa vie est pleine de ses dégoûts là-dessus. Mais il était comme la plupart des hommes : il voulait des choses contradictoires ; sa po-litique générale n'était point d'accord avec ses passions particulières. Il aurait désiré un sénat libre et capable de faire respecter son gou-vernement ; mais il voulait aussi un sénat qui satisfît à tous les mo-ments ses craintes, ses jalousies, ses haines : enfin l'homme d'État cédait continuellement à l'homme. » (Montesquieu, *Grandeur et dé-cadence des Romains,* ch. XIV.)

— 5. *Qua gloria æquabat se,* etc. Il semble que par cette tournure Tacite ait voulu taxer Tibère d'une affectation de sentiments géné-reux qui n'étaient pas dans son cœur ; ce qui s'accorde d'ailleurs avec la réflexion *etiam fortuita ad gloriam vertebat.*

Imprimerie de Ch. Lahure (ancienne maison Crapelet)
rue de Vaugirard, 9, près de l'Odéon.